Querverlag

Markus Dullin

Fluchtverdacht

Roman

© Querverlag GmbH, Berlin 2004

Erste Auflage September 2004

Lektorat: Rainer Hörmann

Alle Rechte vorbehalten. Kein Teil des Werkes darf in irgendeiner Form (durch Fotokopie, Mikrofilm oder ein anderes Verfahren) ohne schriftliche Genehmigung des Verlages reproduziert oder unter Verwendung elektronischer Systeme verarbeitet, vervielfältigt oder verbreitet werden.

Umschlag und grafische Realisierung von Sergio Vitale unter Verwendung einer Fotografie von José Messana.

Druck und Weiterverarbeitung: Druckhaus Köthen
ISBN 3-89656-106-5
Printed in Germany

Bitte fordern Sie unser Gesamtverzeichnis an:
Querverlag GmbH, Akazienstraße 25, D-10823 Berlin
http://www.querverlag.de

Run, Forrest, run!
Forrest Gump

Sexsüchtig zu sein, erfordert ein gutes
Gedächtnis, macht viel Arbeit und ist
sehr anstrengend.

www.hilfe24.de

Kapitel 1

Eigentlich hatte ich im Park gar nicht Halt machen wollen.

Ich nahm die Abkürzung quer über die Wiese zu Roberts Wohnung, die gleich hinter der Parkanlage in einer kleinen Seitenstraße lag, im dritten Stock eines modernisierten, überteuerten Altbaus. Mein Schritt war gehetzt, und ich versuchte angestrengt, die unerfreuliche Überraschung, die meine Mutter mir vor einer Stunde mit dem Essen aufgetischt hatte, gleich wieder zu vergessen. Aber dieses zwanghafte Bemühen bewirkte lediglich den gegenteiligen Effekt. Mutters als Vorschlag getarnte Forderung wühlte mich auf. Ich brauchte Zerstreuung. Vorher, das wusste ich, hätte ich nicht die nötige Ruhe, um mich zu vergewissern, dass mit Robert alles in Ordnung war.

Mitten auf der Wiese blieb ich stehen. Der Park an diesem Samstagnachmittag war gut besucht. Vereinzelt lagen die letzten Sonnenhungrigen ausgestreckt auf ihren Decken und genossen die warme Septembersonne, ehe der Herbst endgültig seinen Einzug halten würde. Kinder spielten Federball oder kickten Bälle, und auf dem breiten Kiesweg, der die Liegewiese umrundete, führten Spaziergänger ihre Hunde aus. Ihr Kläffen drang über den gesamten Park. Nur wenige Meter von mir entfernt jonglierte ein junger Mann in einem Unterhemd und weiten Khakishorts mit fünf bunten Kegeln. Gekonnt ließ er sie im hohen Bogen kreisen. Manchmal manövrierte er die Kegel sogar unter seinen angewinkelten Beinen hindurch. Fasziniert sah ich ihm zu. Als er bemerkte, dass er beobachtet wurde, griff er ins Leere, und die Kegel fielen um ihn herum zu Boden. Ich wandte mich ab. Weiter hinten, zu meiner Rechten, wo die Wege zwischen den Bäumen und Büschen hindurchführten, drehten die Schwulen ihre Kreise.

Zielstrebig ging ich in ihre Richtung und verlangsamte meinen Gang erst, nachdem einige der Sexhungrigen an mir vorbeigezogen waren. Unbeirrt lief ich weiter, obwohl auch ich den Blick schweifen ließ auf ihre Gesichter, ihre engen Hosen. Nicht hier. Wenig entfernt waren die Büsche dichter, gab es mehr Schutz vor den Passanten, hatten sich kleine Pfade durch das Dickicht gewunden, Spuren einer endlosen Suche eingegraben. Ich kannte den Weg. Diese Spuren waren auch meine Spuren.

Hinter mir hörte ich Schritte auf dem vom gestrigen Regen noch feuchten Boden. Ich sah mich nicht um. Vor einer Buche, umgeben von verblühten Heckenrosen und einem alten Rhododendron, machte ich schließlich Halt, bereit, mein Verlangen hinter mich zu bringen. Der Mann aber wich mir aus, sich umblickend und langsamer werdend. Ich kannte diese Unentschlossenen, die sich nicht einig werden konnten, die eine Jagd provozierten, ein Vor und Zurück, ein Ja und Nein gleichzeitig signalisierten, das in der Resignation enden musste. Dafür war ich nicht hier. Es ging nicht um die richtige Wahl, um den Besten unter ihnen, es ging um Erleichterung, um schnelle Befriedigung.

Abwechselnd zogen wir aneinander vorbei, weiter hinein in die Büsche. Zum Glück boten die Blätter noch ausreichend Schutz vor ungebetenen Blicken, auch wenn einige Stellen bereits kahl geworden waren. In ein paar Wochen nur würde ich hier auf die Dunkelheit warten müssen. Bereits im Gehen öffnete ich meine Jeans, überholte den Mann erneut und wartete einige Meter entfernt. Er trug einen Schnauzbart, ein offenes Hemd und schwarze Lederhosen. Scheinbar desinteressiert kam er mir nach, ging an mir vorbei, den Blick zu meinem Schwanz gesenkt, und stellte sich zwischen zwei Sträuchern in Positur. Ein weiteres Mal folgte ich ihm, dann bemerkte ich jemanden aus den Schatten rechts neben mir treten. Er streifte mit der Hand meine Jeans, und zielstrebig griff ich ihm zwischen die Beine. Auch er hatte einen Bart, ein Hemd ganz aufgeknöpft, aus dem die Brusthaare hervorwucherten, und auch er trug Lederhosen. Er war so eingespielt wie ich. Jede Berührung verwies auf die nächste, nahm sie vorweg. Eine planmäßige Abfolge geübter Griffe und Bewegungen, ein routiniertes Hantieren, die üblichen Wiederholungen. Nach fünf Minuten hatten wir abgespritzt.

Wir wechselten keine Worte. Es gab ein Nicken, dann packte ich meinen Schwanz zurück in die Jeans, schloss die Knopfleiste. Einen Moment blieb ich gegen die dicke Eiche gelehnt stehen, atmete tief durch. Entfernt hörte ich jetzt wieder das Hundegebell und die lauten Schreie von Kindern. Der Mann, der mir zuerst gefolgt war, wartete noch immer halb verdeckt hinter einem der Rhododendren und wichste. Ich blickte mich um, als fragte ich mich, was ich hier zu suchen hatte. Dieses Gefühl kannte ich – es stellte sich immer ein, wenn der Grund für mein Hiersein sich aufgebraucht hatte. Wenn er fragwürdig geworden war.

Etwas niedergeschlagen kämpfte ich mich durch die tiefen Zweige zurück auf den Kiesweg. Die Sonne hatte sich weiter über die Dächer der umliegenden Häuser gelegt und die Wiese in Schatten getaucht. Die letzten Besucher rollten ihre Decken zusammen. Der junge Mann mit seinen Kegeln war fort. Ich vergewisserte mich erneut, dass meine Kleidung keine Flecken abbekommen hatte, und fuhr mir kurz mit beiden Händen über das Gesicht, ein klein wenig beschämt, aber innerlich zufrieden und endlich bereit, zu Robert zu gehen.

Vor seinem Haus blieb ich stehen, sah hinauf zu seiner Wohnung. Die Fenster waren alle geschlossen. Mit dem Zweitschlüssel öffnete ich die schwere Eingangstür und betrat den Flur. Zu beiden Seiten hingen Spiegel unter einer stuckbesetzten Decke, von der ein moderner Kronleuchter aus mattem Glas und Edelstahl hing. Der Boden war mit verschieden farbigen Marmorfliesen mosaikartig verziert. Meine Schritte hallten laut von den weißgetünchten Wänden wider und wurden erst durch den roten Sisalteppich, der über die Stufen des breiten Treppenaufgangs gespannt war, gedämpft. Langsam stieg ich in den dritten Stock. Ich wusste nicht genau, was mich erwarten würde, was ich glaubte vorzufinden. Alles Mögliche war mir in den letzten Tagen durch den Kopf gegangen, bis ich die Ungewissheit nicht mehr ausgehalten hatte. So lange nichts von Robert gehört zu haben, konnte nichts Gutes bedeuten.

Oben angekommen, drückte ich den Klingelknopf an seinem messingbeschlagenen Namensschild. Das Schellen war laut und schrill. Ich wartete kurz, lauschte angespannt und klingelte dann erneut, mein Ohr gegen die schwere Holztür gelehnt. Aber ich konnte weder Schritte noch irgendwelche Geräusche vernehmen. Nach einem verstohlenen Blick über die Schulter, steckte ich den Schlüssel ins Schloss und drehte ihn, ein wenig zitternd, zweimal um. Schließlich, die geschlossene Tür im Rücken, starrte ich den schmalen Flur entlang und wartete.

Alles sah aus wie immer.

Ich rief seinen Namen, wagte mich nicht weiter vor. Aus den angrenzenden Zimmern fiel das letzte Licht des Nachmittags in den länglichen Gang, auf die metallbeschlagene Kommode vor mir, auf das Bücherregal dahinter und den dicken, taubenblauen Teppich zu meinen Füßen. Sofort hockte ich mich hin, zog mir die Schuhe aus. Unter den Sohlen klebte noch Matsch und altes Laub.

Auf Socken stand ich unschlüssig im Flur. Langsam aber kam ich mir lächerlich vor und zwang mich, in die Küche zu gehen. Auch hier hatte sich nichts verändert. Der gefliese Boden schien frisch gewischt, die Arbeitsplatte neben dem Herd war aufgeräumt wie immer, mit den üblichen Behältern für Kaffee, Zucker und Salz ordentlich vor den Kacheln aufgereiht. Im Spülbecken lag ein unbenutzter Teller. Auf dem Tisch aus massivem, teurem Eichenholz stand die filigran verzierte Kristallvase mit einer einzelnen Calla darin, deren weißer Kelch an den Rändern bereits vergilbte. Mit dem Zeigefinger fuhr ich über die Tischplatte. Lediglich leichter Staub blieb an ihm haften.

Ich setzte mich auf einen der Stühle, blickte hinaus in den Flur. Ich zögerte, in die hinteren Zimmer zu gehen, ängstlich besorgt um das, was mich erwarten könnte.

Das letzte Mal, als ich Roberts Stimme gehört hatte, vor mehr als einer Woche, war mir nichts Ungewöhnliches aufgefallen, weder in seinen Worten noch im Tonfall. Soweit ich mich erinnerte, hatte Robert keine Andeutungen gemacht, keine Reisen angekündigt oder auch nur ein Treffen erwähnt. Vielleicht war er unbeschwerter gewesen, er hatte zu oft gelacht, aber das war auch schon alles. Ich hatte vorgeschlagen, sich zu treffen, zusammen etwas trinken zu gehen, und Robert war einverstanden gewesen, er würde sich melden. Das hatte er nicht getan. Acht Tage lang hatte ich nichts von ihm gehört, hatte er nicht angerufen, keine E-Mail geschickt, war ich nicht vorbeigekommen. Meine Anrufe waren unbeantwortet geblieben, immer nur der Piepton mit der darauffolgenden Ansage ertönte, seine kühle, distanzierte Stimme vom Band. Jedes Mal hinterließ ich meine Bitte, Robert möge sich melden. Nichts. In den elf Monaten, die wir uns kannten, hatte unser Schweigen nie so lange angehalten.

Schließlich stand ich auf. Es war sinnlos, einfach in der Küche zu bleiben, den Moment hinauszuschieben. Die Tür zum Wohnzimmer war angelehnt, ich stieß sie vorsichtig auf, sah hinein, bevor ich eintrat. Aber auch hier keine Spur von Robert. Durch die Fenster zum Balkon drang Sonnenlicht, matt und in dicke Scheiben geschnitten, ein wenig staubgetränkt, ein Licht, das die Abwesenheit unterstrich. Alles stand an seinem gewohnten Platz. Das riesige Sofa aus knallrotem Alkantara unter einem teuren Siebdruck von Warhol, davor der passende Sessel und der gläserne Couchtisch, auf dem einige Filmzeitschriften fächerförmig nach Erscheinungsdatum angeordnet lagen. Zu meiner Rechten der riesige Fernseher und die Stereoanlage von *Bang & Olufsen* und an der Wand, dem Sofa gegenüber, die hohen Regale mit seinen unzähligen Büchern. Überall diese Ordnung und Starre, das Verharren und Innehalten vor dem Unerklärlichen. Wohin war Robert verschwunden? Ich kannte seine Freunde, seine Affären, wusste um seine Angst vor dem Spontanen, dem Unberechenbaren, so dass sein plötzliches Verschwinden keinen Sinn ergab. Jedenfalls nicht für mich.

Im Schlafzimmer dann ein ähnliches Bild. Das breite Bett war gemacht, die Decken, die Kissen in ihren tiefblauen Satinbezügen ordentlich zusammengelegt, der Teddybär zwischen die Kopfkissen gesetzt, an seinem angestammten Platz. Auf dem Nachttisch, unter der Lampe, ein Taschenbuch mit Lesezeichen, *Der Mann ohne Eigenschaften* von Robert Musil. Ich ging an den Kleiderschrank, öffnete ihn. Alles hing oder lag ordentlich, die T-Shirts, die Hemden und Hosen, seine *Boss*-Anzüge, die Krawatten. Soweit ich es beurteilen konnte, fehlte nichts, selbst seine Lieblingsjacke von *Armani* hing dort, wo sie immer hing. Auf dem Schrank fand ich den Koffer, daneben die Sporttasche. Für lange hatte Robert wohl nicht fortbleiben wollen.

Ich ließ mich auf die Kante des Bettes fallen, ratlos, was ich tun sollte. Acht Tage ohne Nachricht. Acht Tage im Ungewissen. Mein Blick fiel auf das Telefon auf dem Nachttisch neben mir, und kurz dachte ich daran, Jan anzurufen. Aber mein Freund würde mir nicht helfen können. Schwerfällig erhob ich mich von dem Bett und stellte mich ans Fenster. In dem Haus gegenüber gingen die ersten Lichter an. Auf dem Bürgersteig drei Stockwerke unter mir erkannte ich den Jongleur aus dem Park, einen Rucksack geschultert, in den er wohl seine fünf Kegel gesteckt hatte.

Nur noch zwei Wochen, fiel es mir bei seinem Anblick ein, dann sollte ich meine Rede halten. Ich wollte mich nicht erneut darüber aufregen, aber diesmal ließ sich mein Ärger über Mutter nicht rechtzeitig verdrängen.

„Und wir haben uns gedacht, es wäre doch schön, wenn du zu diesem Anlass etwas sagen könntest", hatte ich sofort wieder ihre Stimme im Ohr, diese Stimme, die heute Mittag plötzlich so zuckersüß geworden war und mir zu verstehen gegeben hatte, dass Einwände zwecklos waren. Vater hatte sich in seinem Stuhl zurückgelehnt, den leeren Teller von sich geschoben und gleichzeitig nach dem Aschenbecher gegriffen, um sich einen Zigarillo anzuzünden.

„Ich weiß nicht", murmelte ich leise und war dabei, mich vom sonntäglichen Esstisch zu erheben. Mutters Hand, sanft auf meinen Arm gepresst, hielt mich davon ab.

„Aber Hannes, warum denn nicht? Nicht jeder hat das Glück, den fünfzigsten Hochzeitstag seiner Eltern zu erleben. Wie viele deiner Freunde können das von sich behaupten? Ich wette, nicht einmal Jans Eltern können das. Und wir würden uns wirklich freuen, wenn wir diese Jahrzehnte aus deiner Sicht hören dürften. Nicht wahr?"

Die letzte Frage war an Vater gerichtet.

„Mach lieber, was sie sagt", antwortete er, ohne einen von uns anzusehen.

Er saß etwas zusammengesunken, die alte, beigefarbene Strickjacke über seinem Bauch halb geöffnet, paffte an dem Zigarillo und blies Rauch über den Tisch.

„Was soll ich denn da sagen?" fragte ich trotzig.

Jetzt lachte Mutter kurz auf. Dieses schrille Lachen, mit dem ihr eigenen Sarkasmus, den Kopf dabei leicht in den Nacken geworfen, das mich jedes Mal wieder zu ihrem kleinen Jungen werden ließ, für den sie mich noch immer hielt. Dass ich mittlerweile ein Mann von fünfunddreißig geworden war, hatte sie nie wahrhaben wollen. Ich bekam einen roten Kopf.

„Da haben wir einen Journalisten an unserem Tisch großgezogen, und er weiß nicht, was er sagen soll. Bist du denn nicht stolz auf deine Eltern, dass sie sich nach so langer Zeit immer noch lieben? Manchmal weiß ich wirklich nicht, Hannes, was mit dir los ist."

Bevor ich etwas erwidern konnte, winkte sie ab.

„Na, es sind ja noch zwei Wochen Zeit, bis dahin fällt dir sicherlich was ein. Und denk dran, es wird diesmal eine Feier im großen Rahmen. Ich glaube, ich muss so an die hundert Einladungen verschickt haben. Ich weiß jetzt schon nicht mehr, wo mir der Kopf steht, und deshalb will ich mich auch nicht streiten."

„Kann das nicht ein anderer machen?" versuchte ich es erneut. „Onkel Kurt oder Onkel Wilhelm?"

„Großer Gott, natürlich nicht", entfuhr es ihr.

„Lass ihn doch, wenn er nicht will", mischte Vater sich ein.

Mutter wandte nun den Kopf zu ihrem Mann, beugte sich auch ein wenig vor, und ihre Stimme wurde leiser, als sollte ich das Folgende gar nicht erst hören. „Paul, das hatten wir doch besprochen. Wer, außer Hannes, kann denn so gut und genau darüber erzählen? Immerhin ist er unser Sohn. Da wird er ja über unsere Ehe etwas Gutes sagen können."

„Aber offensichtlich hat er keine Lust dazu."

„Dann hilf mir, ihn zu überzeugen, und falle mir nicht in den Rücken."

„Es ist deine Feier und deine Rede. Also kannst du ihm das auch klarmachen." Vater stand auf, ging einfach aus dem Zimmer. Nebenan, bei der alten Anrichte aus Großmutters Nachlass, würde er sich einen Cognac einschenken und hinaus in den Garten gehen. Mutter blickte ihm nach, mit zusammengekniffenem Mund und einem Blick voller Entrüstung. Dann strich sie eine Falte in der handgestickten Tischdecke glatt.

„Was hat er?" fragte ich.

„Ach, nichts", sagte sie, als nur noch sein phlegmatisches Husten zu hören war, und versuchte zu lächeln, „er ist genauso aufgeregt wie ich. Du weißt ja, wie er ist. Ein gutmütiger, alter Brummbär. Lass ihn ruhig knurren, das hat nichts zu bedeuten."

„Okay."

„Nach so langer Zeit mit ein und demselben Mann kann einen nichts mehr aus der Bahn werfen. Das wirst du schon noch merken."

Dabei hatten wir es belassen. Weitere Einwände wären auch völlig zwecklos gewesen. Doch bereits auf dem Weg in den Park hatte ich mich für mein fehlendes Durchsetzungsvermögen gehasst. Klipp und klar hätte ich ihr ins Gesicht sagen sollen, was ich von ihrem Vorschlag hielt. Nämlich, dass ich nicht die geringste Lust verspürte, an ihrem Ehrentag eine Ehe Revue passieren zu lassen, von der ich genaugenommen keine Ahnung hatte. Seit Jahren schließlich bekam ich ihr tägliches Miteinander nicht mehr mit, und die sporadischen Essen, bei denen ich anwesend war, boten wenig erhellende Einblicke. Und bevor ich Unsinn auf der Feier redete, sagte ich lieber gar nichts. Doch das hatte ich Mutter so natürlich nicht erwidern können. Es würde mir nichts anderes übrig bleiben, als diese Rede zu schreiben, wie auch immer.

Mit der Faust schlug ich kurz gegen den Fensterrahmen, atmete tief durch und wandte mich erneut der verlassenen Wohnung zu. Ich sollte mich um Robert kümmern, nicht um meine Eltern.

Ich ging noch einmal durch die Zimmer, aufmerksamer jetzt, in der Hoffnung, irgendeinen Hinweis zu finden. Ich setzte mich an den kleinen Tisch vor der Fensterfront im Wohnzimmer, der Robert als Schreibtisch gedient hatte. Auch hier herrschte Ordnung. Einige Papiere waren sorgfältig am linken Rand gestapelt, es gab eine kleine Ablage für Stifte und die Tastatur vor dem Monitor des Computers. Vorsichtig blätterte ich durch den Stapel Papier. Es waren lediglich alte, bedruckte und nicht verwendete Seiten, die Robert als Schmierpapier benutzt hatte. Nichts von Belang.

Ich war versucht, den Computer hochzufahren, in den Dateien zu lesen. Vielleicht ließe sich dort etwas finden, alte E-Mails oder Aufzeichnungen, die Aufschluss geben könnten über Roberts Aufenthaltsort, über seine Vorhaben, Dinge, die er mir verschwiegen haben mochte. Aber ich tat es nicht. Ich hatte kein Recht, in seinen Privatsachen zu stöbern. Wie sollte ich das erklären, wenn Robert zurückkam und sein Vertrauen missbraucht worden wäre? Nein, es ging mich nichts an.

Es hatte keinen Sinn. Hier würde ich nicht erfahren, was geschehen war.

Im Flur blieb ich unschlüssig stehen, nicht gewillt, die Wohnung zu verlassen. Roberts Lederjacke hing am Kleiderhaken, auf der Kommode lagen ungeöffnete Briefe. Rechnungen schienen es zu sein, und dazwischen ein Umschlag mit steifer, sauberer Handschrift ohne Absender. Ich nahm den Stift, der neben den Briefen lag, und schrieb eine kurze Nachricht auf einen Zettel für den Fall, dass Robert wiederkam.

Während des Schreibens musste ich unwillkürlich an all die Dinge denken, die ihm zugestoßen sein konnten. Bereits auf dem Weg zu seiner Wohnung hatte ich mir das Schlimmste ausgemalt, befürchtet, ihn hier zu finden, tot womöglich, erschlagen, erstochen in seinem Bett von einem Verrückten, den er mit hierher gebracht hatte. Es gab genug dieser Horrornachrichten. Doch zumindest in der Wohnung schien nichts passiert zu sein. Wirklich beruhigt aber war ich nicht. Genauso gut könnte er auf der Straße überfahren oder überfallen worden sein. Vielleicht hatte er das Gedächtnis verloren, trieb ertrunken in einem stinkenden Gewässer, oder er lag erwürgt oder zu Tode geprügelt in einer dunklen Gasse. So viele Möglichkeiten schossen mir ins Bewusstsein, dass ich mich zwingen musste, damit aufzuhören. Meine blühende Fantasie würde mir nicht weiterhelfen.

Ich starrte auf den Zettel mit meiner zittrigen Schrift. Und obwohl ich mir den Kopf von den überzogenen Gedankenbildern frei schüttelte, überkam mich das Gefühl von der Sinnlosigkeit dieser Nachricht, von einer unbestimmten Gewissheit, dass Robert diese Worte nie lesen würde, als hätte die leere Wohnung mir als Orakel gedient, als wäre die Stille hier das Verstummen unserer Freundschaft.

Kapitel 2

„Wo warst du so lange?" fragte Jan. „Ich dachte, du kommst gleich nach dem Essen zurück."

Ich blickte ihn über die Schulter hinweg an, während ich die Schuhe im Flur auszog, sie in den Schuhschrank stellte, wie Jan es mir beigebracht hatte. Er stand im Türrahmen zum Wohnzimmer gelehnt, in einem karierten Hemd, das aus der Jeans hing und seine große, schlanke Figur zu sehr betonte. Es zog ihn optisch in die Länge, vor allem jetzt, da ich kniete und an ihm hochsehen musste.

„Ich war noch kurz bei Robert", antwortete ich, „hatte ich das nicht gesagt?"

„Nein, hast du nicht."

Ich erhob mich, sah schuldbewusst an meinem eigenen Hemd herunter und strich es glatt. Unsere Blicke trafen sich, als ich fertig war.

„Wirklich", verteidigte ich mich, „wo soll ich denn sonst gewesen sein? Oder glaubst du etwa, ich treib mich rum?"

„Blödsinn. Du weißt, dass ich das nicht denke. Ich hab mich nur gefragt, wo du steckst, das ist alles."

Jan wandte sich ab, ging zurück ins Wohnzimmer. Meine defensive Haltung war vorschnell und unbegründet gewesen. Jan glaubte mir, so wie er mir immer glaubte, mit einer Gewissheit, die mir manchmal unheimlich war. Egal, was ich tat, welche Ausflüchte ich auch fand, Jan fragte nicht nach. Und genau aus diesem Grund musste ich es tun, um sicher zu gehen, dass er tatsächlich keine Ahnung hatte.

Ich folgte ihm und ließ mich in den Sessel fallen, erschöpft und überreizt, und das nicht nur von Roberts Verschwinden. Jan beobachtete mich aus seinen großen, grünen Augen in dem glattrasierten Gesicht, das sein wahres Alter noch vertuschen konnte, und ich bemerkte die kleinen Falten auf der hohen Stirn, die sich immer auftaten, wenn ihn etwas belastete. Und wie immer schwieg er zunächst, versuchte er in meinem Gesicht zu lesen oder zu warten, bis ich ihm sagte, was los war.

„Du machst dir Sorgen", sagte Jan schließlich, was mich ärgerte. Natürlich machte ich mir Sorgen, nach meinem Besuch in Roberts Wohnung mehr denn je. Die letzten Tage hatte ich schließlich an nichts anderes gedacht. Jan war dabeigewesen, hatte genau gewusst, wie oft ich vergeblich telefonierte, wie ich unruhig geworden war, zurückweisend und launisch. Aber erst heute konnte Jan diese Feststellung von sich geben.

„Und – hast du was rausgekriegt? War er da?"

Ich schüttelte den Kopf. „Nein. Es sah aus, als wäre er tagelang nicht dort gewesen. Alles war aufgeräumt, auch Kleidung fehlte nicht. Jedenfalls lag sein Koffer noch auf dem Schrank. Mein Gott, es hat ausgesehen, als sei er kurz mal einkaufen. Ich habe nichts Ungewöhnliches bemerkt. Nichts."

„Wo, glaubst du, ist er hin?"

Jan setzte sich auf das Sofa mir gegenüber, zurückgelehnt mich ansehend, die Hände im Schoß gefaltet, ruhig und gefasst. Sein Tonfall war nüchtern, sachlich – zu sachlich, wie ich fand, auch wenn ich wusste, dass Robert uns beiden nicht gleich viel bedeutete. Für Jan war Robert lediglich ein flüchtiger Bekannter wie viele andere auch. Für mich dagegen war er ein Freund, mein bester Freund, die wichtigste Person in meinem Leben. Vielleicht sogar wichtiger als Jan. Zumindest seit seinem Verschwinden.

„Wenn ich das wüsste, säße ich nicht hier." Meine Antwort kam zu schroff, sie tat mir Leid, und meine Stimme wurde augenblicklich weicher. „Ich kann nur hoffen, dass ihm nichts passiert ist."

Wenn Jan die harten Worte vernommen hatte, dann überging er sie. Verständnis war eine seiner Tugenden, er wusste, wann es zu schweigen galt und worüber. Ich hatte mich oft gefragt, wie Jan meine Freundschaft zu Robert einschätzte, ob er sie als Bedrohung sah oder ob sie ihm gleichgültig war oder er sie einfach akzeptierte. Wir hatten nie darüber gesprochen, warum auch?

„Vielleicht ist er nur mal für ein paar Tage weggefahren", bot Jan als Erklärung an, „ich an deiner Stelle würde mir noch keine Gedanken machen."

Ich schüttelte den Kopf. Nein, Robert war nicht verreist. Das hätte er mir gesagt. Wo immer er war, was immer ihm zugestoßen sein mochte, Robert hatte es nicht vorhergesehen, nicht geplant gehabt. Sonst wüsste ich es.

„Ich werde noch zwei, drei Tage warten", sagte ich und stand auf.

„Hast du Michael gefragt – oder Peter?"

„Die wissen auch nichts."

„Nach diesen zwei, drei Tagen – was willst du dann tun?"

Ich sah meinen Freund überrascht an, völlig unvorbereitet auf seine Äußerung. Jan dachte über diesen Zeitraum hinaus, er wollte einen Plan, ein klares Ziel. Ich aber hatte beides nicht. Ich könnte zur Polizei gehen, eine Vermisstenanzeige aufgeben, ich könnte selbst Nachforschungen anstellen, zum Privatdetektiv werden. Ich hatte keine Ahnung. Die Ungewissheit über Roberts Verschwinden machte mich nervös, und ich hatte mich mit dieser gesetzten Frist etwas beruhigen wollen. Mehr nicht. Es war nicht wirklich ernst gemeint gewesen.

Ich holte mir ein Bier aus dem Kühlschrank und trank es in der Küche. Jan war mir nicht gefolgt. Er würde auf dem Sofa sitzen bleiben, lesen oder fernsehen und geduldig warten. Er wusste ganz genau, wann ich meine Ruhe brauchte. Doch manchmal war die Distanz von einem Zimmer nicht genug, und ich wünschte, ich wäre einfach die Nacht über in Roberts Wohnung geblieben.

Diesen Wunsch, allein zu sein, verspürte ich nicht mehr oft, genau genommen selten, was mich immer wieder aufs Neue überraschte. Ich hätte früher nie gedacht, es mit jemandem in einer gemeinsamen Wohnung auszuhalten. Ich zählte sogar an den Fingern nach. Knapp viereinhalb Jahre waren es nun schon, seit ich mit Jan hier eingezogen war. Ungefähr sieben Monate nach unserem Kennenlernen.

Wir waren uns in dem Supermarkt begegnet, der gleich neben meiner alten Wohnung lag und den ich beinahe täglich besuchte, nicht nur um einzukaufen. Es war ein idealer Ort für einen Flirt mit anderen Männern, die ich manchmal direkt von dort mit nach Hause nahm. Auch an diesem Tag hatte ich es mit dem Einkauf nicht besonders eilig gehabt und schob meinen Wagen gemächlich durch die Gänge. Es war nicht viel los. Abgesehen von Jan. Er fiel mir auf, weil er jedes Produkt sorgfältig studierte und Preise verglich, bevor er sich nach längerem

Zaudern endlich entschied. Dabei kniff er seine buschigen Augenbrauen zusammen und biss sich auf die Unterlippe. Diese Konzentriertheit fand ich amüsant und faszinierend zugleich, und ich folgte ihm von Regal zu Regal. Er achtete nur auf den Zettel in seiner Hand, so dass es eine ganze Weile dauerte, ehe er mich bemerkte. Bei den Einweckgläsern blickte er kurz in meine Richtung. Ich trat näher zu ihm, bis unsere Wagen aneinander stießen, und sagte etwas Belangloses über die eingelegten Artischocken, die er gerade ausgiebig begutachtete. Er lächelte mir zu und stellte das Glas zurück. Dann ließ er mich einfach stehen. Verärgert starrte ich ihm nach, auf seine dunkelblonden Haare, die er damals länger trug, und auf seinen schönen runden Arsch, den selbst die weite Jeans nicht verbergen konnte.

Zwei Wochen später sah ich ihn wieder. Diesmal in einem Buchladen. Ich hatte ein Geburtstagsgeschenk für meine Mutter besorgen müssen und griff nach dem neuesten Roman von Rosamunde Pilcher, der gleich stapelweise auf einem der länglichen Tische ausgelegt war. Erst dann bemerkte ich Jan bei den Krimis, wie er in jeder Hand ein Buch hielt und beide Klappentexte miteinander verglich. Ich beschloss, mich nicht erneut abwimmeln zu lassen, und tatsächlich ließ er mich reden und stimmte unerwartet zu, als ich nach einigen gestotterten Sätzen vorschlug, mit mir einen Kaffee trinken zu gehen.

Im Bett landeten wir an diesem Tag leider nicht. Jan nahm sich Zeit, wie mit allem. Und auch, als wir nach vier Wochen endlich Sex hatten, blieb Jan zunächst distanziert, manchmal abweisend. Er wollte nichts überstürzen, und diese Zurückhaltung verunsicherte mich, da ich sie nicht verstand. Ich befürchtete sogar, dass er mich aufgeben würde, und sagte ihm deshalb von Anfang an, wie sehr ich ihn liebte. Ich hielt nicht viel davon, lange abzuwarten, zumal sich mögliche Probleme schon irgendwie lösen würden. Aber Jan war anders. Er wollte sich erst über seine Gefühle völlig im Klaren sein, bevor er, nach einem halben Jahr, das erste Mal aussprach, was er für mich empfand. Jan hatte zunächst die Gewissheit gebraucht, nach der es für ihn keinerlei Zweifel oder Probleme mehr gab.

Wenige Tage nach seiner Liebeserklärung schlug er mir vor, mit ihm zusammenzuziehen, und jetzt war ich es, der einer Antwort auswich. Ich fragte mich, was ich aufgeben müsste und was es zu gewinnen galt.

„Wenn man sich liebt, dann gehört das doch dazu, oder nicht?" hatte er mit seinem unwiderstehlichen Lächeln gefragt, mich dabei umarmt und geküsst.

„Und wenn es nicht gut geht?"

„Wenn wir es nicht versuchen, werden wir es nie erfahren. Wovor hast du Angst?"

Darauf hatte ich nicht antworten wollen. Lieber erwiderte ich seinen Kuss und zog ihn mit hinüber in mein Schlafzimmer.

Da konnte ich noch nicht wissen, dass Jan bereits einen Besichtigungstermin vereinbarte hatte und mich so vor vollendete Tatsachen stellte. Etwas widerwillig begleitete ich ihn tags darauf in eine große Zweizimmerwohnung mit Einbauküche und geräumigem Badezimmer, nicht weit vom Stadtzentrum entfernt und mit einem hübschen Park mit Liegewiese gleich in der Nähe. Die Wohnung gefiel mir, das konnte ich nicht leugnen, auch wenn ich Jans Euphorie über unser Vorhaben nicht ganz nachvollziehen konnte. Schließlich aber hatte ich nicht nein sagen können. Und in all der Zeit, seit wir dies unser Zuhause nannten, war es nie schwer gewesen, mit ihm auszukommen. Wir engten uns nicht ein, und Jan stellte keine Fragen, auf die ich keine Antwort gewusst hätte. Selbst als Robert aufgetaucht war, im letzten Herbst, als ich öfter als gewöhnlich fortblieb, schöpfte Jan keinen Verdacht. Ich hatte keinen Grund, mich zu beklagen.

Das erste Bier war bereits leer, und ich öffnete eine zweite Flasche. Jan mochte keinen Alkohol, von ein, zwei Gläsern Wein zum Essen einmal abgesehen, und deshalb trank ich gewöhnlich nur mit Robert, entweder in Kneipen oder bei ihm zu Hause. Robert war anders, wenn er betrunken war. Wie auch ich redete Robert dann zu viel und unzusammenhängend, er machte Andeutungen über seine Kindheit und Jugend, die er nüchtern verschwieg und nach denen ich nie gefragt hatte. Es ging mich nichts an. Wozu das wissen? Wir hatten Spaß zusammen, im Suff wie auch sonst. Und natürlich Sex. Hemmungslosen Sex, von dem wir im Nachhinein keine genaue Vorstellung mehr besaßen. Es war schwer zu entscheiden, ob wir Sex wollten, weil wir besoffen waren, oder uns betranken, um Sex zu haben.

„Was ist mit Jan?" hatte Robert zu Beginn unserer Freundschaft einmal gefragt.

„Was soll mit ihm sein?"

„Weiß er das mit uns?"

Der Kopfschmerz war unerträglich gewesen, aber noch wirkte der Alkohol, und ich winkte ab. „Ach was. Jan merkt nie etwas. Er vertraut mir. Und das soll auch so bleiben."

„Also eine Sache nur zwischen uns zwei? Gut."

Robert grinste, rekelte sich auf dem Laken. Sein schlanker, weißer Körper war nackt, auf der Brust noch Spuren meines Spermas, das Robert mit der Hand verrieb. Sein Schwanz lag zusammengefallen auf dem krausen Schamhaar, ermattet und schlaff wie eine Nacktschnecke.

Sobald der Orgasmus erledigt war, sah ich Robert nicht mehr als Sexobjekt. Sein entblößter, dahingestreckter Körper bekam eine andere Anziehungskraft, eine leichtere, unbeschwertere, die weniger getrieben wurde von Geilheit und Körperlichkeit. Ich hatte mir angewöhnt, nicht weiter darüber nachzudenken. Es war besser, dem keine Beachtung zu schenken, und der Alkohol half. Wir sprachen auch nie über das, was wir taten, was wir vielleicht ausprobieren wollten, wohin es uns womöglich trieb oder bereits getrieben hatte. Nach einigen Bieren geschah es einfach, danach war es vorbei. Mehr gab es nicht zu sagen.

Die anderen Männer, mit denen Robert nebenher ins Bett ging, störten mich nicht im Geringsten. Ich fand es sogar erregend, wenn er während des Sex mir ins Ohr flüsterte, wie Jürgen oder Hans oder sonst wer es trieb. Selbst wenn Robert beim Abspritzen einen anderen Namen rief, erhöhte es die Lust, als sei ich gar nicht anwesend. Ganz bei mir war ich sowieso nie. Ich wusste, dass Robert mich nicht aufgeben würde, dass unsere Bande zu stark waren, das allein genügte. Die Heimlichkeit unseres Tuns war wie das Bier eine zusätzliche Droge, ein Versteckspiel, das Robert eigentlich nicht nötig hatte, da es in seinem Leben niemanden gab, vor dem es sich zu verstecken lohnte. Warum auch Robert über unseren Sex und unsere Freundschaft schwieg, war mir deshalb ein Rätsel. Nachgefragt hatte ich nie.

Drei leere Bierflaschen standen auf dem Küchentisch, als Jan zu mir trat und seinen Arm von hinten um mich legte. Es erstaunte mich immer aufs Neue, wie blauäugig Jan war, wie kindlich in seinem Vertrauen, als gäbe es auf der Welt keinen Verrat. Manchmal hatte ich den Wunsch, es ihm ins Gesicht zu sagen, mitten hinein in seine Unschuld, dass ich es mit anderen trieb, es immer schon getrieben hatte, bereits zu Beginn unserer Beziehung, hinter seinem Rücken. Doch selbst im Streit unterließ ich es. Soviel Zuversicht konnte ich nicht einfach zerstören, denn ich liebte Jan, vielleicht gerade wegen dieses bodenlosen Vertrauens, an das ich mich klammern konnte. Egal, wie abscheulich ich mich benahm, Jan hielt zu mir. Aus Unwissenheit zwar, aber trotz allem ein Halt.

„Was ist mit seinen Eltern? Vielleicht wissen die etwas."

Jan versuchte zu helfen. Es war der falsche Moment. Die drei Biere taten ein wenig ihre Wirkung, und diese Wirkung verband ich mit Robert. Nicht mit Jan.

Ich schüttelte den Kopf, auch um Jans Hand von meiner Schulter zu vertreiben. „Nein. Ich weiß nicht einmal, ob die noch leben. Robert hat nie von ihnen gesprochen."

„Sieh im Telefonbuch nach, ruf an. Immerhin wäre es möglich, dass er zu ihnen gefahren ist. Vielleicht ist was passiert. Das wäre doch eine Erklärung."

Nein, das wäre es nicht. Ich war mir nicht einmal sicher, woher Robert überhaupt kam. Aus Sachsen-Anhalt, ja, aus einer Kleinstadt oder einem Dorf mitten in den neuen Bundesländern. Von wo genau, wusste ich nicht. Mag sein, dass Robert es einmal erwähnt hatte, aber wenn, dann nur nebenbei, als Anhängsel einer anderen Bemerkung. Robert schwieg über seine Vergangenheit, als wäre er bereits fertig, im Alter von dreißig Jahren, auf die Welt gekommen. Die Zeit davor hatte für ihn keine Bedeutung gehabt. Einen Besuch bei seinen Eltern konnte ich deshalb ausschließen.

Ich antwortete Jan nicht, griff nach seiner Hand, um sie endgültig loszuwerden. Jan nahm die Geste auf, verwandelte sie, indem er seine Finger zu einem Händedruck schloss, zu einer Annäherung. Ich ließ es geschehen, so betrunken war ich nicht, und ohne Vorwarnung begann ich zu weinen. Jan hielt mich von hinten umarmt, drückte mich dicht an seine Brust, blieb einfach stumm, und wartete, bis ich mich gefasst hatte.

„Es geht schon wieder", sagte ich schließlich. „Keine Ahnung, was los war."

„Schon in Ordnung. Er wird wieder auftauchen."

Hatte ich deshalb geweint? Sicherlich, aber ich hätte es nicht getan, wenn Jan mich nicht berührt, meine Hand, die die seine loswerden wollte, nicht umklammert hätte.

Ich versuchte zu lächeln, streichelte sogar seine Hand. „Klar, er kommt wieder. Wohin sollte er schon gegangen sein?"

„Willst du was essen?"

„Ich habe keinen Hunger." Auf der Innenseite seiner Hand spürte ich eine Unebenheit, und ich drehte sie um. „Was ist da denn passiert?"

Quer über Jans Handfläche hatte sich eine Schnittwunde eingegraben, die mir bisher gar nicht aufgefallen war. Sie konnte nicht älter als ein, zwei Tage sein. Schorf klebte noch darauf.

„Ach, nichts Ernstes." Jan zog die Hand zurück, dicht an sein Gesicht, als müsste er sich erst daran erinnern, wie der Schnitt in sein Fleisch gekommen war. „Ein Ausrutscher mit dem Küchenmesser."

„Tut es weh?"

„Nein, nicht mehr. Aber es hat ziemlich geblutet. Es ist erstaunlich, wie viel Blut aus einem kommt."

„Warum hast du nichts gesagt?"

Jan sah mich an. Den Blick konnte ich nicht einschätzen. Hätte es dich interessiert, konnte er heißen, oder, ich hab's vergessen, oder er bedeutete einfach gar nichts.

„Du warst nicht da, als es passiert ist", sagte Jan, „und so schlimm war es nun auch wieder nicht."

„Du schneidest dich häufiger in letzter Zeit."

„Ich fange wohl schon an zu zittern", lachte Jan. Kein schönes Lachen, ein tiefes, zerbrechliches Lachen ohne Humor.

„Hör zu", sagte ich und sprang auf, „ich muss noch ein wenig an die Luft. Einfach ein paar Minuten raus."

„Okay. Bist du zum Abendessen zurück?"

„Klar, es dauert nicht lange. Es ist nur ... ich kann nicht einfach stillsitzen. Die Sache beschäftigt mich zu sehr."

„He, kein Grund sich zu rechtfertigen. Ich verstehe schon."

Ich sah ihn an, aber Jan verriet nichts, konnte nichts verraten. Weil er nichts zu verraten hatte.

*

Die Flasche war halb leer. Billiger Whiskey, gekauft beim Türken an der Ecke, einem schnauzbärtigen Mann, groß und stämmig. Manchmal stand eine Frau mit ihm hinter der Theke, eine Frau in seinem Alter, so um die Vierzig. Sie beachteten einander nie, jeder tat seine Arbeit, langte am anderen vorbei in die Regale, ohne einen Blick oder ein Wort. Seine Frau, vermutete ich, mit der er bereits eine Ewigkeit verheiratet war. Heute allerdings war sie nirgends zu sehen. Der Mann lächelte mir zu. Auch nickte er verschwörerisch, als teilte er meine Freude am Alkohol. Nachdem ich bezahlt hatte und mich umdrehte, um zu gehen, wünschte er mir einen schönen Abend.

Den ersten Schluck nahm ich gleich vor dem Laden. Sofort hustete ich die Hälfte wieder aus. Danach ging es besser. Ich war diese harten Sachen nicht gewohnt, denn normalerweise trank ich nur Bier, aber Bier reichte mir heute nicht. Das brennend heiße Gefühl des Whiskeys in meinem Magen tat gut. Dann lief ich, wie ich es Jan gesagt hatte, einmal um den Block und setzte mich erneut im Park auf eine der Bänke, im Dunkeln.

Alkohol war nicht das Problem, das hatte ich im Griff. Ich trank mit Robert, oder wie heute, wenn mir alles zuviel wurde. Als ich Robert das erste Mal getroffen hatte, war ich besoffen gewesen, und es schien nur passend, dass ich es wieder war, jetzt, da Robert fort war. Selbst Robert hatte in dieser Nacht nicht mehr gerade stehen können; bei ihm zu Hause eingetroffen, war eigentlich alles bereits gelaufen. Der Sex verkam mehr zu einem Drang nach Abschluss der Situation als nach Befriedigung. Ich weiß auch nicht mehr, ob wir abgespritzt hatten oder einfach eingeschlafen waren, aber es hatte gut getan, aufzuwachen und eine Vorstellung von Sex zu haben, wie vage auch immer. Sex hielt selten, was er versprach, und die Ungewissheit in jener Nacht verlieh eine Sättigung, die meinem Hunger selten begegnet war.

„Das war geil mit dir", hatte ich gesagt, bereits angezogen, ohne Frühstück, nur mit einem Kaffee im Magen, und Robert hatte zugestimmt. Meine Äußerung war nicht einmal gelogen, gerade wegen dieser Unbestimmtheit, die alles zuließ, alle Optionen offen hielt.

Auch jetzt schien alles möglich. Ich würde nicht warten, nicht weitere zwei, drei Tage ausharren, tatenlos zusehen, als wäre es normal, wenn der beste Freund seit über einer Woche verschwunden war. Dieser Entschluss bestärkte mich, gab mir etwas Kraft zurück, so dass ich weiter machen, zurück nach Hause gehen und mich zu Jan an den Küchentisch setzen konnte. Die halb geleerte Flasche warf ich in den Abfalleimer neben der Bank. Gleich morgen würde ich Roberts Spuren folgen, so undeutlich sie im Moment auch sein mochten. Ich würde ihn finden. Tot oder lebendig.

Tot. Das erste Mal dachte ich bewusst an dieses Wort. Robert war tot. Weshalb sonst war er fort? Unfälle geschehen, Morde werden verübt, jeden Tag. Leichen, die niemand findet, die niemand identifiziert und anonym begraben werden, und Freunde, die unwissend zurückbleiben, weil niemand sie benachrichtigt, benachrichtigen kann. Mein Großvater war nie aus dem Krieg heim gekommen, er wurde erst für vermisst und Jahre später einfach für tot erklärt. Den Totenschein in der Hand hatte seine Frau noch einmal geweint, als wäre er erneut gestorben. Das Papier deutete eine Endgültigkeit an, die niemand überprüfen konnte, die sie zwar bestärkte, aber die Zweifel nie ganz auszulöschen vermochte. Meine Mutter hatte mir diese Geschichte wieder und wieder erzählt, diesen Mythos der Familie vom heimatlichen Odysseus und meiner Großmutter, die das Leichenhemd webte, bis zuletzt gewoben hatte, weil alles möglich blieb. Und alles war soviel wie nichts.

Auf den Mann, der meinen Schwanz blies, reagierte ich erst jetzt. Unbewusst und halb im Rausch hatte ich zugelassen, dass der Junge – er konnte nicht älter als zwanzig sein – meine Hose öffnete, sich hinkniete, den Schwanz herausholte, der nicht mehr richtig stehen wollte, und ihn in den Mund nahm. Abgelenkt von den Gedanken an Robert, an meine Großmutter, mitten auf dem Weg im Park, fiel es schwer, mich wirklich darauf einzulassen. Aber ich ließ es geschehen. Ich hielt mich an der Banklehne fest, die andere Hand in die Haare des Jungen gekrallt und drückte seinen Mund tiefer über meinen Schwanz. Wenig später befreite sich der Junge aus meinem Griff, enttäuscht und etwas genervt von der Schlaffheit meines Schwanzes und ging. Noch mit offener Hose griff ich in den Mülleimer, holte die Flasche heraus, um noch einmal einige kräftige Schlucke zu nehmen. Dann erst packte ich meinen Schwanz zurück in die Jeans.

Meine Großmutter war längst tot. Sie würde mir nicht mehr sagen können, wie sie das ausgehalten hatte, all die Jahre über zu hoffen und sich etwas vorzumachen. Wie sie das, was sie sich zurecht gesponnen hatte, immer wieder von vorne begann, sobald die Nutzlosigkeit ihres Wartens sich einschlich und sie die Gedanken daran sofort verdrängen musste, um sich nicht selbst der Lächerlichkeit preiszugeben. Um ihren Illusionen einen Sinn zu geben und eine Rechtfertigung. Vielleicht war ihr Mann tatsächlich gestorben in der Kälte Russlands oder in Gefangenschaft, vielleicht auch lebte er noch, hatte andere Kinder, andere Enkel. Eine andere Vergangenheit. Robert war erst acht Tage fort, meine Gedanken waren überzogen, vorschnell und albern, aber die Aussicht, als Penelope zu enden, erschreckte mich.

Über dieses Bild musste ich ungewollt lachen. Ich konnte gar nicht mehr aufhören, bis ich mich verschluckte, zu husten begann und mich mehrmals in den Abfalleimer übergab.

„Mein Gott, was hast du getrunken?"
„Whiskey."
„Wo denn? Auf der Straße?"
„Ja, fast eine ganze Flasche, wenn du es genau wissen willst."

Jan nickte, sagte aber nichts. Er saß vornübergebeugt im Wohnzimmer auf dem Sofa, beide Arme auf die Oberschenkel gestützt und die Hände ineinander verschränkt. Ein volles Glas Mineralwasser stand vor ihm auf dem Couchtisch. Der Fernseher lief ohne Ton. Ich ließ mich neben ihn in den Sessel fallen.

Jan beobachtete mich aus den Augenwinkeln, versuchte wohl einzuschätzen, wie betrunken ich tatsächlich war. Sein Schweigen machte mich nervös. Es nahm mir den Wind aus den Segeln, negierte die fadenscheinigen Argumente, die Rechtfertigungen für mein Trinken, die Jan nie hören wollte, weil er, wie jetzt, nie danach fragte, als sei alles in Ordnung. Aber seine Blicke waren Vorwurf genug und erhöhten nur meine Wut. Schließlich platzte mir der Kragen.

„Nun sag es schon", schrie ich ihn an.

Erschrocken sah Jan mir ins Gesicht. Dann sprang er auf, ging an mir vorbei, um mir auszuweichen. Ich drehte mich nicht im Sessel um, wartete auf eine Reaktion. Ich spürte ihn in meinem Rücken, hörte die tiefen Atemzüge, die Ansätze, irgend etwas zu sagen.

„Was willst du hören?" fragte er hinter mir.

Genau das wusste ich selbst nicht. Aber ich glaubte, Jans Zorn besser begegnen zu können, wenn er mir eine Angriffsfläche geboten hätte, einen Widerstand, gegen den ich hätte kämpfen können, einen Dummy für die eigene Unzulänglichkeit.

„Du musst selber wissen, was du tust."

„Das weiß ich eben nicht", brüllte ich gegen den stummen Fernseher. „Manchmal will ich, dass du es mir sagst. Ich weiß nicht, warum ich trinke, ich tue es einfach. Sag mir nur endlich, wie scheiße du es findest, dass du mich hasst, wenn ich trinke."

„Ich hasse dich deshalb nicht. Ich verstehe es bloß nicht."

„Vielleicht willst du das ja auch gar nicht. Vielleicht bedeute ich dir ja nicht genug."

„Du weißt, dass das Blödsinn ist."

„Ach, wirklich?" konterte ich trotzig, auch oder gerade weil ich manchmal zweifelte.

War es ihm tatsächlich gleichgültig? Jan sah nie den Weg in die Besinnungslosigkeit, dieses ruhige Abgleiten ins Unantastbare, in die befreiende Selbstüberschätzung, die mich alles glauben ließ, mir alles gestattete. Wenn Jan mich zu Gesicht bekam, war all das bereits vorbei. Vielleicht sagte er deshalb nie ein Wort, weil er nur die Nachwehen sah, den Zusammenbruch, mein verkrampftes Gesicht wegen der Kopfschmerzen und dem furchtbaren, pelzigen Geschmack auf der Zunge, und nicht den Weg dorthin.

„Ich weiß nicht, was du hören willst." Jan stellte sich in mein Blickfeld. „Aber selbst wenn ich dir sagen würde, dass ich das scheiße finde, dass mir dein Trinken nicht passt, was dann? Würdest du aufhören?"

Darauf konnte ich nicht antworten. Stattdessen stand ich auf, warf schweigend die Arme in die Luft.

Jan trat auf mich zu, fuhr mir durchs Haar und gab mir einen Kuss auf die Wange zur Versöhnung. „Ich bin nicht berechtigt, dir irgendwelche Vorschriften zu machen, Hannes. Ich versuche nur einfach …"

„Okay, okay", unterbrach ich ihn und zog meinen Kopf zurück, weil ich seine Gründe genaugenommen gar nicht hören wollte. Nicht jetzt. „Ich bin betrunken, habe heute ja auch allen Grund dazu. Tut mir Leid. Reden wir ein andermal drüber."

Jan holte tief Luft, nickte leicht, als hätte er geahnt, wie ich reagieren würde. Ich wandte mich ab.

„Wie du willst", antwortete er schließlich und wechselte das Thema. „Das Essen ist fertig, falls du Hunger hast."

„Ich glaube nicht, dass ich jetzt was essen kann."

„Du musst was essen, gerade jetzt."

Jan berührte mich sanft am Arm, führte mich in die Küche und setzte mich auf den Stuhl. Meine Wut war verflogen, in sich zusammengesackt. Ein kurzes Pfeifen aus dem Wasserkessel, mehr nicht. Jan stellte einen Teller Nudeln mit Pesto vor mich hin, nahm ebenfalls Platz und wartete, dass ich aß. Ich spürte seine Blicke auf mir, denen ich nicht begegnen wollte. Diese leichten Hundeblicke, mit den sorgenvoll erhobenen Augenbrauen, als lastete das Elend dieser Welt auf seinen Schultern. Ein Blick, der mich wütend machte und den ich gelernt hatte zu ignorieren. Lustlos stocherte ich in meinem Essen, kostete auch, um die Gabel gleich wieder fallen zu lassen.

„Wenn er morgen nicht da ist, werde ich was unternehmen."

„Schlafe dich erst mal aus. Morgen können wir dann entscheiden, was zu tun ist."

Natürlich war ich zu betrunken, um einen klaren Gedanken zu fassen, aber gerade dieser Zustand erfüllte mich mit Tatkraft, einer hohlen, nach innen gewandten Energie, ohne sie nach außen beweisen zu müssen. Jan dagegen blieb skeptisch, war so ratlos wie ich selbst.

„Denk dran, dass wir morgen Abend bei Micha und Peter zum Essen eingeladen sind. Vielleicht hat Robert ihnen doch was gesagt."

„Er hätte es wohl eher mir gesagt als den beiden."

„Einen Versuch ist es wert. Irgendwo musst du schließlich anfangen."

Ich nahm einen weiteren Bissen von den Nudeln, die bereits kalt geworden waren.

„Deine Mutter hat angerufen, als du weg warst", sagte er, nachdem ich einfach geschwiegen hatte. „Sie meinte, du wüsstest schon warum. Sie klang ziemlich merkwürdig. Hattet ihr Streit?"

Endgültig verärgert stieß ich den Teller angewidert von mir. Immer kam alles zusammen. „Sie will, dass ich auf ihrer Feier eine Rede halte, und ich war nicht gerade überschäumend vor Freude."

Jan sah mich neugierig an. „Und? Wirst du's machen?"

Ich zuckte mit den Achseln. „Es wird mir ja kaum etwas anderes übrigbleiben, oder? Hat sie sonst noch was gesagt?"
„Nur, dass sie vorher noch mal vorbeikommt."
„Mist."
Jan streckte seinen Arm über den Tisch und griff nach meiner Hand. Ich war zu müde, um sie wegzuziehen. „Natürlich ist es ihr wichtig, dass ihr Sohn eine Ansprache hält", sagte er. „Ich helfe dir auch dabei, wenn du willst."
„Ach was, das werd ich schon irgendwie hinkriegen. Im Moment passt mir das nur überhaupt nicht."
„Wie du willst. War ja nur ein Vorschlag." Jan stand auf und schob die Teller zusammen. Er hasste es, wenn Geschirr einfach so herumstand. „Es ist schon spät. Ich bin müde."
„Hast du jemals daran gedacht, wie es sein könnte, wenn *ich* einfach fortbleiben würde?"
Mit unserem Besteck und den Tellern in der Hand hielt er inne. Seine Augen weiteten sich, und er richtete sich ein wenig auf. Dabei fiel eine der Gabeln zu Boden. Jan achtete nicht darauf, wandte sich ab und stellte das Geschirr neben die Spüle.
„Nur so, als Vorstellung", fuhr ich fort. „Ich meine, wie das wäre, wenn ich einfach nicht mehr da bin."
Jan kippte meine restlichen Nudeln in den Abfalleimer. „Darüber denke ich nicht nach. Du bist nicht fort. Ich habe keine Ahnung, was ich tun würde, wenn dir was zustoßen sollte."
„Aber wenn. Nur mal angenommen."
Ich hatte nicht von ‚zustoßen' gesprochen, nicht von äußeren Umständen, ich meinte eine absichtliche Entscheidung, meinen eigenen Entschluss, nicht wiederzukommen.
„Nein, daran habe ich noch nie gedacht. Wieso, sollte ich?"
„Es könnte doch mal passieren. Nicht, dass ich das vorhätte, nein, verstehe das nicht falsch, ich meine es nur so, theoretisch. Plötzlich bin ich weg."
Es entstand eine Pause, zäh und belastend. Ich hatte Jan nicht verunsichern wollen, ich versuchte ihm klarzumachen, wie das wäre, wenn jemand nicht mehr da war, damit Jan mich besser verstehen konnte. Aber das Beispiel schien unglücklich gewählt.

„Es tut mir Leid, ich bin nicht mehr nüchtern. Vergiss es. Du weißt, dass ich nicht gehen werde."

Jetzt erst drehte Jan sich um, lächelte mir zu. „Ja, das weiß ich. Wohin willst du auch gehen?"

Eine halbe Stunde später stand ich nackt im Bad und stütze mich erschöpft mit beiden Händen auf dem Waschbecken ab. Die Tür hinter mir hatte ich geschlossen. Ich konnte Jan nebenan hören, wie er im Schlafzimmer leise die Vorhänge zuzog. Leicht vornübergebeugt starrte ich in den Spiegel. Meine Augen waren gerötet, und dunkle Ringe hatten sich tief unter ihnen eingegraben. Die Haut in meinem Gesicht wirkte fahl, was nicht nur an dem künstlich grellen Licht der Halogenlampe über dem Alibertschrank lag. Ich fühlte mich elend, und mein Schädel brummte von dem Bier und dem Whiskey.

Früher hatte mir das nicht viel ausgemacht, aber seit ich dreißig war, hatte ich das Gefühl, dass mein Alkoholkonsum immer schwerer wegzustecken war. Ganz zu schweigen von den damit einhergehenden kurzen Nächten. Da waren die ersten Falten auf der Stirn und um die Mundwinkel, Geheimratsecken taten sich auf, und wenn ich nicht aufrecht stand, wölbte sich ein kleiner Bauch hervor, wie jetzt. Schnell wandte ich meinem Spiegelbild den Rücken zu. Ich konnte meinen Anblick nicht länger ertragen.

Immerhin, sagte ich mir, um mich aufzumuntern, hatte ich noch Chancen. Selbst Robert hatte mich nicht abgewiesen, im Gegenteil. Worüber also beklagte ich mich? Ich malte mal wieder den Teufel an die Wand, und wie zum Trotz blickte ich erneut in den Spiegel. Meine Haare waren noch immer schwarz, ohne ein einziges graues dazwischen, ich hatte noch immer diese großen, braunen Augen und diese gerade, leicht gewölbte Nase in einem markanten, männlichen Gesicht, und meine Figur war selbst mit den kleinen Fettpölsterchen noch schlank und durchtrainiert. Sesshaft war ich geworden, mehr oder weniger jedenfalls, das war alles. Und das war auch der Grund, warum ich anfing, immer häufiger an mir zu zweifeln. Jan hatte mich verändert. Aber das war es schließlich, was ich gewollt hatte, oder nicht?

Von Anfang an hatte Jan mir gesagt, was er erwartete, hatte er seine Vorstellungen offengelegt wie ein Buch. Diese Erwartungen hatten mich gleichermaßen fasziniert und erschreckt. Die Endgültigkeit seiner Ansichten war mir ein Rätsel, wie einer dieser Zauberwürfel, deren farbliche Symmetrie wiederherzustellen mir nie gelang. Jan hatte mir den seinen vorgehalten, fertig geordnet. So sieht meine Welt aus, hatte er gesagt, jede Seite seine eigene Farbe, übersichtlich, fein säuberlich getrennt von den anderen. Rot war rot und blau blau. Kein Durcheinander von Emotionen, keine Zweifel und erst recht keine Exzesse oder Affären. Jans Welt ein Zauberwürfel. Ich hatte mich hingezogen gefühlt zu dieser Einfachheit, dieser unerschütterlichen Sicht der Dinge, die alles zum Stehen brachte. Diese Ruhe und Ausgeglichenheit hätte ich gern besessen, und ich hatte mit Jan zusammen sein wollen, um zu lernen, wie sich dies erreichen ließ.

So ganz aber war mir dies nie gelungen. Das Trinken zumindest hatte ich nie völlig aufgeben können, und meine Eskapaden im Park oder auf den Klappen erst recht nicht. Und seit Robert aufgetaucht war, fiel alles noch ein wenig schwerer. Seinen Zaubertrick mit dem Würfel hatte Jan mich nicht lehren können, und meine innere Unruhe blieb. Abwechselnd hatte ich ihm und mir die Schuld dafür gegeben, mir, weil ich nicht über meinen Schatten zu springen vermochte, und ihm, weil er sich nicht genügend kümmerte, nichts bemerkte und gleichgültig schien. Weil ich annahm, dass er mich nicht genügend liebte. Diesen Vorwurf konnte ich allerdings nicht wirklich belegen. Jan blieb aufmerksam und zärtlich wie zu Beginn unserer Beziehung, auch wenn ich es nicht immer zuließ. Denn da lauerte diese unterschwellige Angst, die ich nie loswerden konnte und die der eine Satz vorhin nur bestärkt hatte. Wohin sollte ich schon gehen?

Dieser Satz verfolgte mich. Etwas derartiges hatte Jan zuvor nie gesagt. Es gab keinen Ort, an den ich gehen konnte. Wenn Jan mich rausschmeißen würde, wäre ich auf mich allein gestellt. Egal, über wie viele Dinge er einfach schwieg, als seien sie weder wichtig noch uns betreffend, sie ließen ihn unberührt, weil er wusste, dass ich nicht fliehen würde, nicht fliehen konnte, weil Flucht immer auch eines Ziels bedurfte, einer Zuflucht. Und das mochte ihm Sicherheit genug sein.

Als ich aus dem Bad trat und hinüber ins Schlafzimmer ging, lag Jan bereits im Bett, sein Gesicht in die Kissen gedrückt. Ich konnte seinen ruhigen, gleichmäßigen Atem hören. Wie gewöhnlich war er sofort eingeschlafen. Nein, Jan hatte mit seinem Satz keine Absicht verfolgt, er hatte ihn gesagt, weil er einfach zutraf, weil er Fakt war. Und um mir zu verstehen zu geben, wohin ich gehörte, dass ich nicht gehen brauchte, weil mein Platz an seiner Seite war und nirgends sonst. Mehr nicht. Es gab keine Zweideutigkeiten in Jan. Es fiel nur schwer, das zu begreifen.

Einen Moment lang blieb ich noch in der Tür stehen und blickte auf meinen schlafenden Freund. Bei diesem Anblick verblassten meine Sorgen und Zweifel, als wären sie Hirngespinste, die ich mir lediglich eingeredet hatte. Ich würde nicht fortgehen. Niemals. Denn Jan gab mir, was ich brauchte, weil mit Jan alles möglich war, die Geborgenheit, die Sicherheit, meine Ausschweifungen und auch die Lügen. Und selbst der Sex klappte noch mit uns, wenn auch nicht mehr so häufig und regelmäßig wie am Anfang. Er geschah eher sporadisch, aus alltäglichen Situationen heraus. Es war eine schleichende Geilheit, geboren aus plötzlichen Berührungen, aus einem Blick, einer Geste, einem Kuss, der einen Moment zu lange dauerte, dessen Erregung erst in der Ausdehnung aufkam, als weckte er eine Erinnerung.

Vielleicht, dachte ich, war es das, was Liebe ausmachte: die Rückschau auf vergangene Leidenschaft, auf das Stürmische, Hemmungslose einer Begegnung, deren Flüchtigkeit nun als schemenhafte Reminiszenz wiederkehrte, als das Gespenst ihrer unersättlichen Lust. Ein Gefühl, welches sich längst eingegraben hatte in mein Innerstes und dort andere, tiefere Vibrationen erzeugte, an die die Zuckungen in meinem Schwanz im Park selten heranreichten.

Gleichzeitig aber fürchtete ich wieder, dass dieser Begriff von Liebe trügerisch war, dass diese Rückschau nichts anderes aussagte als eben dies: das Zurückblicken auf Vergangenes, auf längst Verlorenes. Ein Gedanke, der mich verfolgte, so sehr ich auch versuchte, ihn auszuschließen. Denn trotz allem wollte ich Jan nicht missen. Und als müsste ich es mir selbst beweisen, kroch ich zu ihm unter die Bettdecke, drückte ich mich dicht an ihn heran, den Arm über seinen Rücken gelegt, meinen harten, steifen Schwanz gegen die Seite meines Freundes gepresst.

Kapitel 3

„Und das ist Andreas."

Andreas war keine dreißig, schlank, hübsch, mit einem herausfordernden Lächeln auf den schmalen Lippen, leuchtenden blauen Augen und kurzen schwarzen Haaren. Er trat aus dem Badezimmer, nachdem Michael uns die Jacken abgenommen hatte und Peter aus der Küche geeilt war. Sein enges T-Shirt reichte nur knapp bis über den Bund seiner Jeans.

„Hi", sagte er und schüttelte uns die Hand, „schön euch kennenzulernen."

Ich hatte ihn zuvor nie gesehen. Einer dieser Jungschwulen, die in Technoschuppen ihre Nächte durchtanzten, wahrscheinlich auf Ecstasy, die erst gegen Mittag nach Hause kamen, die nicht in Kneipen hockten, um ein Bier zu trinken, sondern in Cocktailbars einen Caipirinha schlürften. Die sich in mir fremden Welten herumtrieben.

„Na, dann mal rein mit euch. Was wollt ihr trinken?" Michael führte uns ins Wohnzimmer an den Couchtisch, auf dem bereits drei Gläser standen, halb gefüllt.

„Nur Wasser für mich", sagte Jan, und ich verlangte dasselbe. Nach der gestrigen Nacht hatte ich beschlossen, heute nüchtern zu bleiben und Jan zu beweisen, dass es nicht der Alkohol war, den ich vermisste. Wir ließen uns in die riesige schwarze Ledercouch sinken, deren weiche Sitzfläche uns halb verschluckte.

„Also schön, Wasser. Andreas, noch etwas Campari?"

Michael schenkte ein, setzte sich dann zu uns, während Peter gleich wieder in die Küche verschwinden wollte.

„Ach, Peter", hielt Jan ihn zurück, „wir haben dir eine Kleinigkeit mitgebracht." Aus seiner Hosentasche fischte er eine dieser kleinen Figuren aus einem Überraschungsei, die Peter wie ein Besessener sammelte. „Ich hoffe, den hier hast du nicht inzwischen woanders aufgetrieben. Hat mich ein paar aufregende Stunden bei eBay gekostet."

Peter strahlte über das ganze Gesicht und nahm ihm die Figur in Form eines Nilpferds vorsichtig ab. „Das war doch nicht nötig, danke!" Und zu Michael gebeugt: „Sieh mal, das ist *Aubacca*. Genau der, der mir im *Star-Wars*-Hipperium noch gefehlt hat! Endlich."

„Toll."

Michael hatte gar nicht hingesehen, sondern warf uns einen amüsierten Blick zu und verdrehte die Augen. Peter ging zu ihrem riesigen Wandschrank, der eine ganze Seite des Zimmers ausfüllte. Dort, in einer ausklappbaren Bar, wo sich bei anderen die alkoholischen Flaschen befanden, bewahrte Peter seine kleinen Schätze auf. Er hatte sogar ein weiteres Brett einfügen müssen, um allen seinen tierischen Lieblingen Platz zu bieten. In Reih und Glied standen sie angeordnet, eine ganze Lade voller Kindheit.

„Wird er nicht langsam etwas zu alt für so was?" fragte ich zu Michael gewandt.

„Was meinst du, warum er sie nur im Schrank aufbewahren darf? Als Peter mir seine Sammlung das erste Mal gezeigt hat, war ich kurz davor, mich scheiden zu lassen."

Michael lachte sein tiefes, lautes Lachen. Peter und er waren ebenso lange zusammen wie Jan und ich. Unsere Jahrestage lagen nicht einmal drei Wochen auseinander. Genaugenommen waren beide Jans Freunde gewesen, und mit der Zeit wurden sie auch zu meinen, wobei Peter mir näher stand. Mit ihm konnte ich ungezwungen und offen reden, während ich bei Michael ständig das Gefühl hatte, nicht ganz ernst genommen oder belehrt zu werden. Ich hoffte nur, dass Peter nicht allzu viel von unseren Gesprächen weiter erzählte.

Peter stand noch immer vor den unzähligen, aufgereihten Figuren, um den Neuzugang zwischen seine Artgenossen zu platzieren. Solche Kleinigkeiten brachten ihn in Verzückung. Dann aber fuhr er sichtlich zusammen.

„O mein Gott, das Essen", rief er aus, schloss schnell den Schrank und eilte in die Küche.

„Irgendwann schmeiß ich das ganze Zeug einfach weg", sagte Michael zu uns, als er sicher war, dass Peter ihn nicht mehr hören konnte.

„Ist das Zeug nicht einiges wert?" fragte Andreas, der die ganze Zeit kein Wort gesagt hatte.

„Mag sein. Heutzutage kann man ja aus allem Geld machen."

„Für eine komplette Serie kriegt man, glaub ich, 'ne ganze Menge." Dabei streichelte er Michael das Knie, der wiederum nach seiner Hand griff, sie drückte.

Ich sah Jan vorsichtig an, der meinen Blick erwiderte und die Augenbrauen hob.

Michael lachte erneut, diesmal, weil er unsere Blicke bemerkt hatte. „Ist er nicht süß? Wir haben ihn vor drei Wochen kennen gelernt, ganz verschüchtert in einer Ecke, und wir haben ihn mitgenommen. Seitdem sind wir unzertrennlich. Stimmt's?"

Andreas zeigte seine weißen, geraden Zähne und ließ sich von Michael durch das Haar fahren. „Ich hab bisher nichts bereut. Im Gegenteil."

„Oh, wir auch nicht, wir auch nicht."

Den rechten Ellenbogen hatte Andreas auf die Sofalehne gestützt, das Kinn in der offenen Hand. Er schielte an Michael vorbei zu mir, während dieser ihn noch immer betätschelte. Sein Lächeln hatte etwas Herausforderndes, vielleicht Überhebliches.

Peter kam zurück ins Zimmer gehastet, ein Tablett in den Händen und begann, den Esstisch zu decken.

„Ein bisschen frisches Blut für uns alte Knacker ist wie ein Jungbrunnen", sagte er. „Das bringt einem die gute, alte Zeit zurück."

Noch mit dem letzten Teller in der Hand richtete Peter sich auf, sah uns strahlend an. Vermutlich meinte er jene Zeit vor fünfzehn oder gar zwanzig Jahren, als sie beide so alt gewesen sein mochten wie Andreas jetzt.

„Vielleicht solltet ihr das auch mal probieren", schlug Michael vor.

„Lass doch", fiel Peter ein, bevor Jan oder ich antworten konnten, „du weißt doch, wie sie dazu stehen."

„Jedem das Seine. Wir haben bisher keinen Reiz verspürt, mit anderen Sex zu haben. Aber es ist schön, wenn es bei euch klappt."

Das hatte Jan gesagt. Ich schwieg wohlweislich, nicht ohne ein glühendes Gefühl in meinem Kopf. Ich hatte immer geschwiegen, wenn das Thema angesprochen wurde, was hätte ich auch sagen sollen? Michael warf mir einen seltsamen Blick zu, fragend, zweifelnd, aber er ließ den Augenblick verstreichen. Einmal hatte Michael mich erwischt, genaugenommen mich in einem Dunkelraum ertastet, zu spät für Ausflüchte oder Erklärungen.

„Zumindest hält Andreas uns auf Trab. Und ich denke, er kann einiges lernen von so zwei alten Hasen."

Andreas sagte nichts, lächelte die ganze Zeit zufrieden, wie bei einer Oscar-Verleihung, auf der er als heißester Kandidat gehandelt wurde. Wenn er seinen Spaß gehabt hatte, würde er gehen, sie wieder allein lassen, eines anderen, womöglich jüngeren wegen. Für ihn wäre es bestimmt nicht das erste Mal. Nur für Michael und Peter.

„Habt ihr eigentlich unsere neueste Errungenschaft schon gesehen?"

Michael sprang auf, und wir folgten ihm ins Schlafzimmer. Schwere Möbel aus Holz auf dunklen, weichen Teppichen standen dicht gedrängt. Kommoden, Schränke, Spiegel und in der Mitte, an die hintere Wand gestellt, ein Bett mit Überwurf, einem Quilt. Die vier Pfosten des Bettes ragten zu einem Gestell in die Höhe, in dem Haken eingelassen waren.

„Jetzt können wir da einen Sling befestigen. Eine feine Sache."

Ich hörte nicht weiter zu und wandte mich ab, sobald Michael sich in Einzelheiten vertiefte, Andreas fest im Arm. Es genügte, wenn Jan zuhörte, hin und wieder nickte, innerlich amüsiert und auch ein wenig schockiert.

In der Küche traf Peter die letzten Vorbereitungen. Ich stellte mich in den Türrahmen und sah ihm zu. Routiniert kümmerte er sich um die Töpfe, Pfannen, eilte vom Herd an den kleinen Tisch und wieder zurück, ein hektisches Hin und Her ohne Unsicherheit, gekonnt, geübt, eine eingefahrene Schrittfolge, die er perfekt beherrschte. Dabei spitzte er seine schmalen Lippen und kräuselte seine Stirn in ein Gewirr aus unzähligen, kleinen Falten. Peter war Mitte vierzig, schlank, beinahe hager, hatte noch sein volles, braunes Haar, das er nach hinten aus dem Gesicht kämmte, und er arbeitete seit Ewigkeiten in derselben Bankfiliale. Er trug fast ausschließlich Cordhosen und dazu Hemden, deren Kragen sich nicht an die Mode hielten, und er liebte seine Einbauküche.

„Ich weiß, was du sagen willst", begann Peter, ohne aufzusehen, „aber es funktioniert. Frage mich nicht wieso, aber so ist es. Andreas ist ein lieber Kerl, ein wenig jung, das gebe ich zu, warum nicht?"

„Ich habe doch gar nichts gesagt."

„Euer Schweigen sagt genug. Das ist schon in Ordnung, ich würde es nicht anders machen. Sieht halt aus wie zwei geile Böcke, die sich Frischfleisch geangelt haben. Gott, wie habe ich diese Typen immer lächerlich gefunden, und jetzt bin ich selber einer von denen." Peter lachte auf, kurz, dann brach er ab, warf das in Streifen geschnittene Fleisch in die heiße Pfanne, dass es zischte und spritzte.

„Wohnt er denn hier?"

„Nein, nicht wirklich. Er hat seine eigene Wohnung, nicht mal weit von hier. Zum Glück. Da kann er laufen und muss nicht erst mit dem Bus quer durch die Stadt. Er hat ja nicht mal einen Führerschein, der Arme. Aber die meiste Zeit verbringt er schon bei uns. *Menage à trois*, so nennt man das wohl."

„Scheint, als ob euch das gut bekommt."

„O ja, irgendwie schon. Eigentlich war es nur so eine dumme, spontane Idee, ihn mitzunehmen. Wir waren beide geil auf ihn, und da ist es eben passiert. Genaugenommen unser erster Dreier, wenn man von dem Reinfall mit diesem Holländer absieht. Wo ist bloß das verdammte Curry?"

Peter griff mit der linken Hand in den Gewürzschrank über ihm, prüfte hektisch die gläsernen Behälter, während er weiterhin mit der rechten den Kochlöffel hielt und in der Pfanne rührte.

„Na, jedenfalls haben diese Sticheleien ein Ende", seufzte er und verdrehte dabei die Augen nach oben. „Du weißt schon: Ich habe den und den gehabt, tut mir Leid, dass es mit dem und dem nicht geklappt hat. Solche Sprüche meine ich."

„Das ging doch früher immer gut bei euch."

„Irgendwann wird es zuviel. Ich sag es ja nur ungern, aber Micha hat da einfach mehr Glück als ich. Und das ist auf Dauer ziemlich frustrierend, glaube mir. So können wir uns wenigstens nichts mehr vorwerfen."

„Mit Jan ist das nicht möglich. Du weißt ja, was er darüber denkt."

„Er hält uns sicherlich für perverse Schweine."

„Nun ja, nicht unbedingt, nur für durchgeknallt."

Wir lächelten uns zu.

„Jan kommt auch noch dahinter", sagte Peter, jetzt mit der Schöpfkelle in der Hand. „Alles eine Frage der Zeit. Hier, probier mal."

Peter hielt mir die Kelle entgegen, und ich leckte vorsichtig daran.

„Prima."

„Jedenfalls machen wir uns nichts vor."

Peter hatte sich bereits wieder abgewandt, als wolle er mir einen Kommentar dazu verweigern.

„Unsere Beziehung hat eben ein anderes Rezept", sagte ich dennoch.

„Ja, klar. Und? Was macht die Jobsuche?"

Ich zuckte mit den Achseln, verschränkte mürrisch die Arme vor der Brust. „Was schon? Nichts. Im Moment ist das aussichtslos."

„Kommt ihr klar?" Aus dem oberen Schrank angelte Peter zwei Schüsseln, begann den Reis aus dem Topf in die größere von beiden zu schütten.

„Ja, kein Problem. Ich krieg ja noch Arbeitslosengeld bis nächsten März, und Jan verdient gut. Das reicht aus."

„Wir kennen da jemanden beim Fernsehen. Wenn du willst, geb ich dir seine Nummer."

„Danke."

Wir sahen uns kurz an, bevor Peter die zweite Schüssel mit den Filetspitzen füllte. Beide wussten wir, dass ich dort nicht anrufen würde. Ich hatte kein Problem damit, arbeitslos zu sein – jedenfalls noch nicht. Eine Tatsache, die ich so weder Peter noch Michael sagen durfte. Womöglich war ich in ihren Augen ein Schmarotzer, der auf Jans Kosten lebte. Aber immerhin bezahlte ich meinen Teil der Miete, wenn auch das Haushaltsgeld nicht gerade *fifty-fifty* geteilt wurde. Zudem hatte ich Peter, zumindest ansatzweise, verraten, warum ich bei dem Boulevardblatt, bei dem ich gearbeitet hatte, gefeuert worden war.

Spaß gemacht hatte mir die Arbeit dort sowieso nicht mehr. Diese ständigen Nichtigkeiten einer Möchtegern-Prominenz, über die ich zu berichten hatte, hingen mir zum Hals raus. Jede Woche eine Gala, eine Wohltätigkeitsveranstaltung oder eine Preisverleihung, das ständige Lamentieren über das Wer-mit-wem und der ewige Druck im Nacken, einen neuen Skandal aufdecken zu müssen, zehrten an meinen Nerven. Dabei fand ich den Boulevardjournalismus zu Beginn sehr aufregend. Die Jobs, die ich davor gehabt hatte, sei es die abgebrochene Lehre zum Bürokaufmann, das halbe Jahr als Versicherungsvertreter oder das Praktikum in einem Verlag, hatten mich weit schneller gelangweilt. Hier kam ich unter prominente Leute und konnte umsonst auf alle möglichen Events. Aber auch das nutzte sich schnell ab. Ich hatte etwas Sinnvolles recherchieren, wirkliche journalistische Arbeit machen wollen, wozu ich nie herangezogen wurde. Man hatte mich in eine Schublade gesteckt, aus der ich nicht herauskam.

Mein Büro lag im zehnten Stock des Verlagsgebäudes, mit Blick auf den angrenzenden Park, der bis hinunter zum See führte. Dort oben saß ich, zusammen mit neun anderen Kollegen, und versuchte meine Eindrücke der vergangenen Abende in Worte zu fassen. Und je öfter ich das tat, desto näher rückte die Erkenntnis, dass ich genaugenommen nie etwas Neues schrieb, sondern sich lediglich die Personen und Orte änderten. Dass der Klatsch, den ich zu Papier brachte, so redundant wie banal war.

Irgendwann, ungefähr fünf Monate nach meiner Einstellung, wurde mir alles zuviel. Immer öfter verließ ich den Schreibtisch, fuhr mit dem Fahrstuhl hinunter, ging über die Straße und lief am Ufer des Sees entlang oder setzte mich in den Park, um einen klaren Kopf zu bekommen. Oder ich folgte den Wegen, an den Büschen und dem kleinen Wäldchen vorbei, oder zog meine Kreise um das Toilettenhäuschen herum. Es bereitete mir ein teuflisches Vergnügen, wenn ich zwischen den Blättern und Zweigen hindurch beim schnellen Sex das Fenster erkennen konnte, hinter dem ich hätte sitzen sollen. Diese kleinen Ausflüge taten mir verdammt gut. Immerhin, sagte ich mir, halfen sie mir bei meiner Kreativität, die sich ohne diese Ablenkungen bald gar nicht mehr einstellen wollte. Zunächst fiel es auch niemandem auf. Noch lieferte ich schließlich meine Artikel rechtzeitig ab, selbst wenn ich vielleicht zu oft mein Büro verließ, zu spät erschien oder zu früh wieder verschwand. Aber irgendwann fühlte ich mich wohl zu sicher. Kollegen vermissten mich auf den Veranstaltungen, und ich schrieb einfach Sätze von der Konkurrenz ab, weil ich nicht mehr dort war, wo ich sein sollte. Es wurde hinter meinem Rücken geredet, wenn ich zur Kaffeemaschine ging oder wenn Kollegen an meinem Schreibtisch vorbeikamen. Ich nahm es nur achselzuckend zur Kenntnis und grinste weiter in mich hinein.

An einem Freitag dann, kurz vor Redaktionsschluss, drängte sich eine kleine Menschentraube um das Brett neben dem Fahrstuhl, an dem gewöhnlich Mitteilungen des Betriebsrates oder Glückwünsche aushingen. Ich kam gerade von einem gelungenen Fick zurück und wollte mich dazugesellen, als das Kichern meiner Kollegen augenblicklich verstummte. Sie wichen zurück und ließen mich einfach stehen. Verwundert trat ich näher. Zwischen den vielen Zetteln hing ein Foto. Es zeigte mich in eindeutiger Pose mit einem Mann, wir beide mit heruntergelassener Hose, und im Hintergrund, von den Büschen halb verdeckt, das Verlagsgebäude. Ich war erledigt.

Eine halbe Stunde später wurde ich zum Chefredakteur gerufen, meine Kündigung bereits fertig vor sich auf dem Tisch.

„Man hat mich erpresst damals", sagte ich zu Peter, der mich die ganze Zeit über angesehen hatte. „Das Ganze war ein abgekartetes Spiel. Völlig überzogen. Und wenn ich ab und zu rumgevögelt habe, na und?"

Erst jetzt bemerkte ich, dass er mir eine der Schüsseln entgegenhielt. Noch immer geriet ich bei dem Gedanken an diesen Vorfall in Wut. Ich atmete tief durch.

„Wenn man mir vernünftige Aufgaben gegeben hätte", versuchte ich mich zu rechtfertigen, „dann wäre es auch nicht soweit gekommen. Das weißt du auch."

„Reg dich nicht darüber auf", sagte er nur und drückte mir die Schüssel in die Hand. „Ändern kannst du es sowieso nicht mehr. Besser, du kümmerst dich um den nächsten Job. So, gehen wir essen, bevor alles kalt wird."

Andreas saß zwischen Michael und Peter, so dass sie sich ansehen konnten, wenn sie ihm zulächelten, ihn ein wenig bemutterten. Er schien sich in der Rolle zu gefallen und die Aufmerksamkeit zu genießen, mit der sie ihn überschütteten, wobei sich beide in ihren Zärtlichkeiten zu übertreffen suchten. Abwechselnd fuhren sie ihm sanft durch die Haare, griffen nach seiner Hand oder seinem Knie, und ich ertappte mich dabei, diese Berührungen zu zählen. Beim Nachtisch stand es zwanzig zu achtzehn für Michael.

Nein, das war es nicht, was ich mir vorstellte. Diese Offenheit ihrer Hingabe an das Neue, Junge, war für mich zu plakativ, zu durchschaubar, und stellte für mich keine Lösung dar. Für mich lag die Sicherheit im Geheimen, so dass ich Jan vor meinen Eskapaden schützen konnte, die er niemals verstanden hätte. In dieser Hinsicht glich Jans Haltung der meiner Eltern, die nächste Woche ihre goldene Hochzeit feierten, um fünfzig Jahre zu begießen, in denen sie nie länger als ein paar Tage getrennt gewesen waren, in denen die Frage nach anderen Sexpartnern nie aufgekommen war, weil allein der Gedanke daran fremdartig, ja absurd gewesen wäre. Für sie hatte alles Bestand.

Als Kind war ich stolz gewesen auf ihre unerschütterliche Ehe; ein Zustand, der, wie ich immer häufiger feststellen musste, in den Familien meiner Schulkameraden keine Selbstverständlichkeit war. Ich erinnerte mich noch gut an die Nachmittage in Birgits Kinderzimmer, an die gedämpften Schreie ihrer Eltern, die durch die dünnen Wände drangen und die Birgit im krampfhaften Spiel mit ihren Puppen zu ignorieren versuchte. Oder an Karsten, der wochenlang übermüdet und mit geröteten Augen in der vierten Klasse neben mir saß, ohne mir sagen zu wollen, woran das lag. Und ich erinnerte mich genau an Martin, dessen Mutter ihn täglich von der Schule abholte, bis sie irgendwann einfach fort blieb und von einer mir fremden jungen Frau abgelöst wurde.

Überall um mich herum bemerkte ich die Veränderungen, während zu Hause alles beim Alten blieb. Auch meine Großmutter hatte nie wieder einen anderen Mann kennen gelernt. Sie lebte mit den Erinnerungen und ihrer seltsamen, märchenhaften Hoffnung auf seine Rückkehr, saß in ihrem Zimmer im elterlichen Haus, umgeben von alten, vergilbten Fotos und Briefen, aus denen sie mir vorlas. Oder sie erzählte Geschichten.

„Er jonglierte Teller. Auf dünnen Stöcken. Ja, das konnte er."

Diese Sätze raunte sie mir zu, in ihrer leisen, brüchigen Stimme, beinahe jeden Tag. Irgendwie war dies ihre liebste Erinnerung gewesen, und ihre Augen bekamen davon immer einen für mich seltsamen Glanz, wie der meiner Murmeln.

„Viele Teller auf einmal, auf diesen dünnen, dünnen Stöcken. Wie im Zirkus. Oh, er sah wunderbar aus, wenn er jonglierte. Das war sein Steckenpferd. Er hatte ja soviel zu tun. Aber wenn wir allein waren, dann jonglierte er für mich. Er war ..."

Jedes Mal brach sie abrupt ab, wenn Mutter ins Zimmer trat, und legte ihren knochigen dünnen Finger vor die schmalen Lippen, als wäre diese Geschichte nur für mich.

„Hat sie dir wieder Märchen erzählt?" fragte Mutter, sobald wir allein waren.

„Nein, keine Märchen", antwortete ich immer aufs Neue, stolz darauf, nicht gelogen zu haben.

„Du musst nicht alles glauben, was Oma über Opa erzählt. Er hat viel geleistet, aber seine Familie, weißt du ... na ja, sie kam halt aus ganz anderen Verhältnissen, wo man es mit der Wahrheit nicht so genau nahm."

Was sie damit meinte, davon hatte ich als Kind keine Ahnung. Es interessierte mich auch nicht. Mir gefiel Großmutters Geschichte einfach, und ein Geheimnis zu bewahren zählte damals mehr als ihr Wahrheitsgehalt.

Mein Zuhause war mir eine Zuflucht, eine Stätte der Beständigkeit, und für mich stand fest, wie mein eigenes Leben verlaufen würde, verlaufen musste. Treue ist das Wichtigste im Leben, hatte meine Mutter gesagt, durch den offenen Türspalt auf ihre eigene Mutter zeigend, die am Fenster hockte, gekrümmt und alt, und hinaus in den Garten starrte. Bei ihrer Beerdigung war es diese Eigenschaft, die der Pfarrer hervorhob, nicht die Härte der zwei Kriege, die sie durchlitten hatte, nicht der Hunger und die Vertreibung und auch nicht ihr Lachen, ihre Schönheit, die ich von den alten Fotos her kannte, sondern ihre Treue, ihre Hingabe an etwas, das seit beinahe fünfzig Jahren keine Gültigkeit mehr besaß.

„Wer weiß schon, was in ihm vor sich geht."

Ich hatte nicht zugehört. Sie sprachen über Roberts Verschwinden, und Michaels Worte kamen gepaart mit einem Achselzucken, mit einer gewissen Gleichgültigkeit.

„Er würde nie einfach so abhauen", sagte ich verteidigend, „dazu kenne ich ihn zu gut."

„Glaubst du, ihm ist was zugestoßen?" Michaels dünne Brauen zogen sich zusammen, aber sein Tonfall blieb neutral, unbeteiligt.

Robert und er konnten sich nicht leiden. Sie waren Konkurrenten auf der Jagd nach dem selben Typ von Mann. So wie Peter meinte, Michael hätte mehr Glück bei Eroberungen als er, so glaubte Michael dies von Robert. Michael war stämmig, wenn auch nicht dick, er trug einen dicken Schnauzbart in seinem runden Gesicht, die Haare auf wenige Millimeter geschoren, und er war, wie Peter auch, Mitte vierzig. Äußerlich hatte er mit Robert nichts gemein. Allerdings brauchte ich nur auf Andreas zu sehen, um zu wissen, was beide gleichermaßen unter einem attraktiven Mann verstanden.

„Was sagen die auf seiner Arbeit?" fragte Peter.

„Robert ist freischaffend. So schnell vermisst ihn dort niemand."

„Ja, richtig. Beim Film oder so. Regisseur, richtig?"

„Er schreibt Drehbücher."

Michael schnaufte durch die Nase.

Peter zuckte mit den Schultern. „Wie auch immer. Aber das ist schon sehr merkwürdig. Mit wem ist er denn zusammen? Man sollte meinen, dass zumindest sein Freund, oder wen er gerade so hat, etwas weiß."

„Robert hat zur Zeit niemanden."

„Wie kommt's?" fragte Michael erstaunt, und auch diesmal mit einem Unterton, einer Herausforderung an mich gerichtet, als wäre ich verantwortlich für Roberts Liebesleben. „Eigentlich sollte er da doch keinen Mangel haben. Mein Typ ist er ja nicht, aber ich kann verstehen, was einige wenige an ihm finden."

„Doch, wartet mal. Was ist mit diesem ... ich hab seinen Namen vergessen. Robert hat ihn mal erwähnt."

Ich sah Peter ungläubig an. Ich hatte keine Ahnung, wen er meinen könnte. Peter fuchtelte mit dem Messer in der Luft, angestrengt nachdenkend. Eine Haarsträhne fiel ihm dabei aus der Stirn ins Gesicht.

„Heinz? Holger? So ähnlich jedenfalls. Klang furchtbar bieder, und Robert hat auch nicht viel erzählt, als wäre es ihm peinlich, oder so."

„Robert hat niemanden. Das wüsste ich." Sie starrten mich an. Ich hatte viel zu laut gesprochen.

„Na, egal", sagte Peter schließlich und strich sich die Strähne zurück, „war wohl nur ein Fick für eine Nacht. Hast du in den Zeitungen nachgesehen? Falls, nun ja, falls man jemanden gefunden hat ohne Identität oder so."

„Du meinst, man hat ihn umgebracht?" Andreas war den ganzen Abend über wortkarg geblieben, aber jetzt warf er die Frage ein, die niemand auszusprechen gewagt hatte.

„Das wollen wir nicht unbedingt hoffen", beschwichtigte Michael und kratzte sich unterhalb des Kehlkopfs, dort, wo seine Brusthaare über das T-Shirt quollen.

„Krass."

„Denken wir nicht gleich an das Schlimmste. Robert hat seinen eigenen Kopf, warum sollte er nicht mal fortgehen, ohne uns was zu sagen? Ihr wisst doch, wie er ist. Immer gutgelaunt, amüsant, berühmt. Das ginge mir auch auf die Nerven. Ich wette, es geht ihm gut." Peter lächelte in die Runde, forderte uns auf, ihm zuzustimmen.

„Der Meinung bin ich auch", sagte Jan. „Hören wir auf, dauernd an Robert zu denken."

„Das tue ich gar nicht", rief ich aus, da nur ich mich angesprochen fühlte.

„Will jemand einen Schnaps?"

Während unseres halbstündigen Wegs nach Hause, durch die verkehrsberuhigte Zone der Altstadt, lief Jan mir schweigsam jeweils einen Schritt voraus, so dass ich in seinem Gesicht nicht lesen konnte. Ich war mir unsicher darüber, was genau ihm an diesem Abend die Stimmung verdorben hatte. Zunächst sagte ich deshalb wie er kein Wort, und erst, als wir auf halber Strecke an der wilhelminischen Kirche vorbeikamen, überwand ich mich.

„Was ist mit dir?"

Jan blieb stehen, als hätte er nur auf den Anfang gewartet, um seinem Ärger Luft zu machen. „Warum führst du dich immer so auf?" fragte er und hielt krampfhaft seine Jacke mit beiden Händen geschlossen, als hätte sie keinen Reißverschluss.

„Wie? Wie führe ich mich denn auf?"

„Ich weiß, mit wem Robert was hat. Ich weiß, was er denkt. Ich weiß, wo er nicht ist", imitierte er mich und warf mit jedem Satz seinen Kopf in die andere Richtung. „Du scheinst der Experte in Sachen Robert zu sein!"

„Er ist mein bester Freund. Natürlich kenne ich ihn."

„Mag sein. Aber trotzdem hast du keine Ahnung, wo er ist. Vielleicht tut er einfach Dinge ohne dich, und ich weiß nicht, warum du derart aggressiv drauf reagierst."

„Mein Gott, ich mache mir Sorgen. Was ist so falsch daran?"

Jan lief weiter, und es blieb mir nichts anderes übrig, als hinterher zu eilen. In den elf Monaten, seit ich Robert kannte, hatte Jan kaum ein Wort über ihn verloren, und umso unerwarteter trafen mich seine Worte jetzt. Jan hatte sich für unsere Freundschaft nicht interessiert. Die eigenen Freunde zu haben, in die sich der Partner nicht einmischte, die er nicht teilen musste, das war Jans Devise, nicht meine. Warum jetzt diese Anschuldigung?

„Was soll das? Bist du plötzlich eifersüchtig?"

Jan erwiderte nichts, sah stur geradeaus. Im Gehen packte ich ihn von hinten am Arm. „Du denkst doch nicht, dass zwischen mir und Robert was läuft, oder?"

Meine Hand abschüttelnd, hielt Jan endlich an. Er verzog das Gesicht und war versucht etwas zu sagen, was ihm schwer zu fallen schien.

„Ja – Nein. Keine Ahnung."

„Wie, bitte schön, soll ich das denn auffassen? Heißt das etwa, du vertraust mir nicht? Und ich dachte …"

Ich ließ den Satz unvollendet, wollte hören, wie Jan mich unterbrach, mir augenblicklich bestätigte, dass er mich natürlich liebte, uneingeschränkt und bedingungslos.

„Doch, Hannes, natürlich liebe ich dich. Muss ich das denn jedesmal sagen? Aber du trinkst wieder zuviel, und dann bist du so abweisend, dass ich alles glauben könnte. Du machst es einem nicht leicht. Ich will nicht so enden wie Micha und Peter."

Das hätte ich wissen müssen. Das waren die Dinge, vor denen er sich fürchtete, die er durch sein Schweigen und sein Ausharren zu bannen hoffte, die er still in sich hineinfraß.

„Wie können sie das tun? Ich meine, was soll ihre Beziehung denn wert sein, wenn sie austauschbar ist, wenn jeder Knabe, den sie irgendwo aufgabeln, sich dazwischen drängen und Ersatz spielen kann?"

„Sie scheinen doch zufrieden zu sein damit. Ist das nicht genug?"

„Findest du das etwa in Ordnung? Ja, sie scheinen zufrieden damit, aber wo führt das hin? Was ist das für eine Beziehung, in der jeder mit jedem vögelt? Ich begreife das nicht. Meine Eltern leben seit vierzig Jahren zusammen, deine noch länger. Sie haben also nie jemand anderen gebraucht, warum können Schwule das nicht auch?"

Wir hatten wieder zu laufen begonnen, langsamer jetzt, und ich ließ Jan reden. Besser, ich hielt meinen Mund, wartete ab, bis Jan geendet hatte, um mich nicht einzumischen, um meine eigenen Gedanken dazu zurückzuhalten, die keineswegs so abwertend und ablehnend ausgefallen wären, aus gutem Grund.

„Ich rege mich zu sehr auf", sagte er, bemüht gelassen. „Genaugenommen geht es mich ja nichts an. Sollen sie machen, was sie wollen. Es kam einfach zu viel zusammen heute Abend."

„Schon gut. Und ich verspreche, mich zu bessern. Immerhin habe ich beim Essen keinen einzigen Tropfen getrunken."

„Und die drei Schnäpse vorhin?"

Ich zuckte mit den Achseln.

„Warum versuchst du es nicht noch mal mit den Anonymen Alkoholikern? Das hat dir doch geholfen, hast du gesagt."

Nun war es an mir, wütend zu werden. Ich hasste es, wenn Jan mir Vorwürfe machte, wenn er mir vorschreiben wollte, was ich tun sollte.

Jan hatte mich damals überreden können, und tatsächlich war ich drei Abende bei den Anonymen Alkoholikern gewesen. Zuletzt Ende August vergangenen Jahres, genaugenommen fünf Wochen vor meiner ersten Nacht mit Robert. Deshalb erinnerte ich mich noch gut daran. Aber von vornherein hatte festgestanden, dass es nicht die Alkoholiker waren, weswegen ich ging, dass sie nur einen Vorwand Jan gegenüber darstellten. Einem Grund, den Jan verstand und akzeptierte, weil er nicht direkt mit ihm zu tun hatte, sondern ihn irgendwie außen vorließ.

Bereits bei meinem ersten Besuch und meiner ersten Vorstellung, diesem „Mein Name ist Hannes, und ich bin Alkoholiker", wusste ich, dass ich log, dass Alkohol nicht mein Problem war, dass ich gerne trank, manchmal zu viel, manchmal zu oft, aber diese Sucht nicht die Sucht war, die mich umtrieb. Meine Sucht wurde zwei Zimmer weiter behandelt, und wenn ich schon zwei, drei Abende die Woche fortging, dann konnte ich genauso gut dort versuchen, etwas über mich in Erfahrung zu bringen.

Sexsucht war ein Wort, welches mir bis dahin nie begegnet war und dessen Buchstaben auf der Tafel im Flur mir zunächst lächerlich vorkamen. Was mich dennoch teilnehmen ließ, war allein der Umstand, dass ich vor Ende des Treffens der Anonymen Alkoholiker nicht zu Jan zurück konnte, ohne dass dieser Verdacht geschöpft hätte. Also saß ich im Kreis mit fünfzehn anderen, größtenteils Männern, einigen Schwulen, und was sie sagten, klang wie mein eigenes Leben, meine eigenen Bedürfnisse, Wünsche, Ängste, Lügen und Ausflüchte. Das erste Mal hörte ich sie laut ausgesprochen, und was ich hörte, erschreckte mich.

Jan gegenüber heuchelte ich Fortschritte, ich reduzierte tatsächlich meinen Bierkonsum und kam nicht mehr betrunken nach Hause. Aber ich ließ ihn in dem Glauben, ich ginge zu den Alkoholikern. Bei diesen wenigen Treffen lernte ich etwas über mich selbst, über den irrationalen Drang nach Sex, der Selbstzweck geworden war, über das Ausweichmanöver und Ventil. Ich lauschte Manfred, der sechsmal am Tag masturbierte, folgte Stefans Worten, der seinen ganzen Lohn für Internet-Pornos ausgab, und applaudierte verständnisvoll, nachdem Susanne gestand, jeden der Männer ihrer Freundinnen bereits verführt zu haben. Meine eigene Situation nicht mehr nur als Einzelfall begreifend, versuchte ich angestrengt, dem Zwang zu widerstehen, und ich war überrascht, wie einfach das war. Stolz konnte ich in der Runde verkünden, seit einer Woche keinen Sex außer mit meinem Freund gehabt zu haben, und die Ermutigungen der Anwesenden, ihr Klatschen und ihre Glückwünsche, bestärkten mich dermaßen, dass ich anschließend mit Klaus, der trotz der Gruppe jede Nacht auf einer Klappe verbrachte, auf meinen Erfolg einen trinken ging, um bereits auf dem Weg in die Kneipe mit ihm in den Büschen zu landen.

„Wir hätten das nicht tun dürfen", hatte Klaus anschließend gesagt und zu weinen begonnen.

„Jetzt müssen wir wohl wieder von vorne anfangen."

„Wie sollen wir das den anderen sagen? Sie werden uns hassen."
„Das verstehen sie schon. Die anderen sind auch nicht besser. Oder glaubst du etwa, Susanne hält das noch lange ohne Mann aus?"
„Aber diesmal habe ich wirklich gedacht, ich schaffe das. Nicht mal einen runtergeholt habe ich mir. Diesmal hätte es klappen können."
„Tut mir Leid."

Klaus hatte mich angesehen, mit einem fürchterlichen Blick, als wäre es allein meine Schuld, als hätte ich ihn verführt, sein Leben ruiniert. Seinen Gefühlsausbruch empfand ich als übertrieben. Für mich war diese Woche Enthaltsamkeit lediglich eine Beruhigungsspritze für mein Gewissen gewesen, anstatt eine ernsthafte Einsicht.

Am nächsten Morgen dann hatte ich Jan gesagt, dass ich nicht mehr zu den Anonymen Alkoholikern gehen würde, dass ich das Trinken, wenn auch nicht aufgegeben, so doch in einem vernünftigen Rahmen halten würde. Und auch den Sex, sagte ich zu mir selbst, könnte ich einschränken. Das war nicht einmal gelogen. Ich hatte ja nicht wissen können, dass Roberts und meine Wege sich nur zwei Tage später kreuzten.

Es war nicht Jans erneute Anspielung auf die Anonymen Alkoholiker, die mich auf dem Nachhauseweg so wütend machte. Es war die Unfähigkeit, Jan die Wahrheit zu gestehen, und Schuld an dieser Unfähigkeit war Jan, der nie bereit gewesen wäre, mir auch nur zuzuhören.

Robert dagegen hatte zugehört. Ihm konnte ich erzählen, was ich tat und wie oft ich es tat und mit wem. Wegen anderer Männer hätten wir uns niemals Vorhaltungen gemacht. Eifersucht war ein Wort, das auf uns nicht zutraf. Wir brauchten uns nichts vorzumachen. Seine Offenheit gefiel mir, wie fast alles an ihm mich vom ersten Augenblick an fasziniert hatte, als er zu vorangeschrittener Stunde auf der Geburtstagsparty eines Bekannten plötzlich aufgetaucht war.

„Weißt du, wer das ist?" hatte ich Peter gefragt und an ihm vorbei zu Robert geblickt.

Peter drehte sich um. „Der da? Ich glaube, Micha hat es mal bei ihm versucht. Hat aber kein Glück gehabt. Ein ziemlich arroganter Typ."

Unverkennbar machte Robert diesen Eindruck. Er stand einfach mitten im Raum, ein Glas Wein in der Hand und mit leicht erhobenem Kopf, was seinen Blick abschätzig wirken ließ. Er sprach mit niemanden, als wäre er sich selbst genug und die anderen Gäste lediglich Beiwerk. Diese Unnahbarkeit und gleichzeitige Anziehungskraft, derer Robert sich sehr wohl bewusst zu sein schien, imponierte mir. Sein ganzes Auftreten verlieh ihm eine Präsenz, der ich mich nicht entziehen konnte. Solche Momente hatte ich selten erlebt. Mit Jan war es so gewesen, auch wenn Jan eine andere Art der Ausstrahlung verbreitete, eine solidere, beständigere, nicht diese kraftvolle und zugleich leichte, die Robert mit sich brachte.

Sein Äußeres konnte allerdings nicht der alleinige Grund für diese Faszination sein. Überall zeigten sich zwar Ansätze einer klassischen Schönheit, jedes Körperteil von ihm war beinahe perfekt. Die gerade Nase, die geschwungenen Ohren, seine großen Augen von unbestimmter, tiefer Farbe mit den dichten Brauen darüber, seine kurzen schwarzen Haare und der sinnliche Mund in einem glattrasierten Gesicht mit sanften Zügen. Aber zusammen ergaben diese Teile keine Einheit, ohne dass ich genau sagen konnte, woran das lag. Auch hatte sein Blick etwas Unruhiges, Gehetztes. Selten blieb er direkt auf jemandem haften, sondern glitt dicht an dessen Gesicht vorbei, als befände sich dort hinter ihm etwas lang Gesuchtes. Ich hatte mich erst daran gewöhnen müssen, hatte mich die ersten Male sogar umgedreht, um erkennen zu können, was er dort zu sehen glaubte. Es schien, als wäre Robert in Gedanken bereits weitergezogen.

„Hat Micha sonst noch was gesagt?" fragte ich, nachdem ich Robert lange Zeit einfach angestarrt hatte.

„Da musst du ihn nachher schon selber fragen. Im Moment ist er beschäftigt."

Ich konnte mir denken, was er meinte. Vorhin hatte ich Michael im Gespräch mit einem der Gäste bemerkt, bevor beide in ein anderes Zimmer gewechselt waren. „Macht dir das überhaupt nichts aus?"

Peter zuckte scheinbar gleichgültig mit den Schultern. „Ich werde mir halt auch einen suchen müssen", sagte er und nahm einen kräftigen Schluck von seinem Bier.

Darauf erwiderte ich nichts, starrte erneut zu Robert.

„Pass du lieber auf, dass Jan dir keine Szene macht."

Ich drehte mich zu dem Sofa um, wo Jan saß. Er lächelte, stellte sein Glas Mineralwasser ab und kam auf uns zu.

„Ich bin müde", sagte er, den Kopf an meine Schulter gelegt.

„Sollen wir gehen?"

„Du kannst ja noch bleiben, wenn du willst."

„Bist du sicher?"

Jan küsste mich auf die Wange. „Aber ja. Peter wird schon auf dich aufpassen."

Wie immer lag keine ernsthafte Befürchtung in seiner Stimme. Peter verzog sein Gesicht zu einem gezwungenen Grinsen, und ich brachte Jan zur Tür. Als ich zurückkam, schüttelte Peter den Kopf.

„Irgendwann treibst du es zu weit", sagte er.

Ich war bereits angetrunken gewesen, aber nicht betrunken genug, um mich in Robert zu täuschen. Ich ließ ihn nicht mehr aus den Augen. Irgendwann musste er meine Beharrlichkeit bemerkt haben und erwiderte schließlich meine bohrenden Blicke. Ohne ein einziges Wort gesprochen zu haben, verließen wir gemeinsam die Party. Jan würde sich keine Gedanken machen, selbst wenn ich erst morgens nach Hause kam. Es gab genügend Clubs, in denen ich im Anschluss die Nacht durchgemacht haben könnte, was nicht das erste Mal gewesen wäre. Und später dann, im Bett bei Robert, bestätigte sich alles, was ich in ihm zu sehen glaubte.

Mein Ausspruch, die Nacht mit ihm sei geil gewesen, war keine Floskel, keine Verlegenheitsgeste, mit der ich das peinliche Nachspiel einer Nacht überbrücken wollte. Ich hatte es ehrlich gemeint und nicht gewusst, wie ich eine Wiederholung erreichen konnte. Mehr als am Abend davor begehrte ich ihn. Ich hatte bereits angezogen an der Tür gestanden. Es war noch nicht einmal richtig hell draußen geworden, und weder Robert noch ich hatten die Stunden zuvor ein Auge zugetan.

„Ich geh dann mal", hatte ich leise gesagt, mit einem auffordernden Blick, der den seinen nicht ganz traf. Aus Scham, aus Angst vor der Zurückweisung.

„Hm, okay", hatte Robert erwidert. Nur in Boxershorts war er mir in den Flur gefolgt, hatte sich gegen die Wand gelehnt und auf seine Füße gestarrt.

Mir war nichts anderes übrig geblieben, als zu gehen. Resigniert hatte ich bereits die Wohnungstür ins Schloss fallen lassen wollen, als seine Stimme mich noch erreichte.

„Melde dich!" hatte er gerufen.

Drei Tage später war ich wieder bei ihm. Während dieses zweiten Treffens blieb Robert distanziert, sagte kaum ein Wort, reichte mir ein Bier, dann ein zweites, die wir beide hastig tranken, bevor wir in seinem Bett übereinander herfielen. Nachdem wir fertig waren, ging ich. Das war alles.

Erst langsam kamen wir uns näher, begann Robert zu erzählen, wenn auch nicht von sich, so aber über andere, bei denen er nie ein Blatt vor den Mund nahm.

„Das Geheimnis", hatte Robert mir einmal gesagt, „ist einfach. Sage ihnen, was sie hören wollen. Nicht, was tatsächlich ist, sondern nur das, was sein könnte. Aber das so ehrlich und so dicht an der Wahrheit wie möglich."

Über sich dagegen schwieg er. Und er verwehrte sich jeglicher Annäherung, die nicht in Sex enden konnte, die lediglich als Zärtlichkeit, als Zuneigung gedacht war. Jedes Mal, wenn ich ihn berührte oder ihm auch nur einen Blick zuwarf, der meine Gefühle offen legte, wurde Robert verlegen, entzog er sich rasch meiner Hand oder drehte den Kopf. Wir verließen auch selten die Wohnung, als müsste er sich meiner schämen. Darauf angesprochen, führte er immer Jan als Grund an, den er durch Gerüchte nicht verletzen wollte. So ganz glaubte ich ihm das nie, obwohl es genügend Bekannte und Freunde gab, die gelästert und ihre helle Freude daran gehabt hätten, Jan alles zu berichten. Aus diesem Grund war Peter der Einzige, der Bescheid wusste. Nicht einmal Michael weihte ich ein, da ich seine Abneigung Robert gegenüber kannte. Peter gefiel das Wissen um mein kleines Geheimnis keineswegs, zumal ich ihn hin und wieder als Alibi benutzte, was er unserer Freundschaft willen aber gestattete. Es war dünnes Eis, auf dem ich mich befand, doch ich hatte keine andere Wahl.

Ich versuchte, Robert zu nichts zu drängen, und genaugenommen stellte die Situation ja keineswegs etwas Neues für mich dar. Mein Sex hatte sich von jeher an dunklen Orten abgespielt, geprägt von Heimlichkeit und Lügen. In der Anonymität meiner Handlungen fühlte ich mich sicher, konnte ich meine gehetzte, uneingestandene Gier nach Befriedigung verdrängen, indem ich meinen Verstand für zehn, fünfzehn Minuten in die Knie zwang, um innerlich unantastbar zu bleiben.

In den Monaten, in denen wir uns kannten, hatte Robert nie eine längere Beziehung geführt, und auch davor, soweit ich wusste, hatte es außer einem gewissen Hans nie jemanden gegeben. Robert blieb allein, nicht aus mangelnden Gelegenheiten, sondern weil Robert nicht gebunden sein, sich nicht beschränken lassen wollte in seinen Interessen, seinen sexuellen Eskapaden, die eine Nacht dauerten, einige Wochen, niemals länger. Ich war da die Ausnahme.

„Was soll ich mit einer Beziehung? Ich habe einen Beruf, der mich ausfüllt, den ich liebe, ich habe Freunde, ich habe dich", hatte er gesagt und seinen Blick an mir vorbeigleiten lassen. „Wozu mich einschränken? Für dich ist das was anderes, du brauchst Jan, aber ich brauche einfach niemanden. Ich habe bereits alles. In meinen Drehbüchern kann ich alles schreiben, dort habe ich bereits alle nur erdenklichen Beziehungen durchgespielt, ich weiß, was bei rauskommt. Nein, danke. Ich will nicht werden wie du oder gar wie Jan."

Für diese Unabhängigkeit bewunderte ich ihn. Ich sehnte mich nach dieser beneidenswerten Freiheit, entscheiden zu können, egal, um was es sich handelte, und sei es eben nur, sich nicht zu binden. Aber ich war gebunden, hatte mich eingelassen auf Jan, auf eine Bindung, die ich oft verfluchte, die in den flüchtigen Momenten im Park, im Suff mit Robert, keinen Bestand mehr hatte, die ich leichtfertig aufgab, aufgeben konnte, weil ich, wie Robert, sie nicht brauchen wollte. Allerdings hielt dieser Wunsch dem Gefühl nach dem Sex nie stand. Für Robert war der Orgasmus die Bestätigung seiner Freiheit, für mich dagegen die Furcht vor der Leere. Und egal, was ich mir auch einzureden versuchte, Jan füllte dieses Nichts aus, wie ein fantastisches Füllhorn, aus dem ich unendlich schöpfen konnte.

All das ging mir durch den Kopf, während Jan und ich schweigend in unsere Straße einbogen, die um diese späte Zeit völlig verwaist war. Unsere Schritte hallten dumpf auf dem Asphalt. Jan hatte beide Hände tief in den Taschen seiner Jeans vergraben und sich seinen eigenen Gedanken überlassen. Vor unserer Haustür angekommen, sah ich ihn an. Er hatte seinen Kopf gesenkt und zog seine Schlüssel hervor. Den Bund ließ er aufgefächert in der hohlen Hand liegen, fuhr mit dem Zeigefinger der anderen über die vielen Schlüssel hinweg, bis er den richtigen gefunden hatte. Dabei nahm sein Gesicht diesen konzentrierten Ausdruck an, der mich bereits bei unseren ersten beiden Begegnungen im Supermarkt und im Buchladen so beeindruckt hatte. Über die Erinnerung daran musste ich lächeln.

Jan war eben die Beständigkeit, die ich trotz allem brauchte, und Robert lediglich eine Wunschvorstellung, die unerreichbare Vision. Vor allem jetzt, da er verschwunden war. Denn wenn Robert nicht wiederkam – und diese Möglichkeit hatte auf dem Nachhauseweg in mir immer mehr Gestalt angenommen –, dann war unter allen Erinnerungen, allen Gesprächen und Begegnungen mit ihm ein Schlussstrich gezogen. Dann war das Maximum unserer gemeinsamen Erfahrung erreicht. Mehr würde nicht kommen. Das machte mir Angst. Ich hatte ihm noch so viel zu sagen. Und es gab so viel, dass ich in meinem Leben ändern wollte, ohne zu wissen wie. Robert hätte das verstanden, und er hätte zugehört. Mir geholfen. Dessen war ich mir sicher.

Kapitel 4

Der Brief mit der unbekannten, sauberen Handschrift darauf lag ungeöffnet auf der Kommode im Flur. Es war der einzige in diesem Stapel Post, der keine Rechnung oder Werbung enthielt. Als ich vor genau einer Woche hier gewesen war, hatte ich ihn nicht weiter beachtet. Nun aber schürte er die Hoffnung auf ein Indiz.

Ich ging in Roberts Wohnzimmer, setzte mich in den Sessel und starrte auf den Brief. Bisher hatte ich nichts unternommen. Nach den zwei, drei Tagen, die ich Jan als Frist genannt hatte, war ich unruhiger und öfter denn je durch die Parks gehetzt, um mich abzulenken. Das war alles. Jan gegenüber war ich unausstehlich, hatte ihn ignoriert so gut es ging und kaum ein Wort mit ihm gesprochen. Von Robert fehlte weiterhin jede Spur.

Mit dem Zeigefinger riss ich den Umschlag auf. Ein gefalteter Bogen Papier steckte darin. Einen Moment lang zögerte ich. Ich brach das Postgeheimnis, das Vertrauen meiner Freundschaft zu Robert. Doch sein Verschwinden ließ mir keine andere Wahl. Ich war sicher, Robert würde das verstehen.

Es waren nur wenige Zeilen, handgeschrieben mit blauem Füller, in steifer, gewollt schöner Schrift. Eine Anrede gab es nicht, und unterzeichnet war der Brief mit einem Vornamen: Holger.

„Ich weiß, ich soll dir nicht schreiben. Aber das ist ein Notfall. Du weißt ja warum. Ich habe mehrmals versucht, dich anzurufen. Ich hoffe nicht, dass du mir aus dem Weg gehen willst. Dass die Sache so verlaufen wird, hätte ich nie für möglich gehalten, aber jetzt ist es wohl nicht mehr zu ändern. Das hast du dir selber zuzuschreiben. Ich muss dich also noch mal sehen. Nicht bei dir, damit du nicht denkst ... Freitag, hast du gesagt, passt dir immer. Also am Freitag?"

Weder auf dem Blatt noch auf dem Umschlag ein Absender, lediglich die Unterschrift, die auf den Schreiber deutete. Ich konnte mich nicht erinnern, dass Robert mir gegenüber den Namen Holger jemals erwähnt hatte. Aber Peter hatte ihn genannt, fiel mir ein. Zumindest ihm hatte Robert etwas anvertraut, was er mir verschwiegen hatte. Wer war dieser Holger, dass Robert ihn geheim halten musste, dass bei ihm unsere Offenheit, unser gegenseitiges Vertrauen keine Gültigkeit mehr besaß?

Abgestempelt war der Brief am Mittwoch vorletzter Woche. Also hatte Robert ihn am Donnerstag erhalten, einen Tag vor ihrem angekündigten Treffen, dem Tag, an dem ich das letzte Mal mit Robert telefoniert hatte. Seit diesem besagten Freitag war Robert verschwunden. Zufall?

Ich sprang auf, warf den Brief und den Umschlag auf den Tisch, um hektisch nach einem Telefonbuch zu suchen, nach Notizen, Nachrichten, irgendwelchen Zetteln oder halbierten Pappdeckeln, auf dem sich der Name Holger befinden könnte, zusammen mit seiner Telefonnummer oder seiner Adresse. Es gab nicht viele Orte in Roberts Wohnung, an denen ich suchen konnte, in der Schublade des Schreibtisches, in der Kommode im Flur und in dem Schränkchen neben seinem Bett. Dort, in der obersten Schublade, fand ich ein kleines Telefonregister, sowie einige verstreute Zettel mit Namen und Nummern darauf, aber nirgends den Namen Holger.

„Weißt du, ich mag ihn, aber irgendwie ist er nicht der Richtige", erinnerte ich mich an Roberts Worte, mit denen er nicht Holger gemeint hatte, sondern irgendeinen anderen Mann. „Manchmal ist er wie ein kleines Kind. Und ich will nicht den Vaterersatz spielen. Mein Leben ist gefestigt, ich weiß, wo ich hin will, was ich erreichen werde. Er aber lebt einfach so vor sich hin, ohne Ziele, ohne Forderungen. Nein, das ist nichts für mich."

„Was hat er dazu gesagt?"

Robert hatte mich angesehen, ungläubig und ein wenig verschreckt. Seine Gesichtszüge verrutschten um eine Winzigkeit, zeigten wieder deutlich, wie wenig sie zueinander passten. Wie ein Portrait dieser kubistischen Maler, fiel mir ein, die das Profil und die Frontalansicht gleichzeitig darstellten.

„Wie meinst du das?" fragte er. „Es ist doch ganz klar, ich habe meine Vorstellungen, mein Leben läuft prima. Er hat keine Ahnung, was das für mich bedeutet."

„Das habe ich verstanden. Aber wie hat er das aufgefasst?"
„Ich habe es ihm nicht gesagt."

Niemand war jemals gut genug für Robert. Immer, nach ein paar Wochen, die selben Argumente, mit denen er seine Verhältnisse fallen ließ, denen er nie ein Warum anbot. Er ignorierte einfach ihre Anrufe oder das Klingeln an seiner Tür und strich sie aus seinem Gedächtnis. Ich verstand seine Entscheidungen, denn natürlich hatte Robert Recht. Ich wäre gern wie Robert. Immerhin hatte er es weit gebracht, nachdem er aus seinem kleinen, unbedeutenden Dorf im Osten hierher gekommen war und sich alles ohne Hilfe aufgebaut hatte. Robert brauchte niemanden für lange. Aber wen immer er gebraucht hatte – und sei es noch so kurz gewesen –, von dem hatte Robert mir erzählt. Warum dann nicht von Holger?

Hilflos stand ich mitten im Schlafzimmer, starrte auf das gemachte Bett mit dem Teddy darauf, der mich schelmisch angrinste. Das eine Knopfauge saß schief, so dass er schielte und nach rechts zu blicken schien, auf das Telefon und den Anrufbeantworter. Daran hatte ich nicht gedacht. Ich drückte die Abspieltaste, lauschte meiner eigenen Stimme. Danach ein Piepton und Rauschen im Hintergrund, wieder ein Piepsen und wieder ich. Dieses Hin und Her wiederholte sich vier Mal. Keiner außer mir hatte eine Nachricht hinterlassen. Auch Holger nicht.

Ich legte mich auf das Bett, warf den Teddybär zur Seite und starrte an die Decke. Es war seltsam ohne Robert, besonders hier, in seiner Wohnung, seinem Bett. Gedankenlos öffnete ich meine Hose, holte meinen Schwanz heraus und begann ihn zu reiben, langsam zunächst, bar jeden sexuellen Gedankens, als eine routinemäßige, instinktgeleitete Handlung ohne Absicht oder Ziel. Ich hatte gar keinen Steifen, aber das Gefühl war beruhigend, erleichternd, lenkte mich ein wenig ab. Erst jetzt dachte ich an Roberts Körper, seinen Arsch, seinen Schwanz, sein Gesicht im Moment des Orgasmus, und ich wiederholte gedanklich diesen einen – einzigen – geilen Akt, an den ich mich noch genau erinnern konnte.

Von den vielen anderen Malen mit Robert hatte ich im Nachhinein keine Vorstellung mehr. Sei es, weil wir zu betrunken gewesen waren oder zu gehetzt oder weil sie alle gleich verlaufen waren. Bis auf jenen einen Fick, welcher haften geblieben war.

Mit dieser Erinnerung im Kopf kam es mir.

„Weißt du was", hatte Robert abschließend gesagt, „wenn Jan nicht wäre, dann könnte ich mich in dich verlieben."

Ich hatte gelacht, ihm nicht geglaubt, zumal wir uns gerade erst zwei Monate kannten. Das war noch im Nachhall des Sex dahin gesagt gewesen, im Rausch vielleicht ernst gemeint, aber nicht viel weiter darüber hinaus. Wir waren zu verschieden, ich, Hannes, ein Gelegenheitstrinker, ein Sexsüchtiger, und Robert, ein berühmter, gefragter Drehbuchautor, selbstbewusst, ein wenig selbstherrlich, mit beiden Beinen im Leben stehend, dem man nichts vormachen konnte. Anders als mir. Deshalb hatte ich gelacht und zunächst auch gar nicht darauf eingehen wollen, um mich mit einer möglichen Antwort nicht lächerlich zu machen.

Roberts Finger fuhren auf meinem Bauch auf und ab, klimperten darauf herum wie auf einem Klavier, dem er irgendwelche Töne entlocken wollte. Er sah mich nicht an, selbst dann nicht, als es offensichtlich wurde, dass ich auf weitere Äußerungen wartete.

„Und das liegt nur an Jan?" fragte ich schließlich.

Noch immer starrte er auf seine Hand, mit dessen Zeigefinger er nun konzentrische Kreise um meinen Bauchnabel zog. Dann zuckte er mit den Achseln.

„Wer weiß? Schwer zu sagen, nicht?" sagte er und zog seine Behauptung von eben ein wenig zurück. „Werden wir wohl nie rauskriegen. Du gibst Jan nicht auf, nicht meinetwegen."

„Und wenn doch?"

Ruckartig sprang Robert vom Bett auf, begann sich anzuziehen. „Red dir nichts ein. So, ich schmeiß dich raus. Hab noch 'ne Menge zu tun."

An dieses Gespräch musste ich jetzt denken, als ich ins Badezimmer ging, um mir mit etwas Toilettenpapier das Sperma vom Bauch zu wischen und mich wieder anzuziehen. Wenn Jan nicht gewesen wäre, hätte ich dann eine reelle Chance bei Robert gehabt, eine Chance, die über das Sexuelle, das Freundschaftliche hinaus gegangen wäre? Sicher, ich hatte oft daran gedacht, wie das wäre mit Robert, wir beide ein Paar, verliebt. Aber warum sollte ausgerechnet ich ihm genügt haben, da Robert doch so viele andere haben konnte, andere, die nicht betrunken waren, die nicht ständig und immer wieder Sex haben mussten, die womöglich witziger, intelligenter waren als ich? Und auch wenn ich mir die Frage andersherum stellte, nämlich, ob ich mit Robert eine Beziehung führen könnte, wenn Jan nicht wäre, hätte es funktioniert? Eine Frage, die sich nie konkret gestellt hatte. Damals nicht, und jetzt schon gar nicht. Es sei denn, ich würde ihn finden.

Ordentlich angezogen, ging ich in die Küche, holte mir ein Bier aus dem Kühlschrank, eines aus dem Sechserpack, den ich vorhin mitgebracht und bereits halb leer getrunken hatte. Es wurde Zeit zu gehen. Ich wusste nicht mehr, wo und wonach ich noch suchen sollte. Hier gab es nichts mehr herauszufinden. Dennoch wollte ich nicht fort, da zumindest der Wohnung eine Ahnung von Robert innewohnte, ein Gefühl von ihm.

Langsam kippte ich das Bier in winzigen Schlucken herunter, schmiss die leere Büchse zu den anderen in den Mülleimer und nahm im Flur meine Jacke vom Haken. Daneben hing Roberts Lederjacke, die ich bei meiner Suche bisher übersehen hatte. Hektisch griff ich in alle Taschen, und tatsächlich zog ich einen gefalteten Zettel aus der Innentasche hervor, zusammen mit Roberts Autoschlüssel. Auf dem Zettel war eine Telefonnummer gekritzelt, mit dem Namen *Holger* darunter.

„Sein Auto steht noch da", schrie ich Jan verzweifelt und aufgeregt an, als wäre es seine Schuld, als hätte er es wissen müssen. Beinahe wütend schmiss ich den Schlüssel auf den Küchentisch, warf ihn von mir, wie ein heißes Stück Kohle. „In der Seitenstraße steht es. Ordentlich geparkt!"

Jan blieb einfach stehen, gegen die Küchenzeile gelehnt, darauf wartend, dass ich mich beruhigen würde. Schließlich tat ich das auch, völlig außer Atem, den Tränen nahe und verkrampft versucht, sie zurückzuhalten. Um wenigstens irgendetwas zu tun, zog ich die Jacke aus, warf sie achtlos über eine der Stuhllehnen.

„Bist du sicher, dass es seins ist?" fragte Jan skeptisch.

„Natürlich ist es seins! Ich kenne doch sein Auto. Ein roter Seat. Er ist nicht fortgefahren. Er hat die Stadt nie verlassen."

„Jedenfalls sieht es so aus."

„Warum sonst ist sein Auto noch da? Er hätte nie den Zug genommen. Nicht Robert."

„Ich weiß nicht, was ich sagen soll, Hannes. Es ... es tut mir Leid."

Ich sah ihn an. Erst überrascht, dann verärgert. Er trug ein kariertes Hemd, die obersten Knöpfe offen. Seine Halsschlagader trat deutlich hervor. Ein untrügerisches Zeichen dafür, wie angespannt er war.

„Ist das alles", fragte ich genervt, „was du dazu zu sagen hast? Dass es dir Leid tut? Ist die Sache damit für dich beendet?"

Plötzlich richtete Jan sich auf, erwiderte starr meinen Blick, hielt ihn für einen Moment lang aus, bevor er sich abwandte, nach meiner Jacke griff und die Küche verließ.

Ich rief ihm hinterher: „Was soll das? Bin ich dir völlig egal?"

Es kam keine Antwort. Ich hörte nur, wie er einen Bügel von der Garderobe nahm und meine Jacke ordentlich aufhängte. Dann war es still. Ich eilte ihm nach ins Schlafzimmer. Jan stand dort am Fenster, zog die Vorhänge zu. Eine Ausweichhandlung, um der Situation zu entgehen.

„Gehe ich dir derart auf die Nerven? Ist es dir zuwider, dass ich mir Sorgen mache?"

„Was bitte soll ich deiner Meinung nach tun? Soll ich losrennen und Robert suchen, soll ich für dich deinen Freund finden? Ich weiß ebenso wenig wie du, wo er ist, und glaube mir, es macht keinen Spaß, dich so verzweifelt zu sehen. Aber ich kann nichts tun!"

„Dann lasse es wenigstens zu, dass *ich* mir Sorgen mache!"

„Ich höre dir zu, Hannes. Tag und Nacht. Du redest schließlich von nichts anderem. Ich verstehe das, aber ich verstehe nicht, was du von mir verlangst!"

Jan hatte sich zu mir umgedreht, stand einfach da, die Arme fallen gelassen, und blickte mich hilflos an. Ich sah zur Seite. Ich hasste diesen Ausdruck auf Jans Gesicht, diese Leere und Unsicherheit, die ich nur allzu gut von mir selbst kannte und deshalb nicht auch noch bei meinem Freund sehen wollte. Sofort lenkte ich ein.

„Schon gut, schon gut. Ich bin aufgebracht, einfach nervös."

„Ich habe nicht so sehr Angst um Robert als vielmehr um dich. Natürlich wäre es furchtbar, wenn ihm etwas zugestoßen ist, aber immerhin bist du mein Freund, nicht er."

„Mir geht es gut, danke."

„Bist du sicher?"

Ich musste ihn wieder ansehen. Was sollte diese Frage jetzt?

„Ja ... Ja, natürlich."

„Manchmal habe ich das Gefühl, ich bin dir nicht genug."

„Lass das, Jan. Darum geht es jetzt nicht."

„Doch, ich glaube schon. Und wenn dem so ist, dann müssen wir uns was überlegen."

„Wovon in Gottes Namen sprichst du überhaupt?"

Im Zimmer war es dunkel. Es fiel nur Licht aus dem Flur hinter mir herein, so dass ich Jan lediglich als Umriss wahrnehmen konnte. Dieser Umriss sprach zu mir, machte schwerwiegende Andeutungen wie ein Orakel aus einem unsichtbaren Mund. Tatsächlich, so merkwürdig es klingen mochte, hatte ich keine Ahnung, was er meinte – was *Jan* meinte. Bei jedem anderen hätte ich es gewusst, wäre es so offensichtlich gewesen, aber nicht bei ihm, der nie etwas bemerkte. Deshalb war ich so verwirrt, weil seine Bemerkung so plötzlich kam, so aus dem Nichts heraus, als hätte er mir jahrelang etwas verschwiegen.

„Ich spreche von ..." Er brach ab, warf mehrmals die Arme resigniert in die Höhe. „Wenn ich das wüsste, Hannes. Aber ich weiß es nicht. Wie denn auch? Du kommst betrunken nach Hause, und ich weiß nicht warum. Du bleibst tagelang bei Robert und erzählst nichts. Und jetzt, wo er weg ist, scheint es, als gäbe es kein anderes Thema mehr. Ich scheine überhaupt nicht mehr für dich zu existieren. Wann haben wir das letzte Mal etwas unternommen, wann hatten wir das letzte Mal Sex?"

„Ist das etwa allein meine Schuld? Es gehören wohl immer noch zwei dazu. Wenn du Sex haben willst, dann sage es."

„Das habe ich oft genug! Aber meine Versuche scheinen nicht sehr auf fruchtbaren Boden zu fallen, und ehrlich gesagt, habe ich keine Lust, mit einem Besoffenen zu schlafen!"

„Vielleicht muss ich ja trinken, damit ich deine Vorwürfe ertrage oder dein Schweigen, was nicht viel besser ist!"

Wir waren laut geworden, lauter, als wir es wohl wollten. Irgendwie hatten wir uns hochgeschaukelt, uns die tabuisierten Worte an den Kopf geworfen, die wir als Begrenzung im stillen Einvernehmen gesetzt hatten, um eben diesem Streit aus dem Weg zu gehen. Plötzlich besannen wir uns, bemerkten die Grenzüberschreitung und waren augenblicklich still. Unschlüssig standen wir herum, unfähig und nicht gewillt, weiter zu reden, und ich wollte so schnell wie möglich aus der Wohnung. Diesmal kam Jan mir zuvor.

„Ich gehe zu Elke", sagte er und schritt zügig an mir vorbei, „es hat keinen Sinn, jetzt darüber zu streiten, wenn du so aufgebracht bist."

„Wer hat denn angefangen?" rief ich ihm hinterher, als er bereits seine Jacke vom Haken genommen hatte. „Von mir aus lass uns reden, bitte! Aber du redest dir was ein, es ist nichts. Warum kannst du nicht einfach begreifen, was das für mich bedeutet, dass Robert einfach verschwunden ist?"

„Ich rede nicht von Robert, Hannes. Begreifst du das nicht? Ich rede über uns, falls dir das noch was sagt."

„Was soll das? Natürlich sagt mir das was. Immerhin lebe ich doch mit dir zusammen, und nicht mit Robert. Aber Robert ..."

Dann schmiss Jan die Tür hinter sich zu.

Verärgert rannte ich durch die Wohnung, trat gegen Wände und Schränke, bis ich mich irgendwann beruhigt hatte. Na gut, sollte er zu Elke rennen, sich ausheulen bei seiner Freundin, die, ihre Beine übereinander geschlagen, mit einem Glas Rotwein in der Hand, die ganze Zeit nicken würde, um ihm dann ihr Psychogeschwätz aufzutischen. Elke, das große Ohr, dieser riesige Trichter, in den er unendlich hinein reden konnte ohne Widerworte und alles loswerden durfte, was ihn hier so belastete.

Ich habe Elke nie gemocht. Und sie mich wohl auch nicht. Ihre kleinen, dunklen Augen immer etwas zugekniffen, als müsste sie sich anstrengen, ihre Umgebung wahrnehmen zu können, verliehen ihrem Gesicht eine Bitterkeit, eine ständige Abwehrhaltung gegenüber allem und jedem, die es mir unmöglich machte, sie sympathisch zu finden. Ihre streng zurückgekämmten, aschblonden Haare unterstrichen diesen Eindruck zusätzlich. Aber leider kannte Jan sie länger als mich. Elke gehörte zu ihm, wie Robert irgendwann zu mir gehört hatte, und ich musste dies akzeptieren, auch wenn es schwer fiel.

Gleich unsere erste Begegnung, bei der ich als Jans neuer Freund eingeführt werden sollte, war ein Desaster gewesen. Sie hatte uns zu sich eingeladen und zur Feier des Tages eine Schwarzwälder Kirschtorte gebacken, die etwas schief auf dem gedeckten Tisch stand. Bereits die Begrüßung war merkwürdig steif verlaufen, und auch als wir uns gesetzt hatten und aßen, ging das Gespräch nur schleppend voran. Jan war der Einzige, der sich krampfhaft bemühte, es aufrecht zu erhalten. Elke rümpfte ständig ihre spitze Nase, streckte ihren dünnen Hals nach vorn, als müsste sie meinen Geruch erhaschen, der ihr nicht zu gefallen schien. Den ganzen Nachmittag über sah sie mich mit skeptischen Blicken an, mit denen sie mir zu verstehen gab, wie sehr sie darüber wachte, dass ich ihrem Jan nicht schaden würde. Vielleicht hatte sie es riechen können, diese verblassten Moleküle fremder Männer, den süßlich abgestandenen Spermienduft, den ich eine Stunde zuvor, unter der Dusche, abgewaschen zu haben glaubte und den sie mit ihrem weiblichen Näschen wohl noch aufspüren konnte. Ich bezweifelte, dass sie wusste, was sie da roch, aber das Fremde, leicht Anrüchige hatte genug verraten, um sie misstrauisch werden zu lassen.

Männer hatte ich in ihrem Leben weder gesehen noch hatte ich Elke über sie reden hören. Angestrengt, auch um ihren bohrenden Blicken und Fragen auszuweichen, hatte ich bereits bei diesem ersten Treffen nach Fotos Ausschau gehalten, nach gerahmten Erinnerungen von längst Verflossenen oder noch Existierenden. Vergeblich. Es gab nicht ein einziges Bild in ihrem kargen Wohnzimmer, keinerlei Anzeichen von Familie, Freunden, Liebhabern, gleich welchen Geschlechts. Innerlich hatte ich bereits beschlossen, dass sie lesbisch war, und auf dem Heimweg, nach zwei Stunden peinlicher Stille und höflicher Plattitüden, hatte ich Jan darauf angesprochen. Er zuckte lediglich mit den Achseln.

„Ist das wichtig?" erwiderte er irritiert, als hätte er sich diese Frage nie gestellt.

„Ihr habt doch sicherlich mal drüber geredet. Wie lange kennst du sie schon? Zehn Jahre?"

„Neun."

„Da fragt man doch schon mal, oder? Ist in dieser Zeit nie jemand aufgekreuzt?"

Jan überlegte. Tatsächlich schien es ihm gleichgültig zu sein. Auch jetzt hatte er keine Lust, darüber zu spekulieren.

„Nein", sagte er und lief dabei rot an, „da war nie jemand."

In diesem Moment hatte ich meine Meinung revidiert und war zu der festen Überzeugung gelangt, dass es nur einen gab, für den Elke sich interessierte, nach dem sie schmachtete: Jan.

Bei den nachfolgenden Treffen mit ihr, als wir uns besser zu akzeptieren, wenn auch nicht leiden gelernt hatten, war ich entschlossen, ihrem Geheimnis auf die Schliche zu kommen. Ich betrachtete sie mir eingehend, sobald sie sich unbeobachtet wähnte, studierte ihre Blicke, ihre Gesten im Gespräch mit Jan und verfolgte ihre mütterliche Fürsorge, mit der sie Jan überhäufte. Ihre kühle, überlegene Art fiel in diesen Momenten in sich zusammen, wurde von einem kindlichen Vergnügen abgelöst, das meine Ansicht bestätigte. Leider vermochte Elke auch mich zu durchschauen oder zumindest zu ahnen, dass es mit meiner Treue zu Jan nicht weit her war. Eine Gegenseitigkeit, die unser Verhältnis noch kühler werden ließ, als es eh schon war.

Der Gedanke, dass Jan jetzt bei ihr saß, und sie, ihre Beine übereinander geschlagen, seinem Ärger lauschte, missfiel mir. Warum konnte er das nicht mit mir besprechen, warum immer mit Elke?

Einen Moment lang war ich versucht, ihm hinterher zu rennen, Elke daran zu hindern, sich erneut in Dinge einzumischen, die sie nichts angingen. Nur mit Anstrengung schluckte ich meinen Ärger herunter, besann mich auf Robert, auf seinen Autoschlüssel und die Telefonnummer und brauchte plötzlich selber jemanden, mit dem ich reden konnte.

Peter öffnete mir die Tür, die linke Hand noch in einem Topflappen in Form einer Kuh, und bat mich überrascht, aber lächelnd herein. Es roch nach frischem Kuchen.

„Tut mir Leid, dass ich unangemeldet komme", sagte ich und setzte mich im Wohnzimmer auf das Sofa. Peter hockte sich auf den Fußschemel, vornübergebeugt und nervös mit dem Topflappen spielend. Er wirkte unausgeschlafen, die Wangen sahen eingefallener aus als sonst, und sein Haare hingen ihm wirr um den Kopf. Seine Stirn glänzte.

„Macht gar nichts. Ich bin nur grad dabei, Kuchen zu backen. Er ist gleich fertig, wenn du ein Stück willst."

„Gern. Bist du allein?"

Kopfschüttelnd wies er mit dem Topflappen hinter mich. „Nein, Micha ist nebenan."

Als hätte ich Röntgenaugen, wandte ich mich kurz der Wand zum Schlafzimmer zu. Peters Stimme war merkwürdig gefärbt. Ich ging nicht weiter darauf ein.

„Ich muss dringend mit dir reden", sagte ich, „aber wenn es ungünstig ist, dann ..."

„Sag schon, was ist los?" Jetzt erst streifte er diesen lächerlichen Topflappen von der Hand und legte ihn sorgfältig über sein rechtes Knie.

Ohne ein Wort zog ich den Autoschlüssel aus der Hosentasche, warf ihn zwischen uns auf den Couchtisch. Dann starrte ich Peter herausfordernd an, als müsste er wissen, was es mit dem Schlüssel auf sich hatte.

„Ist dir nicht gut?" fragte Peter, der gar nicht auf den Schlüssel achtete, mich nur merkwürdig ansah.

Vielleicht war ich verschwitzt, noch außer Atem, und erschrocken tastete ich nach dem Reißverschluss meiner Jeans, um mich zu vergewissern, dass er wieder geschlossen war. Ich hatte auf der Klappe nicht Halt machen wollen, aber ich war zu erregt gewesen, nicht sexuell, sondern innerlich aufgewühlt, so dass ich eine gewisse Beruhigung gebraucht hatte. Es war auch ganz schnell gegangen, den Erstbesten in einem der Kloställe, der seinen Schwanz bereits wichste und meinen unaufgefordert zu blasen begann. Nach einer Minute nur spritzte ich ihm ins Gesicht, packte meinen Schwanz eilig wieder zurück und rannte davon, während der Typ noch versuchte, sich zu befriedigen. Ich fühlte mich besser und hätte nicht gedacht, dass Peter etwas bemerken würde.

„Doch, doch", sagte ich hastig, „mir geht's gut. Der Autoschlüssel hier, das ist Roberts. Er war in seiner Wohnung."

„Ist er wieder da?"

„Nicht Robert! Der Schlüssel. Robert ist ohne Auto fort."

Meine Stimme war laut geworden, verärgert über Peters Begriffsstutzigkeit. Peter hob erschrocken seine Augenbrauen, warf mir einen gekränkten Blick zu. Er nickte stumm und sah erneut an mir vorbei gegen die Wand, wohl um mir zu deuten, meine Stimme zu senken.

„Und dann habe ich noch die Telefonnummer von diesem Holger gefunden", fuhr ich leiser fort. „Sie hatten sich für den Tag verabredet, an dem ich das letzte Mal mit ihm gesprochen habe."

„Glaubst du, er hat etwas damit zu tun?"

Ich zuckte hilflos mit den Achseln. „Keine Ahnung, aber irgendwo muss ich schließlich anfangen. Was hat Robert dir denn gesagt über diesen Holger?"

„Nichts. Nur, dass er ihn kennt. Ich kann mich nicht mal mehr an den Zusammenhang erinnern. Es muss gewesen sein, kurz nachdem wir Andreas kennen gelernt haben. Wahrscheinlich ging es nur um unsere neuen Eroberungen."

Seine Worte ließen mich ein wenig zusammenfahren. Natürlich gab es andere Männer in Roberts Leben, aber dies von Dritten gesagt zu bekommen, missfiel mir. Peters Stimme allerdings verriet, dass er tatsächlich nicht mehr wusste, und wenn Robert nicht damit geprahlt hatte, dann musste es unbedeutend gewesen sein. Das jedenfalls hoffte ich.

Peter setzte sich aufrecht, prüfte mich mit eindringlichen Blicken. „Du gehst also wirklich davon aus, dass Robert etwas zugestoßen ist?"

„Du kennst Robert. Er würde nie einfach so lange fortbleiben. Nicht, ohne mir was zu sagen."

„Ehrlich gesagt, Hannes, kann ich das nicht beurteilen."

Diese Äußerung war wie ein Schlag ins Gesicht, zumal Peter der einzige meiner Freunde war, der Robert näher kannte. Ihm hatte ich mich schließlich anvertraut, und wir waren auch hin und wieder zusammen ausgegangen, so dass er sehr wohl in der Lage sein musste, einschätzen zu können, inwieweit Robert und ich einander vertraut waren. Allein deshalb hatte ich Zustimmung erhofft, nein, erwartet, und nicht diese Zweifel, als hätte Peter sich mit Jan abgesprochen, um mich in Rage zu bringen. Warum schien mich niemand ernst zu nehmen, wieso taten sie, als bildete ich mir etwas ein, als sei Robert nur mal kurz einkaufen und meine Sorge um ihn völlig überzogen, ein Hirngespinst?

Ich begann unruhig auf dem Sofa hin und her zu rutschen. Es kostete mich einige Anstrengung, nicht aufzuspringen und zu schreien.

„Willst du was trinken?" fragte Peter besorgt, und ohne auf eine Antwort zu warten, ging er zu ihrer Schrankwand. Da die eigentliche

Hausbar mit seiner Armee von Plastikfiguren vollgestellt war, standen die wenigen Flaschen links daneben hinter einer Glastür. Er schenkte mir einen Whiskey ein. Zögerlich nahm ich das Glas entgegen, unschlüssig in die gelbliche Flüssigkeit starrend, ob ich sie trinken sollte. Warum nicht? Jan war bei Elke. Und etwas Starkes konnte ich jetzt gut gebrauchen.

„Hast du diesen Holger angerufen?"

Der Whiskey brannte angenehm. Peter hatte vorsorglich die Flasche auf den Tisch gestellt, damit ich mir unaufgefordert nachschenken konnte.

Ich schüttelte den Kopf. „Nein, noch nicht. Was soll ich ihm denn sagen?"

„Na, dass Robert weg ist, und ob er weiß, wo er sein könnte."

Das hatte ich hören wollen. Einfach einen Rat, so banal und offenkundig er auch sein mochte, ich wollte ihn gesagt bekommen, hatte bereits von Jan erhofft, genau dies zu hören, aber er hatte es vorgezogen, mir Vorhaltungen zu machen. Ich hatte erst auf eine Klappe, dann hierher rennen müssen, um diese Bestätigung zu hören. Sofort ging es mir besser.

„Ja. Ja, genau das sollte ich tun", sagte ich und zog den Zettel mit der Telefonnummer aus der Tasche.

„O Gott", rief Peter aus, „mein Kuchen! Bin gleich wieder da. Gieß dir nach, wenn du willst."

Ich nickte gedankenverloren, faltete alleingelassen den Zettel auseinander, die ungelenken Buchstaben und Ziffern betrachtend, die nicht von Roberts Hand waren, sondern wohl von diesem Holger hingekritzelt wurden, in Eile oder Nervosität und deshalb kaum zu entziffern. Die Schrift eines jungen, unsicheren Mannes, unbedarft womöglich, aufgeregt, Robert seine Nummer geben zu dürfen, in bereits freudiger Erwartung auf seinen Anruf. In meiner Fantasie war Holger nicht älter als zwanzig, schlank, hübsch, schüchtern und ungeduldig in seinen Hoffnungen und Vorstellungen darüber, mit einem Mann – mit Robert – zusammen zu sein. Ich sah auch Roberts Lächeln, als er den Zettel in der Sauna oder in irgendeiner Bar entgegennahm, dieses leicht verschmitzte, ohne ernsthafte Absicht vermischte Lächeln, eher einem Grinsen gleich, welches alles bedeuten sollte und nichts versprach. Oh, ich kannte Roberts Schmeichelein ganz genau, weil er sie jedem ins Ohr flüsterte, selbst mir.

Ein, zwei Tage später dann ihr erstes Treffen in Roberts Wohnung. Er wird zugesehen haben, wie dieser Holger sich langsam auszog, wie er schließlich mit seiner glatten, gebräunten Haut vor ihm gestanden hatte, mit einem verunsicherten Ausdruck in seinem hübschen, jungen Gesicht. Sicherlich ging er ins Sportstudio, hatte er einen durchtrainierten Körper ohne ein Gramm Fett an seinen Hüften, so dass die Bauchmuskeln bis hinunter zu seinem steifen Schwanz glitten. In diesem Alter gibt es keine Makel, und das wird Robert erregt haben. Hemmungslos werden sie sich geküsst, sich geliebt haben, verschwitzt und außer Atem. Und Holger hatte ihn vergöttert, so wie Robert seinen Körper bewunderte und die Ausdauer beim Sex. Ich brauchte nur die Augen zu schließen, um beide genau vor mir zu sehen. Eilig schenkte ich mir einen Whiskey nach und kippte ihn mit einem Mal hinunter.

Allerdings, lächelte ich insgeheim, verlief nicht alles gemäß Holgers Wünschen. Sein Brief verdeutlichte dies nur allzu gut. Holger hatte seine Vorstellungen korrigieren müssen, nein, sie von Robert korrigiert bekommen, ohne Schnörkel, ohne Drumherum. An besagtem Freitag wird Holger ausgerastet sein, weil Robert ihm den Laufpass gab. Holger hatte bestimmt geschrien, gewütet, völlig den Kopf verloren. Dem Schreiber dieser Telefonnummer traute ich plötzlich alles zu.

Aus der Küche hörte ich hektisches Klappern, gefolgt von einem leisen Fluchen. Ich stand auf, sah durch den Flur in die Küche, in der Robert seine Hand schüttelte und gegen sie pustete. Dabei presste er noch immer Schimpfwörter aus sich heraus. Seinen Ärger wegen dieses kleinen Missgeschicks empfand ich als übertrieben. Ich wandte mich ab, sah das Telefon auf dem kleinen Tisch mit dem gehäkelten Deckchen darauf, blickte auf den Zettel in meiner Hand, dann wieder auf das Telefon, bevor ich den Hörer abnahm. Langsam tippte ich die Nummer ein.

Während es läutete, sah ich über die Schulter zurück zur Küche. Ich wollte nicht, dass Peter das Gespräch mit anhörte, von dem ich nicht wusste, wie ich es überhaupt beginnen sollte. Aber er hantierte mit der Kuchenform, weiterhin still vor sich hin fluchend, und schien mich vergessen zu haben. Ich war bereits wieder im Begriff aufzulegen, als sich eine Stimme meldete. Eine Frauenstimme.

„Ja, bitte?"

„Oh, äh ... Verzeihung, falsch verbunden."

Schnell drückte ich auf die Taste, um die Verbindung abzubrechen. Im Display leuchtete noch die Nummer, die ich mit der auf dem Zettel verglich. Ich hatte mich nicht verwählt.

„Niemand da?" Peter war von hinten an mich herangetreten, einen großen Teller mit einem dampfenden Marmorkuchen darauf in den Händen. Der Dampf umspülte sein Gesicht, verursachte erneut ein paar Schweißperlen.

„Da war eine Frau am Apparat", sagte ich verwirrt, als hätte ich mit Außerirdischen gesprochen.

„Und?" Peter stellte den Kuchen im Wohnzimmer auf den Couchtisch, ging dann zur Anrichte, um Kuchenteller und Kuchengabeln zu verteilen. Jeweils vier. „Vielleicht seine Mitbewohnerin oder eine Freundin, oder so. Warum hast du wieder aufgelegt?"

Ich war zu überrascht gewesen, hatte nicht damit gerechnet, jemand anderes als ein Mann könnte abnehmen. Es war kindisch von mir. Ein zweites Mal anzurufen würde tausendmal schwerer fallen.

„Ruf halt noch mal an", sagte Peter beinahe im Befehlston. Ich hatte keine Wahl. Beide Arme hinter dem Rücken verschränkt, beobachtete er genau, was ich tat. Ich kehrte ihm den Rücken zu.

Wieder meldete sich die Frau, und diesmal überwand ich mich, fragte, ob Holger zu sprechen sei. Ich hörte, wie sie den Hörer niederlegte, wie sie den Namen rief, dann ein kurzes Flüstern zweier Stimmen und schließlich eine männliche Stimme.

„Hallo? Wer ist da?"

„Hi, hier ist Hannes. Ich bin ein Freund von Robert."

Schweigen.

„Ich habe Ihre Nummer bei ihm gefunden, und da Robert seit zwei Wochen verschwunden ist, dachte ich, dass Sie ..." Ich brach ab, beschämt über die eigene Frechheit, bei wildfremden Leuten anzurufen. Durch den Hörer konnte ich Holgers schweren Atem vernehmen, sein Zögern und die Überlegungen, die ihm durch den Kopf gehen mochten. Er schien unschlüssig darüber, was und ob er überhaupt antworten sollte.

„Er ist weg?" fragte er schließlich.

„Ja, seit vorletzten Freitag."

„Was hab ich damit zu tun? Keine Ahnung, wo er ist. Kann mir auch egal sein."

„Nun, Sie waren doch an diesem Freitag mit ihm verabredet. Ich dachte, dass er Ihnen vielleicht gesagt hat, was er vorhat."

„Nein, hat er nicht." Wieder gab es eine Pause, bevor er hinzufügte: „Er ist gar nicht gekommen, wenn Sie's genau wissen wollen."

„Oh, dann entschuldigen Sie die Störung."

„Ein Freund, sagten Sie?"

„Ja, sein bester Freund, um genau zu sein. Ich mache mir Sorgen, deshalb habe ich angerufen."

Im Hintergrund war die Frau zu hören, die irgendetwas sagte. Holger legte wohl seine Hand über die Muschel, da die nächsten Sätze dumpf und unverständlich klangen. Als er sich wieder meldete, sprach er deutlich leiser.

„Ich will Sie treffen. Morgen."

Von der Entschlossenheit seines Vorschlags überrumpelt, stimmte ich zu. „Okay. Wo?"

„Nicht hier."

„Also gut. Wie wär's mit Roberts Wohnung? Ich hab einen Schlüssel."

Holger nannte mir noch eine Uhrzeit, dann legte er einfach auf.

Peter, wie zuvor auf der Ecke des Fußschemels sitzend, starrte mich durch die offene Tür zum Flur fragend an, wartete auf Ergebnisse. Ich war noch zu durcheinander von dem seltsamen Gespräch, das so ganz anders verlaufen war, als ich gedacht hatte. Damit meinte ich gar nicht das Inhaltliche, sondern vielmehr Holgers Stimme und Tonfall, die beide so konträr zu seiner Schrift gewesen waren. Keine Anzeichen von Unsicherheit, von der ihm angedichteten Schüchternheit. Eher hatte er hart geklungen, genervt und offensiv, als hätte ich ihn mit der Neuigkeit überrumpelt, ihn in einem ungünstigen Augenblick erwischt. Sein junges, zartes Gesicht wandelte sich deshalb in meiner Vorstellung zu ausgeprägten, markanten Zügen, buschigen Brauen über dunklen, stahlblauen Augen und einem breiten, dünnlippigen Mund. Ganz und gar nicht der Typ Mann, auf den Robert stand.

„Er weiß auch nichts", sagte ich endlich zu Peter, den Hörer noch in den Hand.

„Aber ihr trefft euch?"

Ich nickte. Vielleicht wusste Holger ja doch mehr, als er zugab, und selbst wenn nicht, wollte ich zumindest sehen, mit wem Robert sich getroffen hatte, ohne mir etwas davon zu sagen. Diese leise, völlig irrwitzige Eifersucht, die ich spürte, überdeckte die Sorge um sein Verschwinden und ließ einen Ärger hervortreten und die Angst, es könnte eine Absicht hinter Roberts Verschwiegenheit stecken.

„Robert ist nicht bei Holger erschienen vorletzten Freitag", wiederholte ich Peter, mehr zu mir selbst, während mein Blick auf den Kuchen fiel. Er war mit einer merkwürdig braun-weißen Glasur überzogen, die sich zäh über alle vier Seiten nach unten schob.

„Was ist das?" fragte ich irritiert, nachdem Peter auf meine letzte Äußerung gar nicht reagiert hatte.

„Oh, ich wollte das mal ausprobieren", sagte er mit leicht rotem Kopf. „Das ist die Schokolade von den Überraschungseiern. Ich kann die gar nicht alle aufessen."

Trotz allem musste ich jetzt lachen. „Übertreibst du es nicht langsam ein bisschen damit?"

„Was soll ich denn machen? Die Schokolade bleibt sonst liegen."

Unterdessen schnitt Peter seinen Kuchen an, verteilte sorgfältig Stücke auf die Teller und faltete Papierservietten. Dabei machte er ein konzentriertes Gesicht und kniff energisch den Mund zusammen.

„Ist irgendwas?" fragte ich.

„Was soll denn sein?"

„Ach komm, Peter, mir kannst du eh nichts verheimlichen. Selbst wenn wir in letzter Zeit nicht mehr soviel geredet haben, merk ich ganz genau, wenn was nicht stimmt. Immerhin haben wir früher doch über alles reden können."

Peter versuchte krampfhaft zu lächeln. „Früher war auch alles ein bisschen anders. Die ersten Jahre läuft halt alles gut, das weißt du ja selbst. Fünf Jahre sind kein Pappenstiel."

„Ihr macht doch einen zufriedenen Eindruck."

„Sind wir auch", sagte er und begann mit dem Zeigefinger einige Krümel aufzulesen, die er dann in den Mund schob. „Und jetzt, mit Andreas, geht es sogar wieder. Vorher hatten wir halt unsere Krisen, weil wir nur noch auswärts gevögelt haben. Da macht man sich schon seine Gedanken, wie das weitergehen soll, wenn man nur noch nebeneinander im Bett liegt. Ob das überhaupt noch eine Beziehung ist, die man da führt, oder nur eine gute Freundschaft. Solange habe ich das ja bisher noch nie mit jemandem ausgehalten, vielleicht sind diese Phasen ganz normal, keine Ahnung. Mich jedenfalls haben sie belastet. Und ein, zwei Mal hätte ich Micha beinahe verlassen."

„Warum hast du nie was gesagt?"

Peter zuckte mit den Achseln. „Wie das so ist. Ich hab gedacht, ich steigere mich nur da rein. Ich liebe ihn ja, daran liegt es nicht. Und nur, weil der Sex nicht mehr so häufig ist, das wäre doch ein blödsinniger Grund, alles hinzuschmeißen, oder? Ansonsten kann ich mich schließlich nicht beklagen, und Micha, denke ich, auch nicht. Es hat sich schließlich alles wieder eingerenkt, wie du siehst. Micha ist wieder ganz der Alte. Außerdem habe ich deine Euphorie in den letzten Monaten über Robert nicht trüben wollen mit meinen kleinen Problemen."

Bevor ich darauf etwas erwidern konnte, öffnete sich die Tür zum Schlafzimmer, und Michael kam lachend heraus, gefolgt von Andreas, der keinerlei Regung zeigte. Michael trug lediglich eine Trainingshose, ein zerknittertes, weißes T-Shirt und war barfuß. Sein Kopf schien frisch rasiert, hob sich markant von seinem Schnauzbart ab. Andreas war bereits fertig angezogen, in engem T-Shirt, engen Jeans und Springerstiefeln. Peter richtete sich auf, das Kuchenmesser in der Hand. Es ging mich nichts an, wie sie ihre Beziehung führten, was sie vereinbart hatten, um sie am Laufen zu halten, aber es gab Situationen, denen ich lieber aus dem Weg ging.

„Wunderbar", rief Michael gutgelaunt, „Kuchen ist fertig. Das nenne ich Timing. Hi, Hannes."

„Setzt euch", sagte Peter, leicht pikiert.

„Also, ich muss los", leitete ich schnell meinen Abschied ein, da eine gewisse Anspannung in Peter nicht zu übersehen war, egal, was er mir gerade gesagt hatte.

„Was ist mit dem Kuchen?" fragte er enttäuscht und starrte auf die Stücke auf den Tellern. Seine Haarsträhne hing ihm ins Gesicht.

„Ein andermal."

„Ich werd auch gehen." Andreas hatte mich nicht begrüßt, sah keinen von uns wirklich an, sondern holte seine Jacke.

„Aber ich dachte, du bleibst heute hier", rief Peter erschrocken an mir vorbei in den Flur.

„Ich hab Tennisstunden", kam die Antwort. „Muss mich beeilen."

Ich sah, wie Peter seinem Freund einen merkwürdigen Blick zuwarf. Michael war zu befreit und ausgeglichen nach dem, was er mit Andreas im Schlafzimmer getrieben haben mochte, um irgendeine Unstimmigkeit zu bemerken. Er hatte sich bereits an den Tisch gesetzt und begann gierig zu essen. Auch Andreas achtete nicht auf die Enttäuschung in Peters Stimme. Er griff nach einer Sporttasche, aus der tatsächlich ein Tennisschläger ragte. Dann eilten wir beide aus der Wohnung.

„Wie ist das so, mit Zweien gleichzeitig?" konnte ich mir im Treppenhaus nicht verkneifen zu fragen.

Andreas wartete mit einer Antwort, bis wir unten waren und aus der Haustür traten. Es hatte zu regnen angefangen, so dass wir unter dem Türbogen stehen blieben. Ich war im Begriff, meine indiskrete Frage zu wiederholen.

„Stressig", sagte er und warf mir ein unverschämtes Grinsen zu. Sein Ausdruck war gepaart von Genervtheit und Hohn. Wieder hatte ich den Eindruck, er nehme diese Beziehung, oder wie immer er es bezeichnen wollte, nicht ernst. Für ihn war es nur ein Spiel. „Manchmal muss ich einfach abhauen."

„Für dich ist das ja einfach."

Er zuckte mit den Achseln und sah in den grauen Himmel. „Ich hab mir das nicht ausgesucht."

„Ach nein?"

„Was soll das? Jeder hat seinen Spaß, und damit hat sich's. Alles andere geht mich nichts an. Mach's gut." Die Jacke mit einer Hand am Kragen zuhaltend, die Tasche geschultert, rannte er nach links in den Regen. Ich schüttelte den Kopf.

Andreas war verdammt gutaussehend und jung. Verständlich, dass er so dachte, ich hätte es damals nicht anders gemacht. Wenn es ihm zuviel wurde, und das wurde es mit Peter und Michael bestimmt schnell mal, dann konnte er fliehen, einfach davonlaufen wie jetzt, und warten, bis er wieder geil wurde oder bemuttert werden wollte. Was in der Zwischenzeit abging, das musste ihn nicht interessieren – und tat es wohl auch nicht.

Ich blieb in dem Hauseingang stehen, dachte an Holger, an die Frau, die sich zuerst am Telefon gemeldet hatte, und an Roberts Untreue mir gegenüber. Tatsächlich kam mir dieses Wort in den Sinn – Untreue –, als hätte ich irgendein Anrecht auf Robert, auf eine Monogamie nicht im sexuellen Sinne, sondern hinsichtlich seiner Loyalität. Es musste einen Grund geben, weshalb er ausgerechnet Holger verschwiegen hatte, obwohl er sonst jedes Verhältnis, jeden Fick mit mir besprach. Was war dran an Holger, was bedeutete er ihm?

Es war nie leicht gewesen, Roberts Gedanken und Gefühle richtig einschätzen zu können. Er hatte sich stets bedeckt gehalten, nicht nur was Holger betraf. Auch über seine Eltern hatte Robert nie viel gesprochen, jedenfalls nicht von sich aus. Ich hatte ihn direkt darauf ansprechen müssen, da ich trotz allem etwas aus seiner Vergangenheit erfahren wollte, selbst wenn es mich nichts anging und für uns beide ohne Belang war. Aber irgendwann kommt man automatisch an diesen Punkt, stellt man Fragen, die für die Gegenwart wenig Sinn haben, weil sich nichts mehr ändern lässt, weil man die Vergangenheit nehmen muss, wie sie ist, und höchstens gegen die Folgen etwas auszurichten vermag, nicht aber mehr gegen deren Ursache. Ich hatte einfach aus Neugierde gefragt, vielleicht aus einem Augenblick des Schweigens heraus oder der Langeweile. Die meisten seiner Ausführungen hatte ich auch gleich wieder vergessen. Mag sein, dass ich besser hätte zuhören sollen.

Woran ich mich erinnerte, war ein liebloses Elternhaus. Robert hatte den kleinen Bäckereibetrieb, der sich seit zwei Generationen in Familienbesitz befand, am Rande des 500-Seelendorfs in Sachsen-Anhalt übernehmen sollen. Sogar Bäcker hatte er dort gelernt, drei Jahre lang Teig geknetet, am Ofen gestanden und Vorstellungen einer anderen, größeren Zukunft gehegt, denen niemand zuhörte. Der Fußballverein, in dem sich die Jugendlichen seines Alters die Zeit vertrieben, langweilte ihn. Er galt als Außenseiter. Sein Vater, ein Arbeitstier, hielt seinen Sohn für einen Spinner mit Flausen im Kopf, und Mutter wollte nur eins: ihn verheiratet sehen. Als sie merkten, dass Robert schwul war, warfen sie ihn aus dem Haus. Zumindest bei seiner Schwester hatte er auf Verständnis gehofft, aber sie war zu sehr eingebunden in die Familienbande, lebte mit ihrem Mann im Hause ihrer Eltern, im oberen Stockwerk, und schwieg. Er war nach Berlin gegangen, hatte sich irgendwie durchgeschlagen mit Gelegenheitsjobs und kleineren Artikeln und Geschichten in literarischen Zeitschriften. Dann kam der Mauerfall. Wieder wurde er auf die Straße gesetzt, diesmal von seinem Lover, eines jüngeren Wessis wegen. Seine Eltern hatte er nie wieder besucht, und auch sie hatten nie Anstalten gemacht, ihn zu kontaktieren, selbst Jahre später nicht, als Robert längst eine kleine Berühmtheit geworden und sein Name im Abspann unzähliger Fernsehfilme zu lesen war. Er hatte sich geschworen, den ersten Schritt seinen Eltern zu überlassen, die ihn nie taten. Und dabei war es geblieben.

Mehr wusste ich nicht, aber es hatte ausgereicht zu glauben, alles über Robert zu wissen. Wieder wurde ich wütend auf ihn, dann auf Holger, der möglicherweise zu diesem Schweigen gedrängt und versucht hatte, sich zwischen mich und Robert zu zwängen. Was immer die Gründe gewesen sein mochten, morgen hatte ich Gelegenheit, sie aus Holger herauszuquetschen.

Mein Ärger machte langsam einer stillen Euphorie Platz, die danach verlangte, sich mitzuteilen. Zurück zu Peter und Michael wollte ich aber auf keinen Fall, da sie sicherlich gerade feststellen mussten, dass ihre offene Beziehung Schwierigkeiten aufwarf, mit denen sie nicht gerechnet hatten. Das Teilen ist selten alles andere als gerecht.

Ich verspürte plötzlich den Drang, Jan zu sehen, und obwohl dies bedeutete, mich in Elkes vier Wände begeben zu müssen, wollte ich nicht warten, bis er von dort nach Hause kam. Ich wollte etwas wieder gutmachen, ihm zeigen, wie sehr ich ihn liebte und wie schwer es mir fiel, länger ohne ihn zu sein. Er würde erstaunt gucken, wenn Elke mich ins Wohnzimmer führte, er würde denken, etwas sei passiert, und erst nachdem ich ihm gesagt hatte, dass ich lediglich bei ihm sein wollte, würde er lächeln und mir verzeihen.

Elkes Gesicht dagegen, als sie mir öffnete, war erfüllt von Misstrauen. Aber natürlich brachte sie es nicht fertig, mir die Tür vor der Nase zuzuschlagen, egal, was Jan ihr gesagt haben mochte. Sie trug ein riesiges, ausgewaschenes Sweatshirt, einst wohl blau, und ihre Haare hatte sie wie gewöhnlich streng nach hinten zu einem Zopf gebunden, der ihre Gesichtshaut verzog.

„Was willst du denn hier?" fragte sie zischend und überrascht.

„Ich wollte zu meinem Freund, falls das erlaubt ist."

Sie starrte mich aufdringlich an, mit einem Blick voller Hohn und Verachtung. Ich stand da wie ein begossener Pudel, halb durchnässt von dem Regen. Mit der Hand wischte ich mir über das Gesicht und klopfte einige Tropfen von meiner Jacke.

„Lass mich raten. Du hast ein schlechtes Gewissen, richtig?"

„Ach, komm. Du kennst doch nur die eine Seite der Medaille. Darf ich rein?"

Beinahe widerwillig trat sie zur Seite, um mich einzulassen. „Auf deine Version bin ich aber mal gespannt."

„Interessiert die dich denn?"

Elke antwortete nicht darauf, sagte statt dessen: „Jan ist grad runter, was zu essen holen beim Chinesen. Wenn du warten willst, musst du so lange mit mir vorlieb nehmen."

Sie ging zurück ins Wohnzimmer, ließ mich einfach im Flur stehen. Ich zog die Jacke aus und warf sie zu Jans über den Klappstuhl neben dem Spiegel. Dann folgte ich ihr. Sie saß bereits in einem dieser merkwürdig geschwungenen Sessel, die weder einen sicheren noch gemütlichen Eindruck machen. Auch sonst empfand ich ihre Einrichtung als spartanisch. Es gab einen Esstisch mit drei Holzstühlen, ein durchgesessenes, eierschalfarbenes Schlafsofa, davor einen alten Nierentisch und neben dem Fenster ein Regal mit Büchern und einigem Nippes. Die Wände hatte sie in einem hellem Orange gestrichen. Ich setzte mich ihr gegenüber in die rechte Kuhle des Sofas.

„Wir trinken Wein", sagte Elke schnippisch, „aber Jan hat gesagt, du hast aufgehört mit Trinken. Ich kann dir noch Wasser anbieten."

„Nein, danke. Ein Glas Wein vertrage ich schon."

Elke zuckte mit den Achseln. „Wie du meinst."

Sie stand auf und holte ein drittes Glas aus der Küche. Eigentlich hätte ich wirklich Wasser trinken sollen, nur um ihr zu zeigen, wie ungerecht ihre Vorwürfe waren. Sie hatte mich testen wollen. Doch ich fühlte mich nicht in der Stimmung, mich jetzt auf einen Willenskampf mit ihr einzulassen.

Nachdem sie mir eingeschenkt hatte, nippte ich verlegen an meinem Glas, unwillig etwas zu sagen. Auch Elke wusste nicht was, und so schwiegen wir. Allerdings bemerkte ich, wie sie mich ansah, jede meiner Bewegungen mit Blicken folgte, als wäre ich ein Studienobjekt, das sie durch Beobachtung beschreiben, durchschauen konnte. Mich machte das nervös.

„Was ist?" fragte ich schließlich gereizt.

„Jan liebt dich", sagte sie, und ihre Stimme klang traurig.

Gleichzeitig hatten ihre Augen einen seltsamen Ausdruck angenommen, von einer Schwere und Tiefe, die ich bisher nie bei Elke gesehen hatte. Dieser Ausdruck erschreckte mich beinahe mehr als ihre unerwarteten Worte. Natürlich galt er nicht mir, sondern Jan, um den sie sich Sorgen zu machen schien – meinetwegen. Irgendwie fand ich das rührend, machten ihre Gedanken sie mir plötzlich sympathisch. Langsam nahm ich das Glas von den Lippen, ohne getrunken zu haben, und stellte es ab.

„Ich liebe ihn auch", sagte ich.

„Ach ja?" Ihre Stimme kippte zurück ins Zweifelnde. Elke hatte sich nie die Mühe gemacht, meine Sicht der Dinge zu erfahren. Ihr genügte Jans Version, und in der Position des sich Rechtfertigenden, in der ich mich jedes Mal befand, war es so gut wie unmöglich, dagegen anzukommen. Jetzt brauchte ich einen kräftigen Schluck.

„Er glaubt, du hast ein Verhältnis", fügte sie hinzu.

Es kostete einige Überwindung, mich nicht zu verschlucken. Angestrengt zwang ich den Wein hinunter, unterdrückte den Hustenreiz und die Tränen, die mir in die Augen schossen.

„Wie kommt er denn da drauf?" konnte ich schließlich fragen und hoffte, dass meine Stimme echtes Erstaunen verriet.

„Ich denke mal, er hat seine Gründe. Stimmt es denn?"

„Nein! Natürlich nicht. Das ist doch Unsinn." Und genaugenommen log ich nicht einmal. Ich hatte kein Verhältnis. Robert war fort, und die vielen, kurzen Begegnungen zählten nicht.

Elke verschränkte ihre Beine auf dem Sessel zum Schneidersitz, ließ den Kopf schräg gegen die Lehne sinken und schwenkte den Wein in ihrem Glas. Wieder starrte sie mich interessiert an, versuchte sie einzuschätzen, wie weit sie mir misstrauen konnte. In dieser Hinsicht war sie das totale Gegenteil von Jan. Während seine Blicke das Vertrauen suchten, die Bestätigung seiner Hoffnungen und Liebe, suchten die ihren nach dem Verrat, nach den Lügen hinter meinen Worten. Vielleicht hoffte sie ja noch immer, Jan für sich zu gewinnen, wenn ich aus der Bahn geschafft war. Ich musste ihr etwas anbieten, etwas, das sie zufrieden stellen würde.

Ich stellte das Glas ab, senkte meinen Kopf und begann, meine Hände zu kneten.

„Im Moment ist es etwas schwierig", sagte ich, „das gebe ich zu. Ich bin nicht sehr aufmerksam Jan gegenüber, es ist verständlich, dass er so denkt. Aber da ist niemand anderes, wirklich." Kurz hob ich meinen Blick, sah Elke an, die mit geweiteten Augen meinen Ausführungen folgte, um schnell wieder auf meine Hände zu starren. „Vielleicht hat er es dir ja gesagt. Robert ist verschwunden, und das nimmt mich wahnsinnig mit. Ich habe Angst, dass ihm was passiert ist. Deshalb kann ich mich nicht richtig um Jan kümmern. Nur deshalb."

Elke räusperte sich, rutschte zurück in eine aufrechte Position und nahm einen tiefen Schluck aus ihrem Glas. „Tja, das ist natürlich schlimm. Das mit Robert, meine ich. Wenn das allerdings der einzige Grund sein soll ..." Sie hielt inne, stand auf. „Dann mach dir klar, dass du auch noch Jan verlieren wirst, wenn du dich nicht zusammenreißt."

Ich horchte auf. Hatte sie für Jan oder aus ihrer Sicht gesprochen? Doch bevor ich weiter darauf eingehen konnte, klingelte es, und Elke rannte in den Flur.

Jan erschien im Türrahmen, eine weiße Plastiktüte in der einen und eine Rotweinflasche in der anderen Hand. Er war sichtlich überrascht, mich hier zu sehen, aber auf seinem Gesicht zeigte sich sofort ein breites Lachen, welches mich zwang, beschämt den Blick zu senken. Mir wurde wieder einmal bewusst, wie leicht Jan es mir jedes Mal machte, dass ich mir nie wirkliche Sorgen zu machen brauchte. Alles war gut, sobald nur ein wenig Zeit zwischen unseren Streitigkeiten verflossen war. Und was immer Elke angedeutet hatte, es war falsch gewesen.

„Das ist aber eine Überraschung", sagte er, und ich ging auf ihn zu, um ihm einen Kuss auf die Wange zu drücken. Jan drehte seinen Kopf. Im ersten Moment glaubte ich, er wandte sich von mir ab, aber tatsächlich wollte er sich nicht mit einem kurzen Begrüßungskuss zufrieden geben. Er küsste mich, als hätten wir uns wochenlang nicht gesehen.

Irgendwann räusperte sich Elke, und notgedrungen lösten wir uns aus der Umarmung. Sie nahm die Tüte und die Flasche aus seiner Hand, ging damit in die Küche.

„Was ist los?" fragte Jan wie erwartet.

„Nichts, gar nichts. Ich wollte dich nur sehen. Allein war es mir zu einsam, und Peter und Michael sind beschäftigt. Wieso? Ist dir das nicht recht?"

„Doch, doch. Natürlich. Es ist nur so überraschend."

Wir setzten uns auf das Sofa, und Jan hielt mein Knie umfasst, als befürchtete er, ich könnte davonrennen. Ich blickte ihn an. Wenn ich nur gewusst hätte, warum ich ihm das alles antat, warum ich nicht einfach mit ihm zufrieden sein konnte. Immerhin war er es auch mit mir. Jan hatte mich und mein abscheuliches Verhalten nicht verdient. Ich verletzte ihn zu oft.

Wann genau ist eine Beziehung gelungen, fuhr es mir durch den Kopf. War Erfolg die Voraussetzung für ihr Gelingen? Doch Erfolg maß sich erst am fertigen Produkt, im Nachhinein. Eine Beziehung hörte aber nicht auf, wenn sie gut verlief. Erkennen ließe sich demnach nur eine misslungene Beziehung, an ihrem Scheitern. Meine Beziehung mit Jan dauerte bereits fünf Jahre, sie konnte also nicht schlecht sein. Machte sie das gut? Ich hatte keine Ahnung.

Jan schien unseren Streit bereits vergessen zu haben. Für ihn zählte, dass ich hier bei Elke saß, obwohl ich sie nicht leiden konnte, ich mich also überwunden haben musste, um bei ihm zu sein. Diese Geste zeigte ihm, dass er mir nicht egal war.

Elke kam aus der Küche zurück, beladen mit drei Tellern, auf denen Süßsaures dampfte.

„Hier", sagte sie und stellte die Teller auf dem Esstisch ab. „Ich hoffe, es reicht. Ein dritter Esser war ja nicht geplant."

„Soviel Hunger habe ich gar nicht", sagte Jan.

„Das klang vorhin aber noch ganz anders." Elke war stehen geblieben. Dass ich störte, war offensichtlich, da sie nun nicht mehr über mich herziehen konnte. Ich warf ihr einen triumphierenden Blick zu, den sie mit verzogenen Mundwinkeln erwiderte.

„Mir geht es schon bedeutend besser", sagte Jan, der von unserem kleinen Schlagabtausch nichts bemerkt hatte, und schraubte den altmodischen Korkenzieher in die Weinflasche. „Du siehst ja, Elke, dass Hannes mich nicht im Stich lässt."

Sie setzte sich auf einen der Holzstühle und zupfte an ihrem ausgewaschenen Sweatshirt herum. „Ja, da habe ich mich wohl gründlich geirrt, wie es scheint."

Das erste Mal, als Robert sich mir gegenüber ein wenig geöffnet und Gefühle gezeigt hatte, war ich nicht in der Lage gewesen, entsprechend darauf zu reagieren.

Dabei hätte ich bereits bei seinem unerwarteten Vorschlag, am Fluss ein wenig spazieren zu gehen, aufhorchen müssen, da wir nie zuvor einen Ausflug unternommen hatten. Aber ich war zu erfreut gewesen, um mir Gedanken zu machen. Die ganze Fahrt über in seinem roten Seat, bis zum Parkplatz an der Uferstraße, und auch während der ersten halben Stunde den Fluss entlang, sagte er kaum ein Wort. Er war bedrückt, und ich hatte keine Ahnung, weshalb. Schließlich hielt ich sein Schweigen nicht länger aus.

„Was ist los?"

Robert trat nach kleinen Steinen, die die Uferböschung hinab ins Wasser purzelten, seine Hände hinter dem Rücken verschränkt, kerzengerade und mit schnellem Schritt vor mir hergehend. Ich hatte Mühe, ihm zu folgen. Seine Lippen hatte er aufeinander gepresst, die Brauen zusammengezogen. Nur seine Augen leuchteten, glitten aufgeregt hin und her, als suchten sie nach etwas Bestimmtem. Aber nirgends blieben sie haften, nicht auf dem Fluss mit den vielen Segelbooten, nicht auf den nackten Menschen, die auf den Wiesen ausgestreckt lagen und sich in der Julihitze sonnten, und erst recht nicht auf mir, der versuchte, in seinem Blick zu lesen. Robert schien verunsichert, und das war mir fremd.

„Nun sag schon, was los ist", wiederholte ich.

Er atmete tief durch. „Diese Idioten", stieß er hervor, wandte sich mir gänzlich ab und sprach zum Wasser. „Verklagen sollte ich sie! Verdammtes Pack."

Wen immer er damit meinte, er würde es mir sagen. Das spürte ich. Robert würde mir etwas erzählen, das über die gegenwärtige Situation hinausging, das nicht uns betraf, sondern sein Leben, an dem ich außerhalb unserer Treffen nicht teil hatte. Ich war unsicher, ob ich es überhaupt wissen wollte, ob es mich etwas anging oder mich zumindest etwas angehen könnte, sobald er es ausgesprochen hatte. Das Wenige, das ich wusste, hatte bisher immer ausgereicht. Es war uns genug gewesen, und wenn er mich jetzt tiefer an seinem Leben teilhaben ließ, dann zog er mich ungewollt mit hinein. Die Leichtigkeit unserer Beziehung würde verloren gehen. Aber ich hatte gefragt, und Robert erzählte.

„Weißt du, wie sie es nennen? *Sie raubte mir meine Frau.*" Robert sprach den Titel theatralisch in die Länge gezogen aus, überfrachtet mit Hohn und Abscheu. „So ein Schwachsinn! Ich habe ihnen gesagt, dass das nicht das Thema ist, aber natürlich geht es nur um die Einschaltquoten. Was interessiert da die Absicht des Autors. Scheiß Privatsender! Ich hab doch keinen Lesbenporno geschrieben."

Eine Familie mit drei kreischenden Kindern ging an uns vorbei. Der Vater, Mitte vierzig und keinen Tag jünger aussehend, warf Robert einen vorwurfsvollen Blick zu. Ich drehte mich um, sah wie der Mann seine Frau umarmte, als müsste er sie plötzlich beschützen.

„Alles wird umgeschrieben, verzerrt. Das hat doch mit meiner Arbeit, mit mir überhaupt nichts mehr zu tun", fuhr Robert fort. Er ließ sich nicht mehr aufhalten, es sprudelte aus ihm heraus. Es folgten Hasstiraden auf das Fernsehen, die Produzenten, auf den Verfall der Kunst, auf sein verkanntes Talent, das mit jedem Drehbuch weiter in den Dreck getreten wurde.

„Ich sollte aufhören damit", sagte er abschließend und verstummte.

„Aufhören, womit?"

„Mit schreiben. Mit allem. Hat doch alles keinen Sinn. So wie das abläuft bin ich doch völlig austauschbar. Nicht mehr lange, und meine Drehbücher sind soviel wert wie *Cobra 11* oder *MediCops* oder wie der ganze Dreck heißt."

„Sei kein Idiot. Du bist großartig. Wie viele Preise hast du denn schon gekriegt?"

Robert machte ein angewidertes Geräusch mit den Lippen. Diese Preise bedeuteten ihm nichts. Er nahm sie entgegen, dankte höflich und scheinbar gerührt und verschloss sie zu Hause in einem Schrank. Ich bin sicher, das war nicht immer so gewesen, dass es eine Zeit gegeben hat, in der er stolz gewesen war, es so weit gebracht zu haben. Immerhin hatte er sich ganz alleine hochgearbeitet.

„Na, komm schon", sagte ich deshalb und legte meinen Arm um seine Schulter. „Für einen Bäcker ist das allerhand."

Sofort riss Robert sich los, und der Blick, den er mir zuwarf, war voller Wut.

„O ja", schrie er mich an, „der kleine, dumme Bäckerbursche, der es zu was gebracht hat. Wer hätte das gedacht, was?"

Ich hatte es nicht abwertend gemeint, lediglich ihm zeigen wollen, wie erfolgreich er war. Er verstand mich völlig falsch.

„Klar, ich greife nach den Sternen, anstatt kleine Brötchen zu backen, wie es sich für einen wie mich geziemt. Das kommt davon. Also zurück, wo ich hergekommen bin. Den Butt habe ich viel zulange in Anspruch genommen."

Robert ließ mich einfach stehen, machte kehrt und eilte den Uferweg zurück. Ich war zu verblüfft, um ihm folgen zu können, starrte ihm nur hinterher, bis er hinter den Ulmen an der nächsten Biegung verschwand.

Wie hätte ich wissen sollen, was er hören wollte? Schämte er sich etwa für seine Herkunft, für das, was er einmal gewesen war? Es war doch ein Verdienst, eine solche Karriere geschafft zu haben, und so hatte ich es auch gemeint. Seinen Eltern und dem ganzen Dorf, aus dem er kam, hatte er gezeigt, dass Träume in Erfüllung gehen, wenn man es nur wollte. Ich verstand ihn nicht und wünschte, er hätte mir nichts davon erzählt. Es schien, als hätte das bisschen Offenheit, welche mir entgegengebracht wurde, alles kaputt gemacht. Statt ihn besser kennen zu lernen, hatte seine Reaktion nur noch mehr Fragen aufgeworfen. Fragen, die sich bei Jan nicht mehr stellten, da ich alles über ihn wusste. Zwei Extreme. Alles und Nichts. Damit lässt sich leben. Mit dem Dazwischen nur schwer.

Über eine Stunde lief ich noch allein am Fluss entlang, dann hielt ich es nicht mehr aus und fuhr mit dem Bus zu seiner Wohnung. Zehnmal musste ich klingeln, ehe er sich herabließ, mir zu öffnen. Wir sahen uns an, ohne ein Wort. Er versperrte mir mit den Armen den Durchgang, bevor er endlich mit den Achseln zuckte und beiseite trat. In der Küche reichte er mir ein Bier, und in hastigen Schlucken tranken wir es aus. Auf dem Tisch standen bereits zwei leere Flaschen. Ich wusste nicht, wie und wo ich beginnen sollte, wir standen uns nur gegenüber und tranken.

Nach dem zweiten Bier war mir klar, dass es nichts zu sagen gab, dass ich meinen Mund halten und über das Vorgefallene schweigen würde. Es hatte keinen Sinn. Worüber Robert sich Sorgen machte, welche Ängste er hatte, das waren Dinge, bei denen ich nicht helfen konnte. Das kannte ich von meinen eigenen Problemen nur allzu gut. Sicherlich, ich könnte ihn trösten, ihm Mut zusprechen, aber es würde unserer Beziehung eine Vertraulichkeit aufzwingen, die das, was zwischen uns bestand, nur zerstören konnte. Das wollte ich nicht riskieren.

„Weißt du, was ich an dir schätze", sagte Robert später nach dem Sex, als wir außer Atem auf dem Bett lagen, die Arme hinter unseren Köpfen verschränkt. „Du stellst keine Fragen, interessierst dich nicht wirklich für mich. Das ist keine Kritik, im Gegenteil. Du nimmst mich, wie ich bin. Und das ist doch das Wichtigste, oder?"

Ich stützte mich auf die Ellenbogen, sah ihn an. Er hatte Recht. Unser kleiner Streit war vergessen, die drei Biere hatten ihm seine Schwere genommen und der Sex ihn vertrieben. In diesem Augenblick löste sich alles auf, blieb nur sein Körper, sein Lächeln, die glatte, weiche Haut. Ich wollte nicht fort von ihm. Niemals. In diesem Moment war ich glücklich. Mehr verlangte ich nicht, wohl aus gutem Grund. Was immer ihn zu dem gemacht hatte, was er jetzt war, hatte keine Bewandtnis. Was zählte, war allein das Resultat. Das hatte ich damals gedacht. Ich hatte ja nicht ahnen können, dass er einfach verschwinden und die Gegenwart nicht ausreichen würde, ihm zu folgen.

Diese Erinnerungen gingen mir durch den Kopf, wieder in unserer Wohnung auf dem Bett mit Jan, mein Blick von seiner Brust aus gegen die Wand geheftet. Lange Zeit hatten wir geschwiegen, einfach nur dagelegen und uns unseren Gedanken überlassen. Jeder für sich.

„Wir brauchen uns doch nichts vormachen, Hannes", sagte Jan schließlich und fuhr mir durchs Haar, „dafür kennen wir uns zu gut und zu lange. Ich merke doch, wenn etwas nicht stimmt. Und deshalb möchte ich, dass du es noch mal versuchst mit den Anonymen Alkoholikern. Wenigstens versuchen, okay?"

Seine Stimme klang entfernt, leise und gedämpft, beruhigend und sanft. Der viele Rotwein bei Elke hatte meinen Schwanz erschlaffen lassen, nur mit Mühe war ich zum Orgasmus gelangt, die Augen geschlossen. Ich hatte sie schließen müssen, da Jan mich beobachtete, jede Bewegung, jedes Stöhnen nachvollzog, als hatte er abschätzen wollen, inwieweit ich in Gedanken bei ihm war oder ob ich versuchte, mich ihm innerlich zu entziehen. Ich mochte seine Berührungen, seine Zärtlichkeit, diesen Halt, den er mir gab, aber dies genügte nicht immer, besonders nicht, wenn ich getrunken hatte. Jans Nähe versprach Liebe, tiefe Emotionen, Erregungen, die überall in mir widerhallten und in meinem Schwanz versagten. Andere Bilder hatte ich über ihn gelegt, andere Gesichter, andere Körper, andere Schwänze, um die Geilheit aufrechtzuerhalten. Ohne Erfolg. Auch heute hatte Robert sich dazwischen gedrängt, und mein krampfhafter Versuch, ihn auszuschließen, war Jan nur zu deutlich gewesen.

„Vielleicht hast du Recht", sagte ich vorsichtig und bemüht neutral. Tatsächlich hatte mich der schnelle, anonyme Sex in letzter Zeit immer seltener befriedigt. Meist war nur ein hohles Gefühl und die Abscheu vor mir selbst geblieben. „Wenn dir soviel daran liegt, geh ich halt noch mal hin."

„Tue es nicht meinetwegen. Das bringt nichts. Aber du hast selbst gesagt, dass du mit dem Trinken aufhören willst. Und vielleicht hast du ja einfach zuviel Zeit."

Auf diesen Seitenhieb ging ich nicht ein. Jan hatte mir nie Vorhaltungen darüber gemacht, arbeitslos zu sein. Er wusste so gut wie ich, dass es beinahe unmöglich war, in meinem Beruf in der momentanen Situation einen Job zu finden. Für ihn als Beamten war das kein

Thema, niemand konnte ihn rausschmeißen. Mit seiner langweiligen und monotonen Schreibtischtätigkeit, bei der er tagaus tagein irgendwelche Steuerbescheide prüfte, hatte er ausgesorgt. Für mittelmäßige Journalisten dagegen war nichts zu machen.

„Versuch es doch wenigstens wieder mit Schreiben. Das lenkt dich sicher ab."

Ich ließ nur ein leises Grunzen vernehmen. Lediglich für die Schublade zu produzieren hatte ich keine Lust. „Schon gut, schon gut. Ich gehe noch mal hin. Gleich morgen, nachdem ich diesen Holger getroffen habe."

Jan hörte auf, mir durchs Haar zu streichen. „Weiß er denn was?" fragte er.

„Keine Ahnung." Ich blieb auf Jans Brust liegen, sah hinaus durch die Tür in den dunklen Flur. „Er klang merkwürdig, abweisend. Ich bin gespannt, was für ein Typ er ist. Er wohnt mit einer Frau zusammen."

„Ich wäre auch beinahe mit Elke zusammengezogen. Kurz bevor wir uns kennen gelernt haben."

„Das hast du mal erzählt, ja. Gut, dass du es nicht gemacht hast."

Jan rutschte in den Kissen in eine andere Position, während ich den Kopf hob, wartete, bis er seine neue Stellung gefunden hatte, um mich jetzt in die weiche Kuhle seines Bauches zu legen. Wir schwiegen. Ich würde Jan den Gefallen tun, einen zweiten Versuch starten und mich zwischen die Männer und Frauen setzen, die Kaffeetasse verkrampft in den Händen haltend, und mit ihnen über mein zwanghaftes Verhalten sprechen. Nicht über den Alkohol, wie Jan glaubte, sondern über den Sex, von dem er keine Ahnung hatte. Vielleicht war es ja wirklich an der Zeit, etwas in meinem Leben zu ändern.

Mit der Hand streichelte ich über die glatte, warme Haut seiner Brust und hinunter zu den Hüften. Sein regelmäßiger Atem wiegte meinen Kopf in seiner Bauchmulde auf und ab, schaukelte mich sanft in den Schlaf. Mir fielen die Augen zu. Ich würde etwas aufgeben müssen, dessen war ich mir bewusst, und nicht nur Jan zuliebe musste ich es tun. Jan, dessen Unwissenheit langsam zu bröckeln schien, der mich verdächtigte, ein Verhältnis zu haben. Das konnte ich unmöglich zulassen. Ich musste ihn schützen vor dem, was ich tat. Dann schlief ich ein.

Kapitel 5

Mutters Pelzmantel hing, zusammen mit dem Seidenschal, auf einem der Bügel an der Garderobe. Ich zog meine Jacke aus und warf lediglich einen schnellen, heimlichen Blick ins Wohnzimmer. Sie saß kerzengerade im Sessel, die Hände in den Schoß gelegt, den Kopf leicht gesenkt. Statt zu ihr ging ich zunächst in die Küche, wo Jan Kaffee aufsetzte. Er lächelte mir zu.

„Hast du sie reingelassen?" fragte ich.

„Wer denn sonst?" begrüßte er mich mit einem Kuss auf die Wange. „Ich bin nur kurz zurück, weil ich heute Morgen meinen Terminkalender vergessen hab."

„Warum hast du nicht angerufen? Ich hätte ihn dir gebracht."

„Das habe ich ja auch versucht", sagte er. Ich konnte fühlen, wie mir das Blut ins Gesicht schoss und war sofort bereit, eine Erklärung abzugeben.

„Aber halb so wild", kam Jan mir zuvor. „Ich habe meine Mittagspause einfach etwas vorverlegt. Außerdem kannst du von Glück reden, sonst hätte deine Mutter bis eben vor verschlossener Tür gestanden."

Ich sah auf die Uhr über dem Küchentisch. Es war kurz nach elf. Dass Mutter heute vorbeikommen wollte, hatte ich völlig vergessen. Nicht auszudenken, wenn Jan nicht hier gewesen wäre.

„Sie will wegen der Feier mit dir reden."

Ihre goldene Hochzeit und diese verdammte Rede! Ich hätte Mutter gleich am Sonntag vor einer Woche klipp und klar sagen sollen, dass ich keine Lust dazu hatte. Sollte sie doch jemanden anderes finden! Ich wollte keine Rede halten. Immer wieder hatte ich mich darüber aufgeregt und insgeheim gehofft, Mutter würde ihren Vorschlag einfach vergessen. Aus diesem Grund hatte ich mir bisher auch keinerlei Gedanken gemacht, aber nun wartete sie nebenan, und sicherlich wollte sie Resultate sehen. Auf eine Überraschung während der Feier würde sie sich nicht einlassen. Sie würde im Vorfeld wissen wollen, was ich zu sagen gedachte.

„O Gott", stöhnte ich, „kannst du nicht bleiben und mir beistehen?"

Jan grinste und stellte die Kaffeemaschine an. „Nein, nein. Das ist ganz allein deine Sache. Deine Rede ist ihr sehr wichtig, ich bin sicher, du machst das prima. Und wie du selbst gesagt hast: Helfen kann ich dir dabei sowieso nicht. Du kennst deine Eltern schließlich ein wenig länger als ich."

„Unwesentlich länger. Die ersten zwanzig Jahre ihrer Ehe kenne ich ja auch nicht."

„Fünfzehn. Na los, sag ihr schon guten Tag. Ich muss wieder ins Büro."

Er verließ die Küche, und ich hörte, wie er sich kurz von Mutter verabschiedete. Dann fiel die Tür ins Schloss. Ich atmete tief durch und ging nach nebenan.

Mutter erhob sich, breitete ihre Arme aus, um mich an sich zu drücken, und hielt mir ihre Wange entgegen. Erneut überrascht davon, wie gut sie mit ihren beinahe siebzig Jahren aussah, blickte ich sie skeptisch an. Sie hatte noch ihr volles, jetzt schneeweißes Haar, das sie zu einem Knoten nach oben gesteckt trug, ihre Augen und Lippen waren geschminkt, ein wenig zu offensiv vielleicht, und sie trug ein dunkles Kostüm mit weißer Bluse darunter. An beiden Handgelenken klirrten goldene Armreifen, und in ihren Ohren blitzten goldene Ringe. Eine stattliche Frau, aufrecht und selbstbewusst, finanziell abgesichert durch meinen Vater, wohlhabend eingeheiratet und selbst nicht aus schlechtem Hause.

Herkunft war wichtig in unserer Familie. Ich hatte mich früher nie wirklich für die Ahnentafel interessiert, die mein Vater in seinem Schreibtisch hütete und die ich als Kind zu sehen bekam, seinem Finger den weitverzweigten Ästen unserer Vorfahren folgend, bis sie irgendwann im achtzehnten Jahrhundert ins Leere wiesen. Ganz unten mein Name. Aus diesem Zweig würde nichts mehr sprießen, dort war Schluss. Eine Familiensaga zunichte gemacht durch den einen schwulen Sohn. Der Sinn dieses Stammbaumes brach in sich zusammen, und womöglich hatte ich dies bereits als Kind gespürt und mich deshalb nicht dafür interessiert.

Meine Eltern hatten mir nie einen Vorwurf wegen meines Schwulseins gemacht. Statt nach vorne zu schauen, blickten sie einfach zurück.

„Du siehst müde aus, Hannes", sagte meine Mutter, die mich prüfend ansah. „Fehlt dir was?"

„Nein, mir geht's ausgezeichnet. Der Kaffee ist gleich fertig."

Sie setzte sich zurück in den Sessel, faltete ihre manikürten Hände in den Schoß und kam gleich zur Sache. „Hast du die Rede schon fertig?"

„Es ist doch noch fast eine Woche Zeit."

„Fünf Tage", verbesserte sie mich. „Und die sind schnell vorüber. Du weißt, wie sehr ich es hasse, wenn nicht alles läuft. Außerdem möchte ich zu gern lesen, was du dir ausgedacht hast."

Ich flüchtete in die Küche, um den Kaffee zu holen. Aus dem Schrank nahm ich Jans gutes Porzellan und brachte zwei Tassen nach nebenan. Ich schenkte ein.

„Ich finde es besser, du lässt dich überraschen", versuchte ich sie zu überzeugen, „ich werde schon nichts Falsches sagen."

„Natürlich nicht", sagte sie, aber ihr Tonfall hatte wieder diese merkwürdige Schwingung, dieses Vibrieren, das ihre Worte ins Gegenteil kippen ließ. „Das weiß ich doch. Aber ich bin nun mal so furchtbar neugierig. Alles soll perfekt sein am Wochenende."

„Das wird es auch, versprochen." Ich setzte mich auf das Sofa.

Sie nahm ihre Tasse mit gespreiztem Finger und nippte. „Sonst muss ich wirklich noch deinen Onkel Wilhelm fragen", sagte sie seufzend in die Tasse. „Und du weißt ja, wie undeutlich er spricht. Genau wie dein Vater."

„Nein, nein, nicht nötig", rutschte es mir automatisch heraus, „ich mach das schon."

Ihr verstohlenes Lächeln verriet mir, dass sie diese Reaktion sehr wohl einkalkuliert hatte.

„Dann bringe mir den Entwurf einfach übermorgen vorbei. Ich denke, der Mittwoch wird genügen."

Ich wusste, wie sinnlos es wäre, jetzt weiter auf sie einzureden. Den Mittwoch würde ich verstreichen lassen, sie vor vollendete Tatsachen stellen. Ihr Blick traf mich hart über die Kaffeetasse hinweg, als hätte sie meine Gedanken erraten. Aber sie ging nicht weiter darauf ein.

„Du solltest mehr an die frische Luft", sagte sie stattdessen. „Ganz blass bist du. Bist du sicher, dass dir nichts fehlt?"

„Ja, Mutter, es ist alles in Ordnung." An der frischen Luft war ich genug, wenn auch nicht unbedingt am helllichten Tag. Und die letzten Nächte hatte ich schlecht geschlafen.

„Vor der Feier werden wir auf den Friedhof gehen. Es wäre schön, wenn du mitkämest."

„Muss das sein?"

Zu Großmutters Grab. Zwischen Hecken und einem Marmorblock mit einem Engel darauf lag sie unter Rosen, Astern und einem Grablicht. Ihr Stein mit Dürers *Händen* eingraviert und einem Spruch aus dem alten Testament. Geborene Staufen, verheiratet mit einem hohen Offizier, der im Krieg verschollen war. Ein hoher Offizier, mehr wurde dazu nie gesagt. Was das hieß, war klar, auch wenn es niemand aussprach. Für unsere Familie blieb er der Großvater, der als Held fiel, auf den meine Oma so lange vergeblich gewartet hatte, der große Mann, der heimlich jonglierte und dem wir unser kleines Vermögen verdankten, der sich hochschuften musste, nachdem unsere Familie durch den ersten Weltkrieg alles verloren hatte. Sich durchgekämpft hätte er, so hieß es, unseren Namen wieder zu etwas gemacht. Wodurch, das schien egal.

„Wann warst du das letzte Mal dort?"

„Ich weiß, ich weiß."

„Tu mir diesen einen Gefallen, Hannes." Sie stand auf, strich sich ihr Kostüm zurecht. „Sie hat es nicht leicht gehabt."

„O Mutter, bitte", entfuhr es mir, und ich biss mir sofort auf die Zunge.

Sie kniff ihre roten Lippen zusammen, blickte mich nicht an, sondern richtete die Rüschen an ihrer Bluse. Dass sie mir auswich, war ein schlechtes Zeichen. Jeder vorwurfsvolle, gekränkte Blick bedeutete, dass sie sich mir stellte, ihren Ärger offen zeigte, dem ich dann mit Entschuldigungen begegnen durfte. Wenn sie sich abwandte, so wie jetzt, blieb mir dies versagt.

„Ich weiß, für dich ist sie nur eine schrullige, alte Frau gewesen", sagte sie zu ihrer Bluse, „nicht ganz richtig im Kopf. Aber du hast keine Ahnung, was sie durchgemacht hat. Was wir alle damals durchmachen mussten. Das ist ja nicht deine Schuld."

Mutter hob ihre rechte Hand zur Abwehrhaltung, nicht nur, um einem möglichen Einwand entgegenzuwirken. Viel mehr noch war es eine Geste, die mir zu verstehen geben sollte, dass es der Jugend zu gut ginge und ihr fehlendes Mitgefühl auf der Gnade der späten Geburt basierte. Aus ihrer Sicht zweifellos ein Makel.

„Wenn sie und Opa nicht ..." Sie brach ab. „Na ja, wie auch immer. Ich muss los."

Ich war nicht mehr zehn, das hatte sie wohl gerade gespürt. Nicht mehr das Kind, das den Geschichten aufmerksam lauschend gefolgt war, ohne sie zu hinterfragen und in einen Kontext setzen zu können. Diese Fragen hatte ich mir längst selbst gestellt und mir mögliche Antworten zusammengereimt. Meine Eltern direkt darauf anzusprechen, dazu hatte mir allerdings bisher der Mut gefehlt, obwohl ich gern mehr über unseren gefällten Stammbaum gewusst hätte, über unsere Geschichte. Mutter ahnte diese Neugier, die Jahr für Jahr stärker wurde, aber sie spekulierte auch darauf, dass es um so schwieriger wurde, diese Fragen zu stellen, je länger ich wartete. Irgendwann würde es zu spät dafür sein.

„Also gut", sagte ich einlenkend, „ich komme mit."

„Ich danke dir, mein Sohn." Erneut gab sie mir einen Kuss auf die Wange, einen jener dahingehauchten ohne wirklichen Kontakt, der die Intimität nur andeutete. Ich begleitete sie in den Flur, half ihr in den Mantel und legte ihr den Schal um den Hals.

„Bestelle Jan schöne Grüße von mir", sagte sie. „Er ist so ein netter junger Mann. Wenn er nicht aufgemacht hätte vorhin ..."

Ich zwang mich zu einem Lächeln. „Ja, das war Glück. Ich werde ihm deine Grüße ausrichten."

„Danke. Geht es ihm gut? Bevor du kamst, haben wir gar nicht weiter reden können. Er war so in Eile. Es ist doch alles in Ordnung mit euch, hoffe ich."

„Aber ja. Alles in bester Ordnung."

Sie knöpfte sich den Mantel zu und nahm ihre Handtasche von der Kommode. „Du weißt, dass wir ihn gern haben. Und uns freuen, dass das mit euch so gut klappt. Wenn also irgend etwas ist, dann kannst du es deiner Mutter ruhig sagen."

Wir standen bereits an der Tür, meine Hand auf der Klinke, bereit, sie niederzudrücken. Es war eine mütterliche Gabe, alles zu spüren, eine Art Instinkt, gespeist aus der Nabelschnur, die nie ganz reißen würde. Doch die Zeit, als ich ihr alles anvertraute, sie meine beste Freundin gewesen war, die war seit über zwanzig Jahren vorbei. Seitdem wusste sie nicht mehr alles von mir, musste sie sich auf ihr Gespür verlassen, das es, ohne Zweifel, in sich hatte.

Mutter hatte mein Zögern bemerkt, ein schwerer Fehler meinerseits. Jede Floskel, jede noch so beiläufig geäußerte Bestätigung, dass alles im Lot sei, und sie hätte genickt, sich mit dem Gesagten zufriedengegeben. Worte konnten über alles hinwegtäuschen, mein Schweigen nicht.

„Ich will mich ja, um Himmels Willen, nicht in eure Beziehung mischen", sagte sie, und knipste die Handtasche auf, um etwas Unbestimmtes darin zu suchen, „aber ich weiß nun mal, wie das ist, über Jahre, Jahrzehnte mit jemandem zusammen zu sein. Man hat sich ein Versprechen gegeben, und das muss man einhalten."

Ich starrte auf die Tasche, auf ihre faltigen, lackierten Finger, die darin herumwühlten, die Taschentuch, Schlüssel, Lippenstift zu fassen bekamen, wieder losließen und weiter kramten. Beinahe glitt ihr die Handtasche aus den Händen, so dass sie sie abstellte, ohne dabei ihre Suche zu unterbrechen.

„Sicher, bei euch ist das etwas anders, ihr seid nicht verheiratet, aber immerhin auch Verpflichtungen eingegangen. Man muss sich auch mal zusammenreißen, das gehört dazu. Als Vater und ich uns das Ja-Wort gegeben haben, da haben wir gewusst, dass es für immer ist, so gehört sich das eben, oder nicht? Man kann Versprechen nicht einfach lösen, nur weil es einem im Moment so in den Kram passt. Ah, hier ist er ja!"

Triumphierend hielt sie einen gefalteten Zettel in die Höhe, den sie in ihre Manteltasche steckte. Dann knipste sie, mit einem Blick auf mich, die Handtasche zu. Sie lächelte.

„Denk drüber nach. Ich weiß, wovon ich rede. So, ich bin mit Tante Gertrud zum Essen verabredet. Ich werde langsam vergesslich, deshalb habe ich mir die Adresse aufgeschrieben. Mach's gut, Hannes, wir sehen uns dann am Mittwoch."

Ich hielt Mutter die Tür auf, sah ihr nach, wie sie zum Fahrstuhl ging und mir kurz zuwinkte, bevor sie darin verschwand. Verwundert über ihre letzten Ausführungen blieb ich in der offenen Tür stehen. Versprechen muss man halten. Es klang wie ein Schwur, den man um nichts auf der Welt brechen durfte, als ginge es nicht um Gefühle, als wäre dies eine Sache der Ehre.

Natürlich hatte ich lange schon begriffen, dass es nicht mehr die große Liebe war, die meine Eltern miteinander verband. Aber dass es diese Liebe einmal gegeben hatte, davon war ich überzeugt gewesen. Bis jetzt. Denn womöglich baute ihre Ehe auf nichts anderem als auf eben diesem einen Versprechen, abgelegt vor fünf Jahrzehnten, welches bindender war als alles sonst. Alles andere hatte sich zwangsläufig aus ihrem Ja-Wort ergeben. Eine Ehe entsprungen aus einem Wort, errichtet auf einer plötzlichen Eingebung, die sich womöglich als unhaltbar erwies, die jedoch nicht mehr rückgängig zu machen war und auf einem Berg aus Lügen und Täuschungen wuchs, über Jahre gefestigt und von der Wahrheit irgendwann nicht mehr zu unterscheiden.

Wenn dem so war, dann hatte von vornherein festgestanden, dass es an dem Konstrukt ihrer Ehe nichts zu rütteln gab. Ihre Ehe würde gelingen, so oder so. Egal, ob Liebe im Spiel war, ob die Liebe sich erst einstellen musste oder diese sich abnutzen würde. Alles würde bleiben wie am ersten Tag. Versprochen ist versprochen. Zähne zusammenbeißen und durch. Aber anstatt mich zu warnen, mich nicht von einem flüchtigen Satz leiten zu lassen, der die Zukunft verbaute, sollte ich wie sie daran festhalten.

Holger kam viel zu spät.

Ich selbst war Punkt zwölf Uhr in Roberts Wohnung gestürzt, da ich über Mutters Besuch und ihren kryptischen Äußerungen die Zeit völlig vergessen hatte. Um so mehr ärgerte ich mich, womöglich versetzt zu werden. Unruhig wie ein Tier im Käfig lief ich durch die Zimmer, trank ein Bier nach dem anderen, wischte mir dauernd den Schweiß von der Stirn, bevor ich mit Blick auf den Radiowecker im Schlafzimmer beschloss, nicht länger auf ihn zu warten.

Es klingelte. Ich stellte die Dose in der Küche ab, ging langsam in den Flur und betätigte den Summer für die Haustür. Im Spiegel strich ich meine Haare glatt, atmete tief durch. Ich ertappte mich sogar dabei, wie ich mich musterte, als müsste ich auf den Unbekannten einen guten Eindruck machen.

Während des Wartens versuchte ich mir auszumalen, wie Holger aussah, welche Sorte Schwuler er war, ob mir ähnlich oder das Gegenteil von mir, ob Robert das eine oder das andere veranlasst hatte, über ihn zu schweigen. Seine sanfte, kindliche Handschrift stand so konträr zu seiner harten, fast aggressiven Stimme am Telefon, dass ich zu keinem Ergebnis kam. Nur einige Sekunden noch, und ich würde es wissen.

Sobald ich die Tür geöffnet hatte, wusste ich, dass beides zu ihm gehörte, die Schrift wie auch die Stimme. Äußerlich ein Schrank, stämmig mit breiten Schultern, einem Bauchansatz unter dem Hemd und starken, behaarten Armen und Händen, dazu Haare, die ihm ungeordnet um den kantigen Schädel fielen, und eine breite, gebogene Nase über einem strengen Mund. Er war unrasiert. In seinen grünen Augen aber lag etwas Verschrecktes, Unsicheres, ein Ausdruck der Verlegenheit oder zumindest der Vorsicht.

„Hi", sagte er, ohne mich anzusehen, den Blick zurück in den Hausflur werfend, als befürchtete er, verfolgt worden zu sein. Ich bat ihn herein.

Anscheinend kannte Holger sich aus. Er ging an mir vorbei direkt ins Wohnzimmer und ließ sich in einen der Sessel fallen. Mir blieb nichts anderes übrig, als ihm zu folgen. In den Türrahmen gelehnt, starrte ich ihn entgeistert an. Wo hatte Robert den bloß aufgegabelt, schoss es mir durch den Kopf. Er saß da, in die Kissen gefläzt, die Beine gespreizt, und kratzte sich hinter dem linken Ohr. Er gehörte nicht hierher, das war offensichtlich. Der Schreibtisch mit dem Computer darauf, die Regale, vollgestopft mit Büchern – Romane, Abhandlungen über und Leitfäden für das Drehbuchschreiben, einige Werke der Philosophie –, selbst die Sessel, der Tisch, all das stand völlig im Widerspruch zu Holgers Erscheinung, seiner unordentlichen Kleidung und dem Durcheinander von Rundungen und Kanten seiner Statur. Der schweifende Blick durch das Zimmer war nichtssagend und leer. Mich sah er noch immer nicht an.

„Ein Bier?" fragte ich.

„Okay."

Aus dem Kühlschrank holte ich zwei Dosen, kehrte zurück ins Wohnzimmer und hielt ihm eine davon entgegen, die er mir stumm abnahm. Mit einer Hand die Dose haltend, öffnete er mit dem Zeigefinger den Verschluss. Schaum quoll hervor, ergoss sich über seine Hand auf die Hose.

„Scheiße!"

Er schlürfte den restlichen Schaum vom Deckel und rieb das vergossene Bier in die Jeans. Langsam, ohne den Blick von ihm zu nehmen, hockte ich mich auf die Sessellehne ihm gegenüber.

Womöglich hatte Robert ihn auf einem Filmdreh kennen gelernt, einer dieser Kameraleute oder Kulissenschieber, die, Zigarette rauchend, irgendwo angelehnt standen, gelangweilt zu Boden sahen und warteten, bis die nächste Einstellung abgedreht werden konnte. Jedenfalls machte Holger diesen Eindruck. Ganz gewiss kein Intellektueller, kein Regisseur oder wie Robert Drehbuchschreiber, auch kein Schauspieler, da ihm das Selbstsichere fehlte, diese Haltung des ständig Präsenten, als wäre die Welt bis in den letzten Winkel ausgeleuchtet und mit Kameras überwacht. Jemand, der sich keine Gedanken machte, der betrachtete statt zu reflektieren, der handelte statt zu hinterfragen. Robert mochte das anziehend gefunden haben, immerhin war Holger keineswegs uninteressant. Er besaß diese Ausstrahlung, die Schwule in ihren Kleinanzeigen gerne als ‚straight-acting' bezeichnen, ohne dass Holger sich dieser Wirkung überhaupt bewusst zu sein schien. Er saß da, im Sessel zusammengesunken, die Beine breit, das Bier aus der Dose trinkend, bis sein Adamsapfel auf und nieder hüpfte, völlig desinteressiert an dem animalisch erotischen Anblick, den er bot. Irritierend dabei auch der Fleck auf seiner Jeans, den das Bier hinterlassen hatte und der sich vom Gürtel abwärts über die Knopfleiste hinab auf den Oberschenkel zog.

„Also, was soll das Ganze?" fragte er plötzlich. „Was ist mit Robert?"

„Ich hatte gehofft, von dir ... Ihnen was zu erfahren."

Holger zu duzen, war mir unangenehm gewesen. Er machte keinerlei Anstalten, in irgendeiner Hinsicht freundschaftlich zu sein, und er überging meine Verbesserung, ohne auf dem Du zu bestehen.

„Ich hab doch gesagt, er ist nicht gekommen. Versetzt hat er mich."

„Ich mache mir ernsthaft Sorgen. Vielleicht sollten wir die Polizei benachrichtigen. Eine Suchmeldung aufgeben."

Das erste Mal seit seinem Eintreffen sah er mich an. Seine Augen standen zu dicht beieinander. Sie waren trüb, milchig gefärbt und in den Winkeln mit kleinen roten Äderchen durchzogen. Das linke Augenlid hing ein wenig nach unten, gab ihm einen verschlafenen oder auch versoffenen Ausdruck und ein wenig von Melancholie und Tragik. Seine Stimme war Merkmal seiner wuchtigen Statur, seine Schrift jenes seiner Augen. Ein verwirrender Gegensatz, aber nicht ohne Reiz.

Bei meinem letzten Satz hatte das linke Lid etwas zu flattern begonnen, und um seine Mundwinkel erschien ein gezwungenes Grinsen.

„Ja, klar doch. Zur Polizei. Das wird ihm gefallen."

Verunsichert über diese Bemerkung, ließ ich mich von der Lehne in den Sessel gleiten. Ich konnte nicht antworten, zu irritiert von der Andeutung und der Ironie und eingeschüchtert durch das tiefe Glucksen aus seinem Mund, das seinem Grinsen gefolgt war. Eine Art Kichern.

„Hör zu", sagte er und lehnte sich vor, die Unterarme auf die Knie gestützt, die Dose in den Händen haltend, als wollte er sie zerdrücken. Seine Stimme glitt eine Oktave tiefer, soweit das überhaupt möglich war. „Ich hab die Schnauze voll von Robert. Ich lass mich nicht länger verarschen. Alles, was ich will, ist das restliche Geld. Scheißegal von wem."

Holgers Blicke durchbohrten mich. Das Unsichere in seinen Augen war völlig verschwunden.

„Geld?" stammelte ich, „was denn für Geld?"

Das erste, das mir einfiel, war, dass Holger sich von Robert hatte bezahlen lassen, dass ihr Sex auf einer Tauschbeziehung beruhte. Doch diesen Gedanken verwarf ich sofort wieder. Für andere Möglichkeiten ließ Holger mir keine Zeit. Er sprang auf, kippte das restliche Bier in sich hinein und stellte die Dose ab.

„Ich seh schon, das bringt hier nichts."

Holger stand direkt vor mir, zwang mich dadurch, an ihm hochzusehen, wenn ich nicht auf den Fleck auf der Jeans starren wollte. Er sah zu mir herunter, und wieder war da dieses provozierende Grinsen. Na los, schien es zu sagen, trau dich. In meiner Hose fühlte ich ein leichtes Zucken, und schließlich konnte ich nicht anders, beugte ich meinen Kopf nach vorne, dem Fleck entgegen.

Holger wandte sich ab, ging in den Flur.

Ich schnappte nach Luft. Mit der Hand fuhr ich mir über das Gesicht. Was für ein Arschloch, dachte ich.

„Meine Geduld ist zu Ende", hörte ich Holger im Flur, „sag ihm das. Wenn du ihn noch mal siehst."

Schwerfällig erhob ich mich aus dem Sessel und folgte ihm.

„Wie meinst du das?" fragte ich.

„Genau so. Mach hier nicht den Klugscheißer mit mir. Robert hat gekriegt, was er wollte."

„Du etwa nicht?" Meine Stimme war lauter geworden. Trotz des Unbehagens und einer gewissen Angst vor ihm wollte ich nicht länger den Schwachen spielen.

„Ich verrat dir mal was, Freundchen. Hier geht's nicht um Spaß", sagte er und tippte mir mit seinem Zeigefinger gegen die Brust. „Es geht um Geld. Da ist Schluss mit Spaß."

„Und mir geht es um Robert. Ich will wissen, wo er ist."

Holger zuckte mit den Achseln. Seine fehlende Anteilnahme erhöhte meinen Ärger, so dass ich zu schreien anfing.

„Wenn du oder deine Freundin irgend etwas mit seinem Verschwinden …"

„Meine Frau", unterbrach er mich.

Überrascht zog ich die Augenbrauen nach oben. Unwillkürlich glitt mein Blick auf seine klobige rechte Hand, an der er tatsächlich einen goldenen Ring trug. Ich fragte mich, ob sie wusste, was er trieb, wenn er nicht bei ihr war.

Auf Holgers Gesicht erschien ein verschmitztes Grinsen.

„Tja", sagte er, „nu sei mal nicht so enttäuscht. Robert war's auch nicht."

Dann griff er mir zwischen die Beine, ertappte mich dabei mit einem Steifen, bevor er sich ruckartig umdrehte, die Wohnung verließ, und mich, halb heulend, halb schäumend vor Wut, zurückließ.

Drei Stunden, die ich noch in Roberts Wohnung geblieben war, drei Stunden, an die ich mich nicht erinnern konnte, während ich mich auf den Weg zu den anonymen Sexsüchtigen machte, um mein Versprechen zu halten und um mich abzulenken. Sicherlich hatte ich die restlichen zwei Dosen Bier geleert, war ich wahrscheinlich aufgebracht umhergeschritten, von einem Zimmer ins andere und wieder zurück, und musste mir auf dem Bett einen runtergeholt haben. Jedenfalls verspürte ich keinen Drang mehr in mir, keine sexuelle Gier, weder vor noch nach der einstündigen Sitzung inmitten der Frustrierten, die, gespalten in dem gleichzeitigen Wunsch nach Auf- und Hingabe, ihre Sucht mit Kaffee zu betäuben suchten. Mehrmals die Woche fanden diese Treffen statt, sowohl vor- als auch nachmittags, auch und vor allem, um die Zeit totzuschlagen, die einen andernfalls auf dumme Gedanken gebracht hätte.

In dem kleinen Raum einer Volkshochschule stand die Luft, durchzogen von Rauchwolken, die aus den kreisförmig angeordneten Zigarettenstummeln emporstiegen. Lauter kleine Friedenspfeifen, hektisch abgelöst von der nächsten, die den inneren Frieden besiegeln sollten. Die Tische waren gegen die mit Postern und Schautafeln verzierten Wände gestellt, und die neun Anwesenden hatten sich in der leeren Mitte des Zimmers auf den unbequemen Holzstühlen versammelt.

Klaus hob kurz seinen Kopf, als ich eintrat, wandte sich aber sofort wieder ab, dem Sprecher zu, einem kleinen, gedrungenen Mann mit Halbglatze, der gerade seine letzte Woche Revue passieren ließ. Ich nahm mir einen der Stühle, die wahllos umherstanden und rückte damit in den Kreis der Anwesenden. Zu meiner Linken erkannte ich Susanne, die mich erfreut anlächelte, bevor sie sich wohl daran erinnerte, dass ich schwul war und ihrer Sucht keine Nahrung geben konnte. Auch Manfred saß immer noch hier, übermüdet und vornübergebeugt, Kaffeetasse und Zigarette in einer Hand haltend. Von den anderen sechs erkannte ich nur noch Stefan. Ich versuchte zuzuhören.

„Natürlich weiß ich", sagte der Mann mit Halbglatze, ohne einen von uns anzusehen, „dass das nicht von heut auf morgen geht." Er sprach mit den aufsteigenden Rauchschwaden, mit den Dämpfen eines vermeintlichen Orakels. Er musste bereits eine ganze Weile geredet haben, da er den Tränen schon sehr nahe war. Ein üblicher Vorgang. Kaum jemand schaffte es, nicht zu heulen, wenn er fertig war.

„Es ist so verdammt schwer. Gar keinen Sex mehr zu machen, wie soll man das aushalten? Manuela hat mich ja deswegen verlassen, das verstehe ich ja auch. Ich will schließlich auch keine, die mit jedem vögelt. Oder mit niemandem. Dieses Entweder-oder macht mich fertig. Ich weiß, das muss sein, wenn ich es schaffen will, aber … drei Wochen hab ich's geschafft, wirklich. Dann, gestern erst, ich meine, das war völlig, völlig unsinnig. Hinterher … da hab ich gedacht, es ist doch alles umsonst. Warum versuch ich's denn überhaupt, wenn … wenn …" Hier war für ihn Schluss.

Betretenes Schweigen machte sich breit. Wir warteten, bis das laute Schluchzen und Heulen ein wenig abgeklungen war, dann nahm Manfred, der neben ihm saß, ihn in den Arm.

„He", sagte er, „drei Wochen … das ist toll, wirklich. Damit bist du einen großen Schritt weiter."

„Ach was", rief er in einem jämmerlichen Ton der Verzweiflung. „Das geht doch nie gut. Alle haben Sex. Nur ich nicht."

„Ich hatte auch lange Zeit keinen. Aber das ändert sich, wenn wir gelernt haben, vernünftig damit umzugehen."

In dieser Runde war Manfred der Einzige, der es tatsächlich geschafft hatte, die Sucht zu besiegen. Das jedenfalls hatte er uns gegenüber bei meinem letzten Besuch vor knapp einem Jahr behauptet. Seinen Masturbationszwang hatte er irgendwie eindämmen können, er brauchte nicht mehr jede Stunde in einem Klo, einem Gebüsch oder in einer dunklen Ecke zu verschwinden, den Hosenstall offen, um sich einen abzurubbeln. Kurz vor dem Abdriften ins Exhibitionistische hatte er Schluss gemacht. Angeblich, weil er den Grund für seinen Zwang durchschaut und sich ihm gestellt hatte. Dadurch war er einfach obsolet geworden. Welche Ursache hinter seinen ständigen Orgasmen lag, hatte ich nicht in Erfahrung bringen können, darüber schwieg er sich aus. Nur seinen Erfolg teilte er mit uns. Damals war er gerade frisch verliebt gewesen, in eine junge – sehr junge – Frau, mit der er endlich natürlichen Beischlaf, wie er sich ausdrückte, vollziehen konnte. Sie hatte ihm gezeigt, dass ständiges Onanieren kein Ersatz für richtigen Sex darstellte.

Diesem Erfolg verdankte er seine jetzige Position als Gruppenvorsitzender.

Susanne neben mir rutschte unruhig auf ihrem Stuhl hin und her, so dass sich ihr kurzer Lederrock weit nach oben schob. Klaus warf mir öfter Blicke zu, wenn er glaubte, ich würde sie nicht bemerken. Ich hatte keine Lust, hier zu sein. Holger drängte sich in meine Gedanken, die ich nur mit einer Wut auf Jan unterdrücken konnte, der mich hierher getrieben hatte, inmitten von Gleichgesinnten, deren Anwesenheit ich kaum ertrug. Was ging es mich an, weshalb sie taten, was auch ich andauernd tat, welche Qualen sie durchlitten, um ihren Drang zu unterdrücken? Alle hier hassten sich für ihre Sucht, waren krampfhaft bemüht, sie irgendwie loszuwerden. Ich dagegen verspürte keinen Hass auf mich. Einen Ärger vielleicht, eine gewisse Abscheu, vor allem, wenn ich abgespritzt hatte.

„Weshalb bist du wieder hier?"

Susanne warf diese Frage in den stillen Raum, da minutenlang niemand etwas gesagt hatte, wir noch betreten an dem Mann mit Halbglatze vorbeischauten, der sich erst langsam beruhigte. Ich hoffte inständig, ihre Frage würde in dem Qualm und der Stille erstickt, aber statt dessen richteten sich die Augenpaare der Anwesenden auf mich. Selbst Klaus sah mich jetzt direkt an, mit einer gewissen Schadenfreude, wie ich unschwer erkennen konnte. Ich saß in der Klemme.

„Nun", begann ich, setzte mich ein wenig auf und musste mich räuspern.

„Stell dich bitte den anderen vor", fiel Manfred ein.

„Also gut. Mein Name ist Hannes, und ich bin sexsüchtig", leierte ich die gewünschte Formel herunter. „Ich bin wieder hier, weil … weil …"

„Kein Grund, sich zu schämen", sagte der Mann, der eben noch ein Häufchen Elend gewesen war und dem die Erwartung auf Enttäuschungen anderer wieder Mut zu machen schien.

„Ich war wohl einfach feige", sagte ich, überrascht von der Wahrheit meiner Äußerung. „Ich habe gedacht, eure Gesichter nicht mehr ertragen zu können. Und meine ewigen Ausrutscher auch nicht. Meinem Freund habe ich was vorgelogen. Und ich habe gedacht, ich schaffe das auch allein. Jetzt kam halt alles zusammen."

Ich hielt inne, wartete, dass jemand etwas sagte, aber niemand tat mir diesen Gefallen. In den rauchumhüllten Gesichtern lag ernsthafte Anteilnahme. Kein Lauern auf Skandale, auf meine Abgründe, sondern tatsächlich Mitgefühl und die Gewissheit, sich wiederzufinden in dem, was ich sagen würde. Endlich Menschen, die zuhörten, die nichts in Frage stellten, meine Eskapaden nicht mit einem Lächeln und Abwinken als Bagatelle abtaten und mir sagten, dass es normal sei, wenn Schwule in die Büsche oder Klappen verschwanden. Es ist nicht normal, wenn dies jeden Tag, manchmal sogar zwei- oder dreimal passiert, wenn alles sich nur noch um den nächsten schnellen, anonymen Fick dreht. Und obwohl Jan mich in einer anderen Runde mit anderen Problemen vermutete, hatte er wie immer Recht. Wo, wenn nicht hier, konnte ich darüber reden. Er selbst würde es niemals hören wollen, egal, zwischen welchen Suchtgefährdeten ich auch sitzen mochte. Er wusste, dass etwas mich belastete, das wiederum uns beide belastete. Seine Ahnungslosigkeit barg mehr Verstand als mein Wissen.

„Na ja, meine Beziehung läuft nicht", fuhr ich fort, „er hat nicht mal eine Ahnung, dass ich hier bin. Ich habe es ihm nicht sagen können. Außerdem ist mein bester Freund spurlos verschwunden, und am Wochenende soll ich auf der goldenen Hochzeit meiner Eltern eine Rede halten. Keine Ahnung, was ich da sagen soll. Klar, das Übliche, von wegen sich so lange die Treue gehalten zu haben, was für tolle Eltern sie sind, die Liebe, die sie mir geschenkt haben und so weiter. Aber das ist doch alles abgeschmackt. Fünfzig Jahre. Mein Freund und ich kommen auf fünf, aber statt treu zu sein, ficke ich ständig in der Gegend rum. So haben meine Eltern mich nicht erzogen, weiß Gott nicht. Wenn ich von diesen Touren nach Hause komme, habe ich natürlich keine Lust mehr auf ihn, selbst wenn ich könnte. Meine Mutter würde einen Herzanfall kriegen. Heute erst hat sie mir was gesagt von wegen heiligem Versprechen, was soviel heißt wie: Sei gefälligst treu. Ich kann mich da nicht hinstellen und ein Loblied auf sie singen."

Ich war fertig. Was immer mir in den Sinn gekommen war, hatte ich ausgesprochen, und erst im Nachhinein überraschte mich die Themenwahl. Nichts über Robert oder Holger oder gar über mich. Statt dessen ein Lamentieren über meine Eltern, die nun wirklich mit meiner derzeitigen Verfassung nichts zu tun hatten. Vorsichtig und beschämt, mich so gehen gelassen zu haben, sah ich in die Runde. Die Gesichter zeigten eine konzentrierte Angespanntheit, als müssten auch sie nach dem

Sinn hinter meinen Ausführungen suchen. Susanne neben mir nickte, warf den Kopf in den Nacken und blies Rauch in die Höhe.

„Mütter", sagte sie abfällig, nicht zu mir, eher zu sich selbst. „Du endest noch wie deine Mutter, den Spruch habe ich ständig gehört." Sie zuckte mit den Achseln. „Stimmte ja auch. Wie sollte es auch anders kommen?"

„Danke, Hannes", sagte Manfred, „dass du das mit uns geteilt hast. Will jemand dazu etwas sagen?"

„Zum Glück bin ich nicht schwul", lautete Stefans Kommentar zu meinem chaotischen Gefühlsausbruch. Er musste so um die Vierzig sein, hatte eine Brille und ein attraktives Gesicht. Sein Hemd war weit aufgeknöpft, zeigte eine behaarte Brust. Alle Anwesenden, mich eingeschlossen, sahen ihn verwundert an, unschlüssig darüber, welche Absicht hinter seinen Worten lag.

„Was soll das denn heißen?" fragte Klaus und verschränkte die Arme über der Brust. Mir war es unangenehm. Nur jetzt keine Grundsatzdiskussion über Homo- und Heterosexualität.

„Ich meine ja nur. Ihr kriegt doch dauernd Sex, wenn ihr wollt. Mit Frauen ist das was anderes. Mein ganzes Gehalt geht für Internetgebühren und Nutten drauf. Und dann noch die Alimente. Ich weiß echt nicht mehr weiter bei all den Schulden. Aber wenn das alles umsonst wär, ich würde nichts anderes mehr machen als Sex."

„Machst du doch auch nicht", erwiderte Klaus zickig.

„Okay, Stefan", sagte Manfred, ohne ihm Zeit zu lassen, auf Klaus zu antworten, „aber wir sollten bei Hannes' Problem bleiben. Du kannst nächstes Mal reden."

Genaugenommen hatte ich gar kein Problem gestellt, jedenfalls keines, das hierher gehörte, und jeder hier war sich dessen bewusst. Mir fehlte einfach die Lust, auf der Feier meiner Eltern zu reden, was gab es dazu noch zu sagen? Ich lief rot an, beschämt über den Unsinn, den ich von mir gegeben hatte, während um mich herum an den Zigaretten gezogen wurde, um nichts erwidern zu müssen.

„Ich hab das nicht ganz verstanden", sagte Manfred schließlich. „Was hat das mit deiner Sucht zu tun?"

„Ich glaube, er weicht nur aus. Er steckt noch voll in der Phase der Verweigerung."

Eine Frau mit langen, strähnigen Haaren hatte gesprochen. Ich schätzte sie auf Anfang fünfzig. Die Haut um die Augen und Mundwinkel hatte sie sich offensichtlich liften lassen. Am Hals war ihr das Geld ausgegangen. Sie erinnerte mich an meine Grundschullehrerin, die gleiche dünne Figur, die gleiche schlechte Haltung und diese mandelförmigen, braunen Augen, mit winzigen Äderchen verziert, deren Blicke einen durchbohrten. Ihre Gesichtsfarbe auf den etwas eingefallenen Wangen schimmerte rötlich, und ich war sicher, dass sie anschließend ein paar Zimmer weiter zu den Alkoholikern gehen würde.

„Bei mir war es genauso", führte sie aus, „bis ich halt gemerkt habe, dass ich mein Leben nicht mehr im Griff hatte. Selbst im Unterricht dachte ich an nichts anderes. Ich kann nur froh sein, dass meine Schüler noch nicht wussten, was Pubertät ist. Damals hat es kaum etwas gegeben, vor dem ich zurückgeschreckt wäre."

Entgeistert starrte ich sie an. Sie war es tatsächlich. Wie lange musste das her sein? Fünfundzwanzig Jahre? Ich konnte mich noch gut erinnern, an ihre gereizte Stimme, das hektische Gerenne zwischen den Bänken in den ersten Stunden, an die Freundlichkeit und Ausgeglichenheit nach der großen Pause. Wir Schüler hatten uns keinen Reim darauf machen können, wir ahnten noch nichts von Hormonen, die verrückt spielten, von Zwängen und sexueller Gier. Von der Hartnäckigkeit eines kleines Zipfels zwischen unseren Beinen. Eine glückliche Zeit. Damals, vor der Vertreibung aus dem Paradies. Frau Weber, jetzt fiel mir ihr Name ein, und ich erinnerte mich auch an die ständigen Elternabende, die sie veranstaltet hatte.

„Ich weiche nicht aus", rief ich, zurück in meiner alten Rolle, den Spickzettel noch unterm Pult. „Ich weiß genau, was mit mir los ist. Ich hab halt nur gesagt, was mir gerade durch den Kopf ging. Ich hab kein Problem mit mir!"

Frau Weber – Monika? Maren? – warf mir einen fast mitleidigen Blick zu, einen dieser Warum-belügst-du-mich-Blicke, bevor sie mir den Test weggenommen und später meine Eltern angerufen hatte. Doch mir blieb keine Zeit, ihn zu erwidern.

„Dieser ... Freund, der da verschwunden ist", mischte Susanne sich ein und betrachtete dabei ihre langen, lackierten Fingernägel, „was für eine Art Freund war er denn? Ich meine, eher so ein Freund zum Reden – oder nur so für Sex?"

„Robert war mein bester Freund! Na ja, natürlich hatten wir Sex, aber …"

„Verstehe. Und verknallt in ihn womöglich auch, was?"

Entsetzt über ihre Unverfrorenheit schnappte ich nach Luft. Mit offenem Mund starrte ich sie wütend an, was sie nicht zu bemerken schien, da sie am Nagel ihres linken Mittelfingers knabberte. Um einem Streit vorzubeugen, sprang Manfred auf und beendete eilig die heutige Sitzung. Ich sprach zu niemandem mehr, während wir die Tische und Stühle zurück an ihre ursprünglichen Plätze stellten, die Aschenbecher leerten und die benutzten Plastikbecher entsorgten. Frau Weber beobachtete mich derweil aus den Augenwinkeln, wohl mit der Ahnung, mich von irgendwoher zu kennen. Ich ignorierte sie krampfhaft, indem ich penibel genau die Anordnung der Tische korrigierte. Susanne kam hüftschwingend auf mich zugeschlendert und verfolgte sichtlich amüsiert meine sinnlose Tätigkeit.

„Was ist?" fragte ich schließlich.

„Mütter sind furchtbar, was?" sagte sie und schätzte mich mit ihren dick geschminkten Augen ab. Es ging ihr nicht mehr um Robert. „So verdammt heilig, egal, was sie tun."

Sie steckte sich eine Zigarette in ihren kirschroten Mund, zündete sie an. Da ich nicht antwortete, fuhr sie fort, die Zigarette im Mundwinkel: „Na, ich seh schon, bei dir komm ich nicht weiter."

Verwundert sah ich sie an.

„He, war 'nen Versuch wert, oder? Aber wenn einer deiner Hetenfreunde sich mal einsam fühlt … du weißt ja, wo man mich aufgabeln kann." Susanne zwinkerte mir zu, dann stolzierte sie dicht an Stefan vorbei zum Ausgang. Stefan folgte ihr.

Ich wartete zwei, drei Minuten, bevor auch ich den Raum verließ. Im Flur wartete Klaus auf mich, neben dem Brett, auf dem die Termine für alle möglichen Suchtarten angeschlagen waren.

„Ich habe gewusst, dass du wiederkommst", sagte er, gegen die Wand gelehnt. Seine Stimme klang weder freundlich noch herausfordernd, so dass ich einfach nur mit den Achseln zuckte. „Das ist gut. Ich wollte eh noch mit dir reden."

Ich war nicht stehen geblieben. Klaus folgte mir die Treppe hinunter und von dort den Gang des um diese Zeit halb verwaisten Gebäudes entlang. Durch einige der geschlossenen Zimmertüren waren Stimmen zu vernehmen. An einer hing das Schild *Anonyme Alkoholiker*. Dahinter hätte ich sitzen sollen.

„Tut mir Leid wegen damals", log ich.

„Ja. Das war nicht richtig gewesen. Ich habe mir lange Gedanken gemacht deshalb. Gerade weil es mit dir passiert ist. Du weißt schon, mit einem Gleichgesinnten."

Klaus war einen halben Kopf größer als ich, mit einem Schnauzbart, tief liegenden Augen, einem durchtrainierten Körper. Ein gutaussehender Mann. Sein Äußeres machte es seiner Sucht nur noch leichter.

„Erst einen Monat später habe ich darüber reden können. In der Gruppe. Wir waren uns einig, dass du deswegen weggeblieben bist. Doppelte Schuldgefühle. Wir hätten gern auch mit dir darüber gesprochen, aber wir dachten uns schon, dass du irgendwann wiederkommst."

Klaus warf mir ein Lächeln zu, eines dieser wissenden, herablassenden. Ich hatte keine Ahnung, was er bezweckte. Vielleicht ließen ihm diese ständigen Sitzungen keine andere Wahl, als alles zu hinterfragen und alles zu zerreden, bis er selber glaubte, was er sagte. Vielleicht wollte er wieder mit mir Sex haben. Ich ließ ihn reden.

„Na ja", fuhr er fort, „ich habe lange drüber nachgedacht. Immerhin ist es ja nicht verkehrt, wenn man zusammenhält. Ich meine, wir wissen schließlich, was uns umtreibt. Andere verstehen das nicht. Und wenn wir ehrlich sind, wissen wir doch auch, dass es ganz ohne Sex nicht geht. Also dachte ich ... also, wie wäre es, wenn ... wenn ..."

Draußen war es dunkel und ungewöhnlich warm geworden. Beinahe schwül. Ich sollte nach Hause, mich neben Jan ins Bett legen, der sich bereits Gedanken gemacht haben würde, wo ich den ganzen Tag gesteckt hatte. Meine Gedanken verwechselte Klaus mit einem Nachdenken über sein Gesagtes, da ich stehengeblieben war und die Brauen zusammengezogen hatte.

„So einmal die Woche, dachte ich", sagte er.

Jetzt erst begriff ich, was er tatsächlich meinte. Sein Versagen damals hatte er einfach uminterpretiert, den Rückfall in einen Ausweg verwandelt, um beides, den Sex und seine Verweigerung irgendwie unter einen Hut zu bringen. Ein geschicktes Manöver, jedoch keines, an dem ich teilhaben wollte. Ich fand ihn noch immer interessant, und in jeder anderen Situation hätte ich keinen Moment lang gezögert, aber ich verspürte nicht die geringste Lust. Das leise Zucken und Jucken in meinem Schwanz blieb aus. Darüber ebenso verwundert wie über sein Angebot, kratzte ich mich am Hinterkopf, den Blick auf Klaus' Schuhe gerichtet.

„Das muss nicht jetzt sein", sagte Klaus eilig. „War nur so ein Gedanke. Immerhin ist unser Suchtverhalten nichts anderes als eine Ersatzhandlung, das zumindest haben wir doch gelernt. Und wenn es nicht um den Sex an sich geht, dann ... dann können wir ihn genauso gut mit uns machen, oder nicht? Besser mit jemandem, den man kennt, als mit einem Fremden, noch dazu mit jemandem, der das versteht. Und hinterher können wir reden. Ich finde das gar keine schlechte Idee."

So einfach war das nicht, hätte ich ihm am liebsten gesagt, zumindest das sollte er in diesen Sitzungen gelernt haben. Das hatte selbst ich bereits begriffen. Es ging eben doch um den Fremden, um die neue, kurze Eroberung, der man nichts schuldig blieb, keine Worte und erst recht keine Erklärungen. Sonst wäre Jan schließlich mehr als genug. Egal, ob wir den Grund für unser Verhalten nun kannten oder nicht, mit vertrauten Menschen darüber zu sprechen, war das Letzte, was wir riskieren wollten. Ihr Wissen um uns hätte unsere Komplexe nur verstärkt, uns noch kleiner werden lassen, als wir eh schon alle waren. Und ich wollte Klaus keine Gelegenheit geben, eben dies herauszufinden. Sollte er jemand anderes dafür finden.

„Okay, war kein guter Vorschlag. Aber falls du es dir anders überlegst ..." Aus seiner Jeanstasche zog er eine Visitenkarte, hielt sie mir entgegen. Ich nahm sie ihm ab.

Noch immer hatte ich kein Wort zu all dem gesagt, und ich bemerkte, wie nervös ihn das machte. Ich ließ ihn ein wenig zappeln, sah auf die kleine blaue Karte mit den schwarzen Lettern darauf, seiner Anschrift, Telefonnummer und der E-Mail-Adresse. *Geil4u* nannte er sich. Weit gekommen war Klaus anscheinend nicht mit seiner Therapie, auch wenn ich die Absicht dahinter natürlich verstand. Die Männer im

Netz würden ihn kontaktieren, nicht er sie, und diese fadenscheinige Verkehrung der Umstände genügte als billige Rechtfertigung.

„Okay", sagte ich schließlich, „danke. Ich weiß ja, wo ich dich finden kann. Oder ich schick dir eine Mail." Einmal kurz wedelte ich mit seiner Visitenkarte in der Luft, dann steckte ich sie ein.

Unsere Wohnung war stockdunkel. Ich knipste das Licht im Flur an, schlich mich leise in die Küche, bevor ich bemerkte, dass die Schlafzimmertür geschlossen war. Jan schlief immer bei angelehnter Tür, eine Gewohnheit aus Kindertagen, als er sich von den gedämpften Stimmen seiner Eltern und dem schmalen Lichtstreif hatte besänftigen lassen. Er hatte sicher gehen wollen, nicht allein zu sein, da er, wie er mir ganz zu Anfang unseres Zusammenlebens beschämt erzählt hatte, eines Nachts aufgeschreckt und verzweifelt durch die Wohnung gelaufen war, nur um festzustellen, dass man ihn allein gelassen hatte. Vier Jahre alt war er gewesen, und er hatte heulend in einer Ecke gehockt, bis seine Eltern nach Hause gekommen waren. Das Kindermädchen hatte sich klammheimlich davon gemacht, nachdem sie den kleinen Jan tief und fest schlafend geglaubt hatte. Diese eine Stunde der völligen Hilflosigkeit und Verzweiflung hatte Jan lange nicht vergessen können, und die angelehnte Tür war das bleibende Rudiment dieser Angst. Dass ich sie nun geschlossen vorfand, konnte nur bedeuten, dass Jan nicht zu Hause war.

In der Küche sah ich auf die Uhr. Sie zeigte halb zwölf. Was sollte Jan so spät noch vorhaben? Gewöhnlich ging er um halb elf ins Bett und schlief sofort ein. Diese Routine kannte keine Ausnahmen, schon gar nicht, wenn er allein war. Ich fand auch keinen Zettel vor, keine Nachricht, wie sonst üblich. Jeden Einkauf, jedes noch so kurze Treffen mit einem Freund schrieb er mir auf, damit ich mir keine Sorgen zu machen brauchte. Aber heute – nichts.

Das Erste, was mir einfiel, und ich war überrascht darüber, es vorher nie auch nur als Möglichkeit in Betracht gezogen zu haben, war, dass Jan einen Liebhaber hatte. Ich dachte nicht an Elke oder Peter oder Michael, noch an einen anderen Grund, der weiß Gott näher gelegen hätte als das, was für mich selbstverständlich war. Kein Verhältnis, keine Fickbekanntschaft, keinen Seitensprung. Einen Liebhaber.

Ich musste mich setzen. Bisher hatte ich nie etwas bemerkt, weder in Jans Verhalten, seinen Äußerungen, geschweige denn durch irgendwelche Telefonate oder Termine, die er mir nicht erklären konnte. Und genaugenommen war das nicht verwunderlich. Jan hatte genügend Gelegenheit, jemanden kennenzulernen, sich mit demjenigen zu treffen, denn immerhin war ich es, der meist nicht zu Hause war und der Ausreden erfand, derer es womöglich gar nicht bedurft hätte.

Vor mir, auf dem Küchentisch stand ein benutzter Teller, daneben ein Glas, halb voll mit Cola. Beides beunruhigte mich noch mehr. Niemals hätte Jan auch nur eines davon einfach so stehen lassen, es sei denn …? Ich trank die Cola in einem Zug aus. Vor ein paar Tagen hatte ich Jan gefragt, was wäre, wenn ich einfach fortbleiben würde. Die Gegenfrage war ausgeblieben. Vielleicht mit Absicht. Zu sehr mit mir selbst beschäftigt, hatte ich den Ernst seiner stummen Vorwürfe mir gegenüber verkannt.

Unfreiwillig schossen mir Tränen in die Augen, und bevor ich richtig heulen musste, sprang ich auf, räumte den Tisch ab. Ich wollte jetzt nicht daran denken, keine voreiligen Schlüsse ziehen. Sobald Jan zurückkam, war Zeit genug, darüber zu reden oder abzuwarten, was er tun würde. Ich spülte den Teller und das Glas, stellte es auf die Ablage, und weil ich schon dabei war, nahm ich mir auch den Rest des Geschirrs vor, das neben der Spüle stand. Ich wusste, wie sehr Jan es hasste, den Abwasch auf den nächsten Tag zu verschieben. Am Brotmesser klebten hartnäckige, dunkelrote Flecken. Jan hatte sich wohl ein weiteres Mal geschnitten. Irgendwann, wenn er nicht besser aufpasste, hackte er sich noch die Hand ab.

Nachdem ich fertig war, sah ich erneut auf die Uhr. Mitternacht. Ich würde nicht länger warten, mich schlafen legen und Jan so zu verstehen geben, dass er tun und lassen konnte, was er wollte. Im Flur zog ich die Schuhe aus, warf meine Kleidung achtlos in eine Ecke und ging in Unterhose ins Badezimmer, um mir die Zähne zu putzen. Im Spiegel sah ich mich an, die Zahnbürste im schäumenden Mund. Meine Augenränder waren verquollen. Es sah aus, als hätte ich nächtelang nicht geschlafen oder nächtelang durchgesoffen, obwohl ich lange nicht so wenig getrunken hatte wie in den vergangenen Tagen. Aber heute war alles zuviel gewesen – meine Mutter mit ihrer Rede, Holger und seine merkwürdigen Andeutungen, Klaus, der sich etwas vormachte, und Robert, von dem weiterhin jegliche Spur fehlte. Kein Wunder, dass ich erschöpft war.

Ich spülte mir den Mund sauber, dann ging ich ins Schlafzimmer. Als ich eintrat, lag Jan unter der Bettdecke. Ich erkannte seinen ausgestreckten, auf dem Bauch liegenden Körper, den Rücken frei und das Gesicht friedlich in das Kissen gedrückt. Das Licht vom Flur fiel auf ihn, und er begann wohlig zu stöhnen, aus den Tiefen eines Traumes zu steigen. Ich blieb in der Tür stehen, überrascht von seiner Gegenwart und von den Gedanken, die ich mir gemacht hatte, die, wie so oft, was Jan betraf, völlig falsch gewesen waren.

Das Licht weckte ihn schließlich auf, er öffnete verschlafen die Augen, sah mich an und lächelte.

„Hi", sagte er, „alles klar?"

„Die Tür war zu", antwortete ich, noch immer erstaunt, ihn tatsächlich hier vorzufinden. „Ich dachte, du seist weg."

„Wo soll ich denn sein?" Jan drehte sich zur Seite, stützte seinen Oberkörper auf den rechten Ellenbogen ab. Ich sah seine unbehaarte Brust, die linke runde Brustwarze, über die sich der Streifen Licht hinauf zu seinem Gesicht gelegt hatte, und ich hörte die echte Verwunderung in seiner Stimme.

„Nun ja, keine Ahnung. Du schläfst doch nie mit geschlossener Tür."

„Ich weiß. Ich dachte, es sei mal an der Zeit, diese Gewohnheit aufzugeben."

Ich trat ans Bett, zog die Unterhose aus und legte mich zu ihm. Auf dem Rücken liegend, die Arme hinter dem Kopf verschränkt, starrte ich an die Decke. Jan, weiterhin halb aufgerichtet, sah zu mir herunter. Mit der freien Hand fuhr er mir über die Brust, ließ sie schließlich dort ruhen.

„Warst du bei den Alkoholikern?" fragte er.

„Ja."

Jan ging nicht weiter darauf ein. Er wartete, dass ich etwas sagen würde, aber ich schwieg. Ich dachte an meine Grundschullehrerin, daran, wie wenig wir gewusst hatten über das, was Erwachsene umtrieb, weshalb sie sich so sonderbar benahmen. Und ich dachte an Klaus, an seine Visitenkarte in meiner Jeans.

„Soll ich die Tür wieder zumachen?" fragte ich.

Jan zog die Hand von meiner Brust. Es dauerte einen Moment, ehe er antwortete.

„Ja. Ja, mach das." Seine Stimme klang abwesend, so, als hätte er meine Frage gar nicht richtig wahrgenommen.

Ich stand auf, ging zur Tür und drehte mich zu ihm um, bevor ich sie schloss, bevor es dunkel wurde und ich ihn nur noch schemenhaft erkennen konnte.

„Was ist?" hörte ich Jan fragen. „Willst du da stehen bleiben?"

„Jan ...", begann ich, aber konnte den Satz nicht beenden. Ich wusste nicht einmal, was ich hatte sagen wollen, und wieder wartete Jan darauf, dass ich fortfuhr.

Im Dunkeln tastete ich mich zurück zum Bett, hockte mich auf die Kante. Irgendwann musste Jan mich weinen gehört haben, denn er umarmte mich von hinten, küsste meine Schultern und hielt mich fest.

Kapitel 6

Nichts geträumt. Kein einziges Bild, an das ich mich erinnern konnte, als ich aufwachte. Heute nicht einmal die Morgenlatte.

Jan war längst aufgestanden, ich hörte leise Geräusche aus der Küche. Der Radiowecker zeigte fünf vor sieben. Ohne mir einen runterholen zu müssen, blieb ich trotzdem liegen, schloss noch einmal die Augen, aber auch jetzt kein Tagtraum. Der Sex mit Jan nach meinem Heulkrampf gestern war merkwürdig gewesen, sonderbar gehetzt und stürmisch, als hätten wir aufholen müssen, was wir die letzten Wochen vernachlässigt hatten. Keine Rede mehr von meiner Therapiesitzung oder über mein Treffen mit Holger oder über Robert. All das war durch seine plötzliche Umarmung belanglos geworden, und seit langem hatte Jan mich wieder gefickt und ich mich weder gewehrt noch meine Gegenleistung gefordert, ihn einfach machen lassen, bis er fertig war. Dabei ließ ich sonst nur Robert an mich ran.

Robert seinerseits ließ sich von niemandem ficken, da machte er keine Ausnahme. Er brüstete sich sogar damit, als wäre dies eine Art Triumph und Zeichen seiner Männlichkeit. Und tatsächlich sprach sich das herum, gehörte es zu einem Merkmal seiner Persönlichkeit, wie die Farbe seiner Augen oder die Art und Weise seines Sprechens.

„Der ist nichts für dich", hatte Michael mir zugeflüstert auf jener Party, auf der ich Robert das erste Mal begegnet war. „Der lässt sich nicht ficken."

Ich sah verwundert vom kalten Büfett auf, während Michael die Brauen hochzog und von einer Gewürzgurke abbiss. Unter dem Schnauzbart verzog sich sein Mund zu einem breiten Grinsen, das Stück Gurke noch zwischen den Zähnen. Ich wusste genau, was er dachte: Das habe ich auch schon probiert und bin abgeblitzt; aber wer sich nicht ficken lässt, ist selber schuld. Was will man mit so einem? Verletzte Eitelkeit, zweifelsohne.

Michael war gerade erst aus dem Schlafzimmer gekommen, wo er sich mit dem jungen Mann, der im Flur sein Hemd zurück in die Hose steckte, vergnügt hatte. Nur deshalb konnte er jetzt über seinen Misserfolg bei Robert unbeschwert lachen. Ich sah an ihm vorbei auf Robert, der mich vom Sofa aus beobachtete, ohne hören zu können, was wir sagten.

„Glaub's mir. Das haben schon einige versucht, aber alle sind gescheitert. Unser Dornröschen da hinten wartet noch auf den Prinzen, der ihm die Dornen von seinem Arsch weghackt."

Peter trat hinzu, mit einem Teller in der Hand, und häufte Nudelsalat darauf. „Sprecht ihr von diesem Typ da?"

„Ich sagte ihm gerade, dass er bei dem keine Chance haben wird."

Ein mitleidiges Lächeln huschte über Peters Gesicht. „Das ist zu schade. Man kann förmlich sehen, wie du ihn willst."

Ich verneinte natürlich ausdrücklich, obwohl diese Neuigkeit mich nur noch mehr anstachelte. Ich wollte es selber herausfinden und derjenige sein, der sagen konnte, Robert gefickt zu haben.

„Warum denn nicht?" hatte ich ihn gefragt, nicht in unserer ersten Nacht, nicht in der zweiten, wohl aber in der dritten. „Schlechte Erfahrungen gemacht?"

„Ich habe gar keine Erfahrung damit gemacht", sagte er trocken, „weder gute noch schlechte. Es passiert einfach nicht. Ich lasse mich nicht ficken."

Es war wie ein Schlussstrich, und wir redeten nicht mehr darüber. Aber sein Standpunkt verlieh ihm eine merkwürdige Aura, wie es oftmals vorkommt bei unumstößlichen Überzeugungen, die keine erkennbare Grundlage besitzen, die verteidigt werden als eine Essenz des eigenen Lebens und die gerade in ihrer Undurchschaubarkeit ihre Faszination verbreiten. Und genau deshalb hatte ich nie völlig aufgegeben. Immer wieder versuchte ich Robert beim Sex dazu zu bringen, sich doch noch ficken zu lassen, in der Hoffnung, er würde in der Ekstase sich selbst vergessen und seinen Prinzipien untreu werden. Bisher aber hatte er meinen drängenden Annäherungen standgehalten. Es war wie ein Spiel, das ich jedes Mal von Neuem begann.

Ein Spiel, das ich jetzt nicht mehr gewinnen konnte und bei dem Holger womöglich Erfolg gehabt hatte. Diese Vorstellung beunruhigte mich. Selbst da ich wusste, dass Holger nicht Roberts Ideal entsprach, hatte ich doch sehen können, welche seltsame Anziehungskraft er mit seinem Äußeren und seinem Auftreten verbreitete. Die Art und Weise, wie Holger im Sessel gesessen, mich desinteressiert angesehen hatte, die Beine dabei weit auseinander, seine Kleidung, die sich jeglicher Mode und Körperbetonung verweigerte, all das erhöhte in seiner Gleichgültigkeit für mich den Reiz und die Spannung. Dazu die kindliche Handschrift und die unbeholfene Wortwahl seines Briefes. Beides passte tatsächlich zusammen, gehörte gerade in seiner Widersprüchlichkeit zu einem Mann, der verheiratet war und seine Sexualität womöglich neu definieren musste. Und so wie ich hatte bestimmt auch Robert diesen Reiz gespürt und sich von ihm ficken lassen. Deshalb hatte er Holger mir gegenüber nie erwähnt.

Ich brauchte nur die Augen zu schließen. Immerhin kannte ich Robert ganz genau. Ich wusste, was ihn erregte, womit ich ihn in lustvolles Stöhnen versetzen konnte, welche Stellungen er bevorzugte und welche Praktiken ihn zur Raserei brachten. Wir waren ein eingespieltes Team. Ich war sicher, in diese Ekstase hatte Holger ihn nie bringen können. So ungehobelt und grob, fehlte ihm einfach das Einfühlungsvermögen und die Geduld, sich wirklich auf jemanden einzulassen. All das, was ich Robert gegeben hatte.

Holger hingegen war das völlig egal. Er hatte nur seinen schönen, auf dem Rücken liegenden Körper gesehen, seinen festen, runden Arsch, und das Einzige, an das er denken konnte, war ficken. Steif und geil wird Holger über ihm gekniet und einfach zugestoßen haben, ohne Rücksicht und Gefühl. In Gedanken hörte ich laut seinen gehetzten Atem, das Klatschen seiner Schenkel gegen Roberts Arsch sowie Roberts lustvolles Stöhnen, bis Holger fertig war und zurück zu seiner Frau gehen konnte. Er hatte sich bei Robert abreagiert, weiter nichts. Aber dieses Hemmungslose schien Robert etwas gegeben zu haben, das mir nicht gestattet worden war. Warum durfte ich ihn nicht ficken? Was hatte Holger, das mir offenbar fehlte? Eine Frage, die mich rasend machte, je länger ich darüber nachdachte.

Mit einem Ruck schlug ich die Decke beiseite und sprang auf. Ich hätte Holger gestern nicht so einfach gehen lassen dürfen. Ich musste herausbekommen, was es mit ihm und Robert auf sich hatte.

„Gut geschlafen?" fragte Jan, als ich nur in Unterhose und mit zerzausten Haaren in die Küche trat. Der Tisch war, wie jeden Morgen, fertig gedeckt. Jan trug bereits seine Arbeitskleidung. Jeans mit weißem Hemd, einer Krawatte und sein dunkles Jackett darüber. In der Hand hielt er die Kaffeekanne.

Ich ließ lediglich ein Brummeln vernehmen, nahm mir einen Becher aus dem Schrank und wartete, dass Jan mir einschenkte.

„Ich hab wunderbar geschlafen." Jan goss mir ein.

Ich umklammerte sein Handgelenk, drehte es ein wenig, nur soviel, dass kein Kaffee aus der Kanne schwappte. Unterhalb des Daumens zog sich ein verschorfter Schnitt von einigen Zentimetern Länge.

Jan entzog sich meinem Griff, legte die andere Hand schützend über die Wunde. „Das war beim Zwiebelschneiden gestern", sagte er und wandte sich ab, um die Kanne zurück auf die Wärmeplatte zu stellen. „Ich bin abgerutscht."

„Ich weiß, ich hab das Messer gestern gesehen. Du solltest besser aufpassen", antwortete ich, aber meine Gedanken waren längst woanders.

„Das versuche ich ja." Jan brachte das Körbchen mit den aufgebackenen Brötchen an den Tisch, setzte sich zu mir. „Weißt du, es ist merkwürdig. Zunächst spürt man gar nichts. Erst als das Blut über die Hand gelaufen ist, habe ich gemerkt, was los war."

Ich nahm mir eines der Brötchen, schnitt es auf und blickte an Jan vorbei auf die Uhr.

„Ich werde wohl den ganzen Tag weg sein", sagte ich.

„Wir wollten doch ins Kino heute Abend." Es klang nicht vorwurfsvoll, einfach wie eine Feststellung.

Jan sah mich an. Dann zuckte er mit den Schultern. „Deine Entscheidung."

Seine Ruhe verunsicherte mich. Ich hatte keine Ahnung, was er sich gestern zurechtgelegt hatte, welche neue Strategie er fuhr, dass er jetzt meine Äußerung einfach hinnahm, sie zu akzeptieren schien.

„Es ist wegen diesem Holger", sagte ich, ohne Jans Blick zu begegnen. „Ich bin sicher, er weiß genau, was mit Robert passiert ist."

„Du wolltest doch zur Polizei. Die kann das bestimmt besser aufklären als du."

„Die werden nichts unternehmen. Ich bin nicht einmal ein Verwandter, sie werden mich wegschicken. Ich muss das allein regeln. Was ich brauche, sind Beweise."

Jan setzte zum Sprechen an, aber er entschied sich dagegen. Wir schwiegen erneut, aßen und tranken zuviel Kaffee, bis Jan auf die Uhr sah, aufstand und das Geschirr abräumte.

„Mach, was du willst", sagte er schließlich und ließ mich in der Küche allein.

Gleich nachdem die Tür ins Schloss gefallen war, sprang ich unter die Dusche, putzte mir die Zähne und zog mich an. Mit Hilfe der Telefonnummer war es ein Leichtes, Holgers Adresse herauszubekommen. Nur ein paar Minuten am Computer, die ich dafür benötigte, dann machte ich mich auf den Weg.

Das Viertel, in dem Holger wohnte, kannte ich nur vom Namen. Ich lief quer durch unser Wohngebiet, anschließend über den begrünten Platz, der die Bezirksgrenze markierte, und vorbei am städtischen Hallenbad. Dahinter wurden die Straßen enger und verwinkelter. Einige Zeit musste ich dort umhergeirrt sein, bevor ich in einem Kiosk nach dem Weg fragte. Wenige Querstraßen später war ich endlich am Ziel.

Außer Atem verlangsamte ich meinen Schritt, stellte mich in eine Toreinfahrt und sah auf das Haus mir direkt gegenüber. Das fünfstöckige Gebäude aus den fünfziger Jahren war ein unförmiger, hässlicher Klotz aus grauen Platten mit kleinen Balkons, auf denen Geranien wuchsen und Wäscheleinen gespannt waren. Holgers Wohnung befand sich im dritten Stock links, sofern die Anordnung der Klingelknöpfe denen der Wohnungen entsprach. Hinter den geschlossenen Fenstern hingen Gardinen, die Balkontür stand einen Spalt weit offen.

Was aber wollte ich hier? Es schien völlig sinnlos, hier zu stehen und auf irgendetwas zu warten, auf sein Erscheinen vielleicht oder auf das seiner Frau, die ich nur zu gerne gesehen hätte, um mir durch sie ein genaueres Bild von Holger machen zu können. Aber selbst wenn der Zufall beide vor die Tür treten ließe, hätte mir der Mut gefehlt, auf sie zuzugehen und sie anzusprechen. Genaugenommen hätte ich wieder gehen können. Dennoch blieb ich gegen die Wand gelehnt stehen und starrte weiter auf das Haus.

Die Gefühle, die mir durch den Kopf schossen, ließen sich schwer greifen. Eifersucht wäre das Naheliegenste gewesen, doch ich redete mir weiterhin ein, dass es lediglich der Ärger darüber war, nichts gewusst zu haben, und vielleicht sogar etwas Neid. Womöglich hatte Robert beschlossen, sich abzukapseln, mich Stück für Stück aus seinem Leben auszugrenzen, war dies der Anfang von dem Ende gewesen, das allen seinen Verhältnissen früher oder später geblüht hatte. Doch daran glaubte ich nicht wirklich. Dazu waren wir einander zu wichtig, brauchte ich ihn ebenso wie er mich. Vielleicht hatte Robert lediglich ein Geheimnis gewollt, etwas, das niemand wusste, nicht einmal ich.

„Manchmal befürchte ich", hatte er gesagt, ungefähr einen Monat vor seinem Verschwinden, „wir wissen zuviel voneinander."

Mir gelang nur ein schwaches Grinsen, noch erschöpft vom Orgasmus, während er bereits aufgestanden war und begann, seine verstreuten Sachen zusammenzuklauben. Er sah mich nicht direkt an, sein Blick blieb wenige Zentimeter neben meinem Gesicht haften, so, als würde er schielen oder die Möglichkeit einer Flucht an mir vorbei abschätzen.

„Na und?" fragte ich. „Ist das so schlimm?"

Robert zuckte mit den Schultern, knöpfte sein Hemd zu. „Vielleicht."

„Das ist doch ganz normal, wenn man sich mag, oder?"

Ungewöhnlich lange fummelte Robert an seinem Gürtel herum, bevor er sich auf die Bettkante setzte und sich die Schuhe anzog. Ich lag dicht hinter ihm, plötzlich verunsichert.

„Oder?" wiederholte ich.

„Ich komme zu spät. Zieh einfach die Tür hinter dir zu, wenn du gehst, okay?"

Diese kurze Unterhaltung hatte dort geendet, sie war überhaupt nicht wichtig gewesen, aber mit Blick auf Holgers Wohnung fiel sie mir wieder ein, bekam sie ein neues Gewicht. Denn wenn ich darüber nachdachte, war es Unsinn gewesen, was Robert behauptet hatte. Was wusste ich denn schon von ihm? Das Wenige, das er preisgegeben hatte, ließ sich keineswegs als zuviel beschreiben, und ich hatte auch nie verlangt, mehr zu erfahren. Seine Behauptung war absurd gewesen. Und dennoch hatte er womöglich bereits damit begonnen, mich aus seinem Leben langsam verschwinden zu lassen, indem er sich heimlich mit Holger traf. Aber jetzt, was immer auch passiert sein mochte, würde Robert es bereut haben und sich wünschen, er hätte mich nie im Stich gelassen. Schon allein deshalb musste ich ihn finden. Ihm beweisen, wer zu ihm hielt, wer zu ihm gehörte: nämlich ich, nicht Holger. Wäre Robert nicht so stur gewesen, dann würde ich jetzt nicht so ratlos sein.

Zu dieser dumpfen Eifersucht gesellte sich der Neid, wobei ich uneins mit mir war, auf wen. Neidisch auf Holger, Robert gefickt, und neidisch auf Robert, einen vermeintlichen Hetero verführt zu haben. Holger hatte mich nicht kalt gelassen, vom ersten Moment an war ich geil auf ihn gewesen, gerade weil er mir gegenüber nicht die Spur eines Interesses gezeigt und mich dadurch nur noch mehr provoziert hatte. Eine Situation, die mich ärgerte, aber nicht ohne Reiz war.

Die Jagd nach Sex erregte mich schließlich ebenso wie der Akt selbst, war meist sogar wichtiger. Dieses Abschätzen und Ausharren, dieser Moment vor dem Moment, der noch alles möglich machte, weil nichts entschieden und noch kein Ende in Sicht war. Im Park, auf den Klappen, das hatte ich längst gemerkt, ging mir alles zu schnell, vielleicht weil ich alles kannte und wusste, was zu erwarten war. Ich wollte etwas Neues, ohne zu wissen, was das sein sollte, und ohne mit dem Alten aufhören zu können. Das Wissen darum verschlimmerte die Situation zusätzlich, da ich bereits im Wettlauf um den nächsten Fick mich selbst anzuekeln begann, ich genau durchschaute, was ich tat und ebenso einsah, wie albern ich mich benahm. Um so größer noch die Abscheu, meiner Einsicht nicht gerecht zu werden.

Holger nun war ein anderes Kaliber. Verheiratet, mit dem Drang mit Männern zu schlafen, entsprach er einem Ziel, das nicht so leicht zu erobern sein würde, das eine längere Jagd verhieß und einen um so größeren Erfolg. Ich wusste nicht, wie stark seine schwule Neigung ausgeprägt war, ob er sich nach langen Ehejahren ausgehungert fühlte oder ob er sich nur von Robert hatte verführen lassen, um der Neugier willen. Doch zu wissen, dass Robert ihn hatte, war mir Ansporn genug, und sei es nur, um mich zu rächen.

Jemand schloss die Balkontür mit einem lauten Knall, so dass ich aus meinen Gedanken aufschreckte und nach oben sah. Eine Silhouette zeichnete sich hinter dem Glas ab, eine Frau, wie ich annahm, aufgrund der Bewegungen und Statur. Sie hatte sicherlich keine Ahnung von dem, was ihr Mann heimlich trieb. Ich sah auf die Uhr. Es war zwanzig nach acht. Ihr gemeinsames Frühstück hatten sie beendet, und Holger saß wohl noch am Tisch, die Sportseiten der Zeitung vor dem Gesicht, während sie den Tisch abräumte, ein wenig sauber machte, um später eine Freundin zu besuchen oder an ihrem Fitnesskurs teilzunehmen. Abends dann würde Holger die Sportschau gucken, ein Bier in der Hand, und würde vielleicht daran denken, wie es wäre mit Robert oder irgendeinem Mann, und sich darauf einen runterholen, bevor seine Frau zurückkam.

So stellte ich mir das vor, wenn heterosexuelle Männer fremde Gelüste verspürten. Mag sein, dass Holger kein Problem mit seinen Gefühlen hatte, dass er sich als bisexuell verstand. Er war zu Robert gegangen, um sich abzureagieren, weil seine Frau prüde war, weil er einfach nur mal ficken wollte, hart und unnachgiebig, ohne sich dafür entschuldigen zu müssen. Und als Gegenleistung hatte er Robert Geld geliehen. Geld, das Robert nicht zurückzahlen konnte.

Allerdings hatte Robert von finanziellen Nöten ebenso wenig gesprochen wie über Holger. Ich hatte geglaubt, sein Erfolg als Drehbuchautor würde genug abwerfen, um unbeschwert leben zu können, und ich hatte auch nie einen Anhaltspunkt dafür finden können, dass Robert über seine Verhältnisse lebte. Weswegen er Geld gebraucht haben könnte, blieb mir deshalb ein Rätsel. Noch beunruhigender empfand ich die Tatsache, dass Robert die Polizei nicht hatte einschalten wollen, womöglich weil er sich bedroht fühlte. Und bestimmt log Holger, wenn er behauptete, ihr letztes Treffen habe nie stattgefunden.

Ich war im Begriff zu gehen, als die Haustür aufging. Erschrocken drängte ich mich weiter in die Toreinfahrt. Eine Frau trat auf den Bürgersteig, gefolgt von einem jungen Mann. Sie sprachen miteinander, dann hob die Frau ihren Kopf und blickte die Hauswand empor, als erwartete sie Holger am Fenster stehen. Sie mochte Mitte dreißig sein, hatte blondes Haar, war schlank und aus der Entfernung eine schöne Frau. Der Mann neben ihr war nicht Holger. Von irgendwoher meinte ich ihn zu kennen, aber er stand mit dem Rücken zu mir, gestikulierte wild mit den Armen und redete auf die Frau ein. Dass es sich bei ihr um Holgers Frau handelte, daran hatte ich keinen Zweifel. Sie passte zu ihm, war genau der Typ, den ich ihm zutraute, eine jener gestylten Blondinen – ob nun echt oder gefärbt –, die am Aerobic nicht nur teilnahmen, sondern gleich den ganzen Kurs leiteten. Was ihr Begleiter sagte, schien sie keineswegs zu interessieren, sie starrte weiterhin nach oben, obwohl niemand am Fenster zu sehen war, und auch, als sie den Kopf senkte, blickte sie an ihm vorbei und strich sich gelangweilt durch die Haare.

Schließlich, nach einigen Minuten, hielt der Mann ihr die ausgestreckte Hand entgegen, die sie zögernd schüttelte. Anschließend drehte sie auf ihren hohen Absätzen um und ging die Straße hinab aus meinem Sichtfeld. Der junge Mann schaute ihr nach, steckte seine Hände in die Hosentaschen, bevor er den Kopf wandte, hinüber auf die andere Straßenseite, als hätte er bemerkt, beobachtet worden zu sein. Unsere Blicke trafen sich, da ich nicht schnell genug reagieren konnte.

Ich rannte nicht, aber ich lief auch nicht im gewöhnlichen Schritttempo. Irgendwie wollte ich mich zu beidem zwingen, zur Hektik und Ruhe gleichermaßen, was zu einer merkwürdigen Gangart führte, wie ich an den Blicken der Passanten bemerken konnte. Ich war nie wirklich gerannt in meinem Leben, ebensowenig wie ich getrödelt hatte. Immer blieb eine gewisse Unentschlossenheit, eine Angst vor den Extremen, eine Vorsicht, die ich mir aufzwang und die doch nie wirklich half.

Zu Hause hatte immer Ruhe geherrscht, eine Starre beinahe, eine Weigerung vor dem Vor und Zurück. Angefangen bei meiner Großmutter, die das Warten auf ihren Gatten in ein körperliches Verharren umgeformt hatte, indem sie einfach in ihrem Sessel vor dem Fenster erstarrt war. Selbst wenn Großvater eines Tages wiedergekommen wäre, war ich mir nicht sicher, ob sie aufgetaut wäre, ob sie den Vorgang des Einfrierens hätte rückgängig machen können. Dann meine Eltern, ebenso unbeugsam in ihrer Ehe und der Routine darin, ein gleichförmiges Fließen über Jahrzehnte hinweg, ohne Affären oder

Skandale. Und Jan. Auch er ein Bild der Ruhe. Ich hatte ihnen nachtun wollen, in eben dieser Ausgeglichenheit, doch letztendlich wusste ich nicht, wie. Immer wieder lief ich davon.

Das erste Mal war ich elf Jahre alt, als ich meine kleine Sporttasche packte, mit frischer Unterwäsche, meiner Zahnbürste und einem gebügelten Hemd. Ich schrieb sogar einen Abschiedsbrief, den ich gut sichtbar auf meinem Schreibtisch platzierte, bevor ich mich heimlich aus dem Haus schlich. Wahrscheinlich handelte es sich bei dem Anlass meines Fluchtversuchs um eine Bagatelle, die mein kindlich aufrührerisches Gemüt nicht verkraftet und mich zu dem verzweifelten Entschluss getrieben hatte. Ich lief bis zur Bushaltestelle, einen Kilometer weit entfernt, das Fahrgeld abgezählt in meiner verschwitzten Hand. Ungeduldig trat ich mit den Füßen auf der Stelle, und mein kleines Herz pochte wie wild. Aber es kam kein einziger Bus, und nach einer halben Stunde machte ich kehrt.

Zurück in meinem Zimmer packte ich die Tasche aus, zerriss den Zettel, um mich dann an den Esstisch zum Abendbrot zu setzen. Niemandem, so glaubte ich, war meine kurze Flucht aufgefallen, wäre da nicht der Blick meines Vaters über den Tisch hinweg gewesen, der keines Wortes bedurfte. Vielleicht hatten er und meine Mutter am Fenster gestanden, hatten gesehen, wie ich, halb rennend, halb gehend, die Straße entlang geflüchtet war, ohne mich aufzuhalten. Sie hatten wohl gewusst, besser als ich, dass mir die Zuversicht schwinden und es nicht lange dauern würde, bis ich wieder durchs Gartentor kam.

Ich war völlig außer Atem. Mindestens drei Kilometer hatte ich in diesem halbherzigen Tempo zurückgelegt und musste erst einige Minuten verschnaufen, ehe ich den Klingelknopf betätigten konnte. Weder Michael noch Peter, das wusste ich, verließen vor neun Uhr das Haus. Michael öffnete.

„Alles in Ordnung?" fragte er, als ich einfach an ihm vorbei in die Wohnung drängte.

„Wo ist Andreas?"

Michael starrte mir von der Tür aus entgeistert nach. Er trug noch seine ausgeleierten Trainingshosen und ein weißes, enges Unterhemd, das sich zu sehr über seinen Bauch spannte.

„Keine Ahnung. Er ist zu Hause, nehme ich an. Ist was passiert?"

Langsam kam ich zur Ruhe und wischte mir mit dem Handrücken den Schweiß von der Stirn. Seine Frage holte mich zurück in die Realität, gab mir zu verstehen, dass tatsächlich nichts weiter passiert war, jedenfalls nichts, das sich so ohne weiteres erklären ließe.

„Was ist mit Andreas?" fragte Peter beunruhigt, der aus dem Bad kam und sich die Hände an einem Handtuch abtrocknete. Auch er war im Unterhemd, trug aber bereits eine seiner unsäglichen Cordhosen.

„Nichts", sagte ich beschwichtigend, da beide mich ansahen, als brächte ich eine Horrornachricht. „Nichts ist passiert. Ich dachte nur, er sei bei euch."

Peter hob die Augenbrauen und hielt mit dem Abtrocknen seiner Hände inne. „Und deshalb kommst du hier hereingeplatzt, völlig außer Atem? Es ist nicht mal neun."

„Kann ich was zu trinken haben?"

Michael und Peter warfen sich einen verwunderten Blick zu, dann wandte Peter sich ab, um in die Küche gehen. Ich setzte mich mit Michael an den Esstisch im Wohnzimmer. Michael schwieg, wartete auf Erklärungen und ich wiederum auf Peter und mein Getränk. Wie ich mein Verhalten erläutern wollte, wusste ich nicht. Es war nur der Schock gewesen, Andreas vor Holgers Haustür gesehen zu haben, noch dazu im Gespräch mit Holgers Frau. Ich hatte Andreas zur Rede stellen wollen, aber er war zu schnell verschwunden, und das erste, dass mir einfiel war, dass er hierher gegangen sein musste, zu seiner neuen Dreierbeziehung.

Peter brachte die Cola, die ich in einem Zug austrank.

„Also", sagte Michael, „was ist los?" Sein Blick blieb skeptisch, beinahe misstrauisch, als hätte er eine Ahnung von dem, was folgen würde.

Bevor ich antworten konnte, drehte sich ein Schlüssel in der Wohnungstür, und Andreas trat ein. Er hatte wohl erwartet, mich hier zu finden, so wie ich ihn. In meiner Eile musste ich Andreas irgendwo im Straßengewirr überholt haben. Er kam zu uns ins Wohnzimmer, ruhig und gelassen, mit dem Schlüssel in seiner Hand spielend, und grinste mir herausfordernd entgegen. Ich sprang auf.

„Was soll das Ganze?" rief Peter mit einem ängstlichen Tonfall. „Was, um Himmels Willen, ist passiert?"

„Das will ich ja von ihm wissen", schrie ich, mit dem ausgestreckten Arm auf Andreas zeigend. „Ich will wissen, was für ein Spiel er hier eigentlich treibt. Frag ihn doch, was er tut, wenn er sich von euch mal nicht aushalten lässt!"

„Na hör mal", fiel Michael dazwischen. „Pass gefälligst auf, was du sagst."

„Warum denn? Glaubt ihr etwa, ihr seid die einzigen Blödmänner, die ihn durchknallen dürfen, bloß weil ihr alt genug seid, Vaterersatz zu spielen?"

Mit der flachen Hand schlug Michael auf den Tisch und sprang auf. „Das reicht, Hannes!"

Aber ich war zu aufgebracht, um mich zu beruhigen. „Ach ja? Hast du mal deinen Freund gefragt, ob er noch zufrieden damit ist? Oder ob dieser Stricher vielleicht nur noch dein Spielzeug ist?"

„Halt's Maul, Hannes!" schrie Michael mich an.

Ich lief rot an, erschrocken darüber, einfach gesagt zu haben, was ich tatsächlich von ihrem Verhältnis hielt. Einen Moment lang schwiegen wir, betreten über meine Worte. Peter blickte zu Boden, die Hände im Schoß gefaltet, Michael die Arme vor der Brust verschränkt und mit zusammengekniffenem Mund, während Andreas im Türrahmen lehnte und uns lächelnd beobachtete, als amüsiere er sich.

„Er regt sich auf", sagte Andreas in die Stille und rettete mich unerwartet aus meiner peinlichen Lage, „weil ich bei Holger war."

„Was denn für ein Holger?" fragte Peter.

„Roberts Holger." Meine Stimme war leiser geworden, meiner unbedachten Worte wegen und der Wut, die ich zu unterdrücken versuchte. „Du hast ihn doch selbst erwähnt."

Peters Gesicht blieb leer. Er starrte erst mich an, dann Michael und schließlich Andreas.

„Und? Weshalb regt ihr euch so auf?"

„Du hast doch genau gewusst, um wen es ging. Warum hast du beim Essen letzte Woche nichts gesagt?" Seine desinteressierte Art regte mich auf, dieses Gehabe, das gekünstelt war, um mich zu provozieren.

„Geht mich schließlich nichts an, mit wem Holger sich rumtreibt."

„Woher kennst du ihn denn?" fragte Michael. Sein Misstrauen, seine steinerne Haltung galt nun Andreas, nicht mehr mir.

„Was ist das hier? Ein Verhör? Tut mir Leid, aber es gibt auch noch andere Männer außer euch zwei. Ich bin hier nicht der Schoßhund, und ich werde euch nicht alles sagen. Wenn euch das nicht passt ..."
Andreas wandte sich ab.

Ich sprang vor, riss ihn an der Schulter herum. „Bleib gefälligst hier!"

Ohne Vorwarnung holte er bereits in der Drehung aus. Gerade noch rechtzeitig zuckte ich zurück. Die Faust traf mein Kinn, zum Glück nicht mit voller Wucht. Ich stolperte rückwärts über Peters Beine und schlug gegen den Wandschrank, bevor ich unsanft vor dem Couchtisch zu Boden glitt. Im Schrank hinter mir fielen Hunderte kleiner Figuren durcheinander. Peter schrie auf.

„Bist du verrückt geworden?" hörte ich Michael rufen, dann fiel die Wohnungstür krachend ins Schloss.

Ich blieb liegen, hielt mir das Kinn und schmeckte Blut. Michael hockte sich neben mich, wollte mir aufhelfen. Ich schüttelte ihn ab. Der Schmerz wurde dumpf, ich bewegte den Unterkiefer hin und her, als müsste er in seine Verankerung zurückschnappen. Das Blut schluckte ich hinunter.

„Alles in Ordnung", sagte ich und versuchte zu lächeln.

Peter war blass geworden, er hatte Tränen in den Augen. Vorsichtig öffnete er die Lade im Wandschrank, um sich das Chaos dahinter anzusehen. Es würde ihn Stunden kosten, all die Figuren wieder in die richtige Stellung zu bringen.

Meine erste Prügelei, fiel mir auf, jedenfalls wenn Andreas mir die Zeit gelassen hätte, mich zu revanchieren, was ich zweifellos getan hätte. Auf dem Schulhof war ich immer davon gerannt und hatte mich lieber einen Feigling schimpfen lassen, als mich zu stellen. Ich hatte wahnsinnige Angst vor Schmerzen gehabt, vor jeder Art der Körperlichkeit genaugenommen, waren es nun Zärtlichkeiten oder Schläge. Beides war mir unangenehm gewesen.

Jetzt empfand ich Erstaunen darüber, wie wenig der Schlag, den Andreas mir verpasst hatte, weh tat, dass es zwar im Kiefer pochte und mein Schädel brummte, ich ansonsten aber nicht viel spürte.

Langsam stand ich auf, vermied den Blick auf Peter oder Michael und wollte fort.

„Tut mir Leid", sagte ich, ohne genau zu wissen, was ich meinte. Ich bezog vermutlich alles mit ein, den Fausthieb, meine vorschnellen Worte über ihre Beziehung, Andreas' eigene Sicht dazu, selbst Peters umgeworfene Figuren.

„Ich werde mit ihm reden", sagte Michael. „Wenn wir uns beruhigt haben, wird er schon sagen, was los ist." Auch er meinte wohl alles zusammen.

Michael brachte mich zur Tür, hielt sie mir auf. Wir blickten uns kurz an. Er sah plötzlich müde aus. Sein Schnauzbart hing, zusammen mit den Mundwinkeln, nach unten, und die Glatze wirkte nicht mehr männlich kraftvoll, sondern unterstrich nur noch sein Alter. Hinter uns hörten wir Peter fluchen.

„Dieses Arschloch!"

Ich wusste nicht genau, wen er meinte.

Inmitten des selbst geschaffenen Chaos hockte ich bei Robert auf dem Boden im Schneidersitz, die paar Indizien vor mir nebeneinander aufgereiht, zu kleinen Häufchen zusammengeschoben. Ich starrte darauf, abwesend, ungläubig und unschlüssig darüber, welchen Sinn, wenn überhaupt einen, sie ergaben. Selbst die Reihenfolge änderte ich, in der Hoffnung, die Anordnung dieser Dinge könnte mehr verraten, eine andere Bedeutung schaffen, als die, die sich unweigerlich aufdrängte. Mein Kinn pochte noch leicht im Rhythmus des Herzschlages, und ich spürte die Schwellung unterhalb der Lippe.

Ausgerastet. Ich war einfach ausgerastet. Meine Wut, meine Verzweiflung, meine ganze Hilflosigkeit schwappte zurück an die Oberfläche, sobald Michael die Tür hinter mir geschlossen hatte und niemand mehr da gewesen war, demgegenüber ich mich schuldig fühlen oder auf den ich Rücksicht nehmen musste. Dann rannte ich. Ich ertrug keine Halbherzigkeiten mehr, wollte endlich Gründe wissen, egal, wer darin verstrickt war oder was ich schließlich zu Tage bringen würde. Nicht einmal die Jacke zog ich aus, stürmte wie besessen in Roberts Wohnung und stellte sie auf den Kopf. Alles riss ich aus den Schränken und Regalen, die Klamotten, Papiere, schmiss selbst die Bücher in einer verzweifelten Hektik und mit verheultem Gesicht zu

Boden, wie in einem Rausch, der sich erst legte, als es nichts mehr zu durchwühlen gab.

Außer Atem und ein wenig befreit stand ich im Wohnzimmer, schaffte mit den Füßen einen leeren Kreis und setzte mich. Links ein Stapel Briefe, zwanzig vielleicht, alle ungeöffnet, alle mit derselben Handschrift, demselben Absender. Briefe seiner Mutter, geschrieben über einen Zeitraum von mehreren Jahren, die ich anhand der Poststempel sortierte. Nicht einen davon hatte Robert gelesen, hatte sie lediglich in die hinterste Ecke seines Kleiderschrankes gestopft, unfähig sie wegzuschmeißen. Rechts von mir zerschnittene Teile zweier Fotos. Aktbilder von Andreas, von mir auf dem Teppich notdürftig zusammengesetzt. Daneben Roberts Reisepass, sein eingeschweißtes Gesicht mit schwarzem Filzer zugeschmiert. Und schließlich die Patronen.

Fünf goldfarbene, längliche Hülsen für eine Pistole, die ich nicht gefunden hatte. Eine davon hielt ich ungläubig in der Hand. Ich fühlte mich leer. Meine Wut hatte sich aufgebraucht mit den seltsamen Funden, in denen ich nach einer Erklärung suchen musste. Robert war nicht verreist, ohne Pass und ohne Auto wäre er nicht weit gekommen. Er hatte Andreas gekannt, und diese Beziehung, in welcher Form auch immer, war beendet worden, wohl von Andreas. Und wenn die Pistole nicht in der Wohnung war, dann hatte Robert sie mitgenommen, weil er befürchten musste, dass ihm etwas zustoßen könnte. Doch mit wem hatte er sich getroffen, und wo? Holger hatte ein Treffen an jenem Freitag vor Roberts Verschwinden abgestritten, aber es war gut möglich, dass er log. Vielleicht hatte er eine Verabredung mit Andreas gehabt oder mit einem mir völlig Fremden.

Ich hielt die Patrone vor mein Gesicht, wendete sie hin und her. Mein Wissen über Waffen ist nicht besonders ausgeprägt, ich konnte nicht sagen, ob es eine echte Kugel war oder eine für diese Schreckschusspistolen, die man in jedem Sportschützenladen kaufen kann. Doch egal, ob nun echt oder nicht, Robert hatte eine Waffe besessen, sich bedroht gefühlt.

Die Szene bei Peter und Michael war ein Fehler gewesen. Ich hätte mich beherrschen müssen, Andreas nicht herausfordern dürfen. Jetzt würde es um so schwieriger werden, in Erfahrung zu bringen, was ihn mit Robert und Holger verband. Ich konnte nur hoffen, dass Michael nicht allzu wütend auf mich war und mit Andreas reden würde. Ich hätte meinen Mund halten sollen. Es war ja auch gar nicht meine Absicht gewesen, ihnen ihre Illusion zu rauben, und meine Worte taten mir Leid. Aber es ging um Robert, und ich konnte auf ihre merkwürdige Beziehung keine Rücksicht mehr nehmen. Irgendwann würden sie vielleicht einsehen, dass es besser so war, besser jedenfalls, als mit einer Lüge zu leben.

Ich legte die Patrone zurück auf den Boden und nahm statt dessen eines der Teile der beiden zerrissenen Fotos, auf dem Andreas mir lasziv entgegenlächelte. Es war eine Studioaufnahme für ein Sexmagazin oder ähnliches, Andreas nackt, sein junger glatter Körper ausgestreckt auf einer Couch. In einer Kneipe hatten sie ihn aufgegabelt, ihn mitgenommen und in ihr Leben integriert, ohne zu wissen, wer er war, was er trieb, womit er sein Geld verdiente. Es hatte weder Peter noch Michael wirklich interessiert. Was für sie zählte, war allein seine Anwesenheit, die Möglichkeit über ihn zu verfügen, für ein einziges, fragwürdiges Ziel.

Die Bedeutung der Briefe konnte ich nicht ermessen. Die Anzahl aber hatte mich verblüfft. Den ersten Schritt wollte Robert seinen Eltern überlassen, für den Rausschmiss und die Ungerechtigkeiten, die sie ihm angetan hatten, sollten sie sich entschuldigen. Jahrelang schien seine Mutter genau das versucht zu haben, ohne Erfolg. Robert hatte ihr keine Gelegenheit gegönnt. Zutiefst gekränkt waren die Briefe versteckt worden; sie zu vernichten, dazu hatte ihm der Mut gefehlt. Mir war nicht bewusst gewesen, wie sehr ihn seine Vergangenheit belastete.

Ich schob die Briefe beiseite. Im Moment waren sie zweitrangig in dem Zwang, ihn zu finden. Vielleicht musste ich doch die Polizei einschalten, selbst wenn Robert es nicht gewollt hätte, aus einem Grund, den Holger so merkwürdig und undurchsichtig angedeutet hatte. Sein Leben stand womöglich auf dem Spiel, und das war wichtiger als alles andere.

Die Klingel schellte laut und aufdringlich, riss mich aus meinen Gedanken. Ich blieb hocken, wollte niemanden sehen. Aber es hörte nicht auf. In immer kürzeren Abständen erklang das schrille Geräusch, bis ich schließlich widerwillig aufstand. Jan wartete bereits ungeduldig vor der Tür, in seinem blauen Jackett, mit Hemd und Krawatte.

„Bist du jetzt völlig verrückt geworden?" fragte er und drängte an mir vorbei.

Jan war das erste Mal in Roberts Wohnung. Ich folgte ihm den Flur entlang, wo er jeweils einen kurzen Blick in die Küche und ins Schlafzimmer warf, ehe er sich im Wohnzimmer einen Weg durch die Unordnung bahnte. Mit Roberts Sachen über den Boden verstreut, sah es aus wie nach einem Wirbelsturm. Jans Gesicht wirkte fahl und müde, seine grünen Augen waren geweitet, mit neugierigem und zugleich verschrecktem Ausdruck darin.

„Peter hat mich im Büro angerufen und mir die Adresse gegeben", konnte er schließlich sagen. „Ich bin sofort nach Feierabend hierher."

Verwundert blickte ich über die Schulter durch das Fenster. Ich musste bereits einen halben Tag hier verbracht haben.

„Hörst du mir überhaupt zu?" Ich wandte mich ihm wieder zu. „Peter war außer sich. Du hättest geschrien, Anschuldigungen losgelassen und dich mit Andreas geprügelt. Was ist bloß los mit dir?" Mit einer ausladenden Handbewegung schloss er das Chaos um sich herum in sein Unverständnis mit ein. „Wenigstens über ihre Dreierbeziehung hättest du den Mund halten können."

„Das war mir so rausgerutscht. Aber es stimmt doch. Andreas nutzt sie sowieso nur aus. Du findest das doch auch."

„Es geht uns nichts an."

„Ist das alles, was du dazu zu sagen hast? Es geht uns nichts an?" äffte ich ihn nach. „Also lieber wieder den Mund halten? Lass dir zur Abwechslung doch mal was anderes einfallen. Immerhin war Andreas bei …"

„Es sind unsere Freunde, mein Gott! Zu uns sagen sie schließlich auch nicht, wie schrecklich sie unsere Beziehung finden."

Eine seltsame Mischung aus Scham und Wut durchzuckte mich, ein Gefühl, das mich sprachlos machte, unfähig zu reagieren. Jan nahm es als eine Art Geständnis.

„Es geht so nicht weiter."

Diesen Satz überhörte ich. Zumindest Jan musste mir helfen, mir Rückendeckung geben.

„Was hätte ich denn tun sollen?" rief ich mit einem Tritt gegen die am Boden liegenden Bücher. Die Wut, spürte ich, wurde wieder stärker als die Scham. Vor Jan aber musste ich mich zusammenreißen und versuchen, die Beherrschung zu bewahren.

„Langsam", sagte ich, nachdem ich tief Luft geholt, kurz die Augen geschlossen hatte, „begreife ich, was passiert ist. Ich kann jetzt nicht einfach aufgeben."

Jan sah mich mitleidig an, schüttelte sogar leicht den Kopf. Dann entfuhr ihm ein Seufzer, und er ließ sich auf einen der Sessel fallen. Einige Papiere zerknitterten unter seinem Hintern. Er zog sie hervor, warf sie hinunter zu den anderen.

„Hör endlich auf damit." Seine Stimme klang weder fordernd noch drohend, sie war leise, ein wenig weinerlich und vor allem enttäuscht. Ich starrte ihn an, erstaunt über seine Bitte zu diesem Zeitpunkt, an dem ich mich näher denn je an meinem Ziel glaubte. Er konnte unmöglich von mir verlangen, jetzt aufzugeben, Robert seinem Schicksal zu überlassen.

Ohne zu antworten, fiel ich auf die Knie, klaubte hektisch die Indizien zusammen und robbte zu Jan an den Sessel, warf sie ihm einfach in den Schoß. Erschrocken zuckte er zurück in die Lehne, den Kopf zu den Dingen gesenkt, die ich ihm wie ein Bittsteller darbot. Abwechselnd sah er auf mich und auf die für ihn wahllos gesammelten Gegenstände, mit einem Ausdruck auf dem Gesicht, der immer matter und eingefallener wirkte.

„Hier, sieh dir das nur an!" Ich griff nach den Patronen, den zerrissenen Fotos, hielt sie ihm hin, damit er sie endlich entgegen nahm, sich selbst davon überzeugen konnte. „Andreas und Holger, sie sind beide darin verwickelt! Und das Foto, das beweist, dass er was mit Robert hatte, sie haben sich zerstritten. Und Munition! Robert ist etwas Furchtbares zugestoßen, ich weiß es!"

Jan rührte sich noch immer nicht, ließ die Hände auf die Polster gepresst, die Finger darin vergraben. Ganz nah hatte ich die Indizien an sein Gesicht gehalten und erst langsam, als er keinerlei Reaktion zeigte, ließ ich sie sinken, zurück in seinen Schoß fallen. Sein Blick blieb starr und leer.

„Du glaubst mir nicht", sagte ich und rückte von ihm ab, stand auf.

„Ich habe dir immer geglaubt, Hannes", antwortete er, „aber ich will das nicht mehr."

„Was? Was willst du nicht mehr?"

Jan fuhr sich über das Gesicht, schüttelte den Kopf. „Das hier ... alles. Sieh dich doch nur um. Du bist nicht mehr ganz bei Trost. Was versprichst du dir bloß davon? Man könnte meinen, du bist besessen. Hör auf, den Privatdetektiv zu spielen, gehe zur Polizei, mache eine Vermisstenanzeige und warte ab. Du kannst nicht durch die Gegend rennen und Leute beschuldigen."

Jan verstand nicht, verstand gar nichts. Niemand verstand mich, als hätten sich alle gegen mich verschworen, als wollten sie mich hindern, Robert zu finden. Ich hob einen Aktenordner auf und drückte ihn fest gegen meine Brust wie einen Schild, um seine Worte abzuwehren. Wir schwiegen, sahen uns an. Sein Blick war mir unheimlich. Schnell wandte ich mich ab, legte den Ordner auf den Schreibtisch und blätterte durch die abgehefteten Seiten.

Hinter mir hörte ich Jan sich erheben. Er stand wohl eine Zeitlang herum, wartete auf eine Entschuldigung, auf Erklärungen. Ich achtete nicht auf ihn. Vor mir lagen Geschäftsbriefe, Korrespondenzen mit Filmgesellschaften, nach Datum sortiert, einige Passagen mit rotem Filzstift unterstrichen. Vielleicht war es wichtig. Vielleicht nicht.

„Wenn du aufhörst, dir einzubilden, du könntest was erreichen, dann können wir vielleicht vernünftig darüber reden. Bis dahin ..."

Ich hielt mit dem Blättern inne, sah durch die Fensterscheibe hinaus in die anbrechende Nacht. Ich hörte nur seine Stimme in meinem Rücken.

„Heute jedenfalls bleibe ich bei Elke."

„Warum das denn?" Mit einem Ruck fuhr ich herum. Vor Schreck wich Jan einen Schritt zurück.

„Ich ... ich weiß nicht", versuchte er seinen Entschluss zu begründen. „Im Moment kann ich dich nicht ertragen, das ist alles."

Mehr nicht. Mehr hatte Jan dazu nicht zu sagen. Und genaugenommen war ich froh darüber. Denn wenn ich ihn fragen würde, dann

könnte er mir sagen, was ich tief in mir immer schon befürchtet hatte
– nämlich, dass er mich nicht mehr liebte, es nie wirklich getan hatte. Sein Schweigen war die Jahre über allemal beruhigender und sicherer gewesen als das, was er in der Lage wäre, mir jetzt aufzuzählen. Ich drängte ihn nicht zu einer Antwort und stellte keine Fragen.

„Also gut", sagte ich schließlich und zuckte mit den Achseln.

Wir blieben noch eine Weile stehen, sahen uns an in dem Verdacht, wir könnten uns noch mehr an den Kopf schmeißen, vielleicht auch in der Hoffnung, über unsere Schatten zu springen. Beides blieb aus.

Kapitel 7

„Als Kind war ich fett, richtig fett. So eine Tonne, die alles in sich hineingefressen hat. Ein Loch ohne Boden. Heute stopfe ich noch immer alles in mich hinein, nur eben ins andere Ende."

Wir mussten lachen, bevor wir schnell innehielten und uns bemühten, das Lachen in ein Räuspern zu verwandeln. Susanne aber war das keineswegs unangenehm, wie ich bemerkte, sie grinste mir zu, als hätte sie nur auf diesen Moment gewartet. Wahrscheinlich hatte sie ihren Witz zu Hause geprobt, vor dem Spiegel versucht, ihn ohne Lachkrampf aufsagen zu können. Die Sitzungen waren für sie sowieso eher Selbstinszenierung als der ernsthafte Versuch einer Therapie, und vor allem ein Ort, sexhungrige Männer aufzureißen, über die sie gleich nebenan in der Herrentoilette herfallen konnte. Jeder hier wusste das, aber man schwieg darüber. Es wäre auch sonderbar, wenn ausgerechnet wir, die keinen Deut besser waren, ihr Vorschriften machen wollten.

„Na ja, meiner Mutter war das ausgesprochen peinlich. Sie mit einer fetten Tochter! Jede Diät hat sie mir aufgezwungen, da war ich acht oder so, und natürlich habe ich heimlich gefressen, in der Schule oder bei Freundinnen. Dann hat sie mir gezeigt, wie ich beides gleichzeitig schaffen kann, essen und abnehmen. Ihr wisst schon ..." Susanne riss ihren Mund weit auf, steckte ihren Zeigefinger hinein und simulierte einen übertriebenen Brechreiz. „Danke Mama. Diese Therapie hätte ich sonst glatt verpasst."

Sie machte eine Pause. Egal, wie sehr sie ihre Erinnerungen auch ins Lächerliche zog, sich völlig von ihnen zu distanzieren, schien unmöglich. Sie nahm sich sichtlich zusammen, zog ein paar Male hektisch an ihrer bereits heruntergebrannten Zigarette und presste ein angestrengtes Lachen hervor.

„Immerhin, ich kann wieder essen, und zuviel hab ich ja wohl auch nicht auf den Rippen, oder?" Und als keine sofortige Antwort kam: „Oder?"

„Du siehst klasse aus, Susi, ehrlich", bestätigte Stefan laut, beide Daumen anerkennend in die Höhe gestreckt. Dafür bekam er von ihr einen Kuss zugeworfen.

Ich saß verkrampft auf meinem unbequemen Stuhl und hielt den Aktenordner, den ich aus Roberts Wohnung mitgenommen hatte, mit beiden Armen fest umklammert. Ich war nicht gewillt, ihn auch nur für einen Augenblick aus den Händen zu geben. Bemüht versuchte ich, zuzuhören.

„Es ist doch immer dasselbe", sagte Maren oder Monika, ebenfalls mit einer Zigarette, ohne die die wenigsten von uns lange auskommen konnten. „Eine Sucht mehr oder weniger im Griff und, schwupp, hat man die nächste am Hals. Gesoffen hast du doch bestimmt auch mal."

Susanne verzog ihr hübsches Gesicht zu einer Grimasse, winkte ab. „Hör bloß auf, sonst brauch ich sofort ein Glas Wein. Ich wollte nie so sein wie meine Mutter, und dann doch irgendwie genau so. Ich meine so beliebt und schön und … na, das würde schon reichen. An den Rest will ich gar nicht erst denken."

„Ich kenne das. Entweder man rennt sein Leben lang vor irgendetwas davon oder immer hinterher. Manchmal auch beides zugleich. Nur nicht stehenbleiben und womöglich darüber nachdenken müssen, was wir da eigentlich tun und warum. Alkohol, Drogen, Sex, Glücksspiele, egal was. Hauptsache wir brauchen uns den Realitäten nicht stellen. Aber das, was wir in diesen Objekten zu finden hoffen, ist eh ganz woanders. Oder wir sind längst wieder weg, bevor wir es bemerkt haben."

„Alles schön und gut", mischte Klaus sich ein, „wie ich sehe, hast du deine Bücher gelesen. Und was hilft es dir? Die Theorie kennen wir."

Meine alte Lehrerin warf ihm einen dieser Blicke zu, die uns Kinder früher zu Eis erstarren ließen. Ich war froh, dass sie nicht mehr mir galten.

„Eins nach dem anderen", belehrte sie ihn mit erhobenem Zeigefinger. „Ich hab nicht gesagt, dass ich die Weisheit mit Löffeln gefressen habe. Aber irgendwo müssen wir schließlich anfangen. Als mein Mann damals abgehauen ist, einfach so, habe ich gedacht, niemand könnte mich für längere Zeit lieben. Ich bin mir völlig wertlos vorgekommen. Deshalb drehe ich jetzt den Spieß eben um und liebe diese

Scheißkerle für wenige Minuten. Dann schmeiß ich sie raus. So einfach geht das. Dachte ich jedenfalls. Und trotzdem sitze ich hier und fühle mich mies. Irgendwas muss also falsch laufen. Oder fühlst du dich etwa wohl in deinen Büschen oder diesen dunklen Kellern oder wo immer du versuchst, ein bisschen Anerkennung und Liebe zu erhaschen, vor der du dich letztendlich fürchtest, weil du ja, o Graus, enttäuscht werden könntest?"

„He, he", fiel Manfred ein, „nicht streiten. Wir brauchen hier niemandem was vormachen."

„Oh, da bin ich aber mal gespannt. Verrat uns dein Geheimnis mit deiner Neuen. Wie alt ist sie? Siebzehn? Sechzehn? Na, auf alle Fälle jung genug, um deinen Trieb mitmachen zu können." Marens oder Monikas Stimme war kalt, aber sie blieb ruhig.

„Das gehört jetzt nicht hierher."

„Ach, nein? Glaubst du etwa, mein Mann ist abgehauen, weil ich noch so jung und knackig war? Mit einem Flittchen ist er durchgebrannt, mit einer dieser aufgetakelten Blondinen, die seine Tochter sein könnte. So sieht das aus! Ihr Männer seid doch alle gleich. Warum verrätst du es unserer Susanne hier nicht, was passiert, wenn sie in ein paar Jahren kein Püppchen mehr ist, wenn sie in euren Augen heruntergewirtschaftet wurde? O ja, noch könnt ihr nicht die Finger von lassen, aber irgendwann wacht ihr auf und glaubt, euch was beweisen zu müssen. Na los, sag ihr, was passieren wird!"

Susanne sprang auf. „Aufhören, mein Gott. Aufhören!" Sie hielt sich beide Hände über die Ohren, kniff die Augen zu. Es sah aus, als käme der Qualm ihrer Zigarette direkt aus dem linken Ohr.

Sofort war es still. Eine Minute lang blieb sie so stehen, dann öffnete sie vorsichtig die Augen, sah verschämt in die Runde und setzte sich zurück auf ihren Stuhl ohne eine weiteres Wort. Zitternd fischte sie die nächste Zigarette aus ihrer Schachtel, die alte Kippe noch im Mundwinkel. Wir anderen hatten peinlich betreten ins Leere gestarrt.

Manfred räusperte sich. „Tja, also, ich denke, das gehört dazu, dass wir manchmal die Fassung verlieren. Kein Grund zur Aufregung. Trotz allem haben wir bis jetzt prima Arbeit geleistet. Ich bin stolz auf uns. Deshalb sollten wir das nächste Mal versuchen, uns an die nächste Stufe zu wagen. Stufe vier. Ihr wisst, was das heißt."

Die zwölf Stufen. Unser Weg in die Genesung, der mir den Eindruck vermittelte, als handele es sich dabei um einen dieser Schwarzweiß-Thriller, in denen gejagt und verfolgt wurde, bis der Bösewicht zur Strecke gebracht war. Ein ausgeklügeltes, amerikanisches Konzept, das erbarmungslos unser peinliches Verhalten Schritt für Schritt offen und damit bloßlegen sollte. Ein Konzept aus Schuld und Sühne.

Bei der Erwähnung der Stufe vier machte Monika, die eventuell Maren hieß, neben mir ein abwertendes Geräusch mit den Lippen, laut genug, dass jeder es hörte.

„Ihr wird das zuviel", sagte Klaus schnippisch, „wie soll sie sich in ihrem Alter noch an all die armen Teufel erinnern?"

„Mir sehen sie dabei wenigstens ins Gesicht", keifte sie zurück.

Ich war bereits aufgestanden, den Aktenordner unter dem einen Arm, den Stuhl in der anderen Hand. Glücklicherweise stand ich genau zwischen ihnen und hinderte sie daran, übereinander herzufallen. In dem anschließenden Durcheinander von Stühle- und Tischerücken ging ihr Disput unter.

Susanne lehnte gegen den Tisch mit den Thermoskannen und kippte ihren kalten Kaffee in riesigen Schlucken in sich hinein. Als ich neben ihr versuchte, einhändig meinen Stuhl mit der Sitzfläche nach unten auf den benachbarten Tisch zu stellen, streckte sie ihr ausladendes Dekolletee in meine Richtung.

„Hast du schon jemanden gefunden?" flüsterte sie mir ins Ohr, wieder ganz die Alte.

Verwundert sah ich sie an, bevor ich mich an unser letztes Gespräch erinnerte. Ich schüttelte den Kopf.

„Schade", sagte sie mit ihrem süßen Schmollmund. „Muss ich wohl noch etwas warten. Oder kennst du etwa keine richtigen Männer?"

Darauf antwortete ich nicht, ließ Susanne einfach stehen. Beim Verlassen des Zimmers bemerkte ich Stefan, der sie von hinten umarmte, nicht nur, wie ich vermuten musste, um sie zu trösten. Einen Fick hatte sie sich wahrlich verdient, und ich zwinkerte ihr noch verschwörerisch zu.

Auf der Treppe im Flur kam Klaus mir nachgerannt. Was er wollte, konnte ich mir denken, und nach all dem Chaos und den Streitigkeiten heute empfand ich es als durchaus willkommen, ein wenig hofiert zu werden. Ich wartete, bis er mich eingeholt hatte.

„Warum hast du dich nicht gemeldet?" fragte er außer Atem, aber lächelnd. „Die Alte hat ganz schön Haare auf den Zähnen, was?"

„Die Alte war meine Grundschullehrerin", sagte ich.

„Ehrlich? Hat *sie* dir das beigebracht?"

Ich verzog das Gesicht, drehte mich um.

„He, war doch nur ein Scherz! Du hast meine Frage gar nicht beantwortet."

Erneut blieb ich stehen, den Ordner gegen meine Brust gepresst, auch um Abstand zu wahren. „Ich hatte viel um die Ohren. Mir ist im Moment nicht nach Sex."

Ein Grinsen erschien unter seinem Schnauzbart, das ihn verdammt süß aussehen ließ. Kurz regte sich sogar etwas in meinem Schwanz.

„Ein Sexsüchtiger, dem nicht nach Sex ist? Was soll ich denn davon halten? Sag bloß, dieser Haufen Durchgeknallter hat dich kuriert."

„Wer weiß? Deshalb sind wir doch hier, oder?"

„Träum ruhig weiter. Niemand hier wird das wirklich schaffen, nicht einmal Manfred mit seiner Minderjährigen. Wir wollen doch nur hören, dass alles halb so wild ist, dass wir nicht die einzigen Perversen auf dieser Welt sind. Absolution, nichts weiter. Ablenkung. Nur eine andere Form der Sucht. Reden statt Handeln." Er zuckte mit den Achseln, dann gingen wir gemeinsam die Stufen zum Ausgang hinunter. „Es ist eine Art Zeitvertreib, der mich abhält, sofort auf die nächste Klappe zu rennen."

„Vor ein paar Wochen hast du aber noch ganz anders geklungen."

„Mein Gott, ja, ich war völlig down. Aber man muss den Tatsachen auch ins Gesicht sehen. Erste Stufe: Die Sucht zulassen, akzeptieren. Schluss mit Verdrängung."

„Können wir ein andermal darüber reden? Mir geht wirklich Wichtigeres im Kopf rum", sagte ich.

Ich hatte mich zu ihm umgedreht. Klaus stand dicht vor mir, und nur der Ordner verhinderte eine Berührung. Seine Brauen zogen sich fragend zusammen.

„Es geht mir nicht ausschließlich um Sex", gestand er plötzlich.

Das hatte ich nicht erwartet. „Ich ... ich bin befreundet."

„Das weiß ich. Aber es läuft nicht besonders, wenn ich das richtig verstanden hab."

Ich senkte kurz meinen Blick auf den Ordner, von oben hinein in die abgehefteten Seiten, eine stattliche Ansammlung von Briefen, die zu lesen ich kaum erwarten konnte.

„Es ist halt manchmal nicht leicht", sagte ich, ohne ihn anzusehen und mit einem unvorhergesehen Seufzer vermengt, „das stimmt. Aber das hat nichts zu sagen, das ist normal."

Klaus lachte auf. „Normal! Dieses Wort kenne ich nicht. Was soll das sein? Komm schon, mach dir nichts vor, ein bisschen Sex wird dich ablenken."

Ich schüttelte den Kopf, ging die restlichen Stufen hinunter, den Flur entlang. Klaus folgte mir. An der Tür überholte uns Susanne, die uns wissend angrinste und mit einer winkenden Handbewegung davoneilte.

„Was immer du da hast", sagte Klaus auf den Ordner deutend, „das kann warten. Auch wenn du dich daran klammerst, wie an einen Schwimmreif. Wir können zu mir."

„Wirklich nicht, danke."

Jetzt ließ er mich gehen. Schnell hastete ich über den Parkplatz und drehte mich erst noch einmal um, als ich bereits außer Hörweite war. Er stand unter dem Eingang, in dem matten Licht von der Lampe darüber, etwas zusammengesunken und die Arme zu beiden Seiten kraftlos herabhängend. Ich hätte etwas Aufmunterndes sagen, meine Ablehnung in Ausflüchte und künftige Versprechen verpacken sollen, ihm Hoffnung machen müssen. Auch Klaus wollte schließlich nur gebraucht, gewollt oder wenigstens begehrt werden. Einen Moment war ich versucht, es wieder gutzumachen, ihm zuzurufen, dass ich mich melden würde, aber ich tat es nicht.

Jan war tatsächlich nicht zu Hause. Die Schlafzimmertür stand offen, und diesmal warf ich gleich einen Blick aufs Bett, um mich zu vergewissern. Er hatte seine Drohung wahr gemacht, blieb bei Elke, die das Schlafsofa ausklappen und die zweite Bettdecke, das zweite Kopfkissen aufschütteln würde, für die sie sonst keine Verwendung hatte. Jan machte Ernst.

Ich warf den Ordner auf den Küchentisch, schmierte mir einige Brote und setzte mich mit einem Bier an den Tisch. Die abgehefteten Blätter in dem Ordner waren durch einen grauen Plastikstreifen in zwei Abschnitte unterteilt. Im ersten Teil befanden sich Geschäftsbriefe, dahinter folgten handgeschriebene Briefe in grüner Tinte. Allesamt schienen sie chronologisch geordnet, die jüngsten zuoberst. Ich blätterte wahllos in ihnen herum, ohne genau zu wissen, was ich eigentlich suchte, und ohne wirklich mit einem Hinweis zu rechnen. Es war nur Zufall gewesen, der mich ausgerechnet diesen Ordner hatte mitnehmen lassen, irgendeinen Gegenstand, an den ich mich klammern konnte, voll mit Geschriebenem, das Stunden dauern würde, es zu sichten. Ich verlor auch schnell die Lust, zumal die Stille in der Wohnung drückend war, bis ich sie schließlich nicht mehr aushielt. Ich sprang auf, schaltete das Radio an. Die Musik beruhigte mich ein wenig, ich aß die letzte Scheibe Brot, öffnete das zweite Bier und ließ mich erneut auf die Briefe ein.

Der Tonfall der Geschäftsbriefe war mit der Zeit immer schärfer geworden. Es gab sogar kleine Drohungen, sowohl von Seiten der Produzenten eines namhaften Privatsenders als auch von Robert. Einige Stellen hatte er rot angestrichen, manchmal Schimpfworte an den Rand geschrieben. Beide Parteien, las ich, sahen keine Basis mehr für eine sinnvolle Zusammenarbeit, dann, ein, zwei Briefe weiter, hatten sie sich beruhigt und zu einer Einigung gefunden. Beim nächsten Projekt, mit dem Titel *Ruin einer Karrierefrau*, ging alles wieder von vorne los. Robert warf den Adressaten vor, sein Drehbuch ohne Einwilligung umzuschreiben und Schauspieler zu engagieren, die er für unfähig und seiner Arbeit für unwürdig hielt. Sein Werk, kam die Antwort, sei für das Zielpublikum des geplanten Sendeplatzes nicht geeignet. Zu intellektuell und anspruchsvoll, hieß es. Deshalb bedürfe es einschneidender Änderungen. Der letzte Brief, den Robert an den Sender geschickt hatte, datiert zwei Wochen vor seinem Verschwinden, schloss mit den Sätzen:

„*Unter diesen Voraussetzungen sehe ich mich gezwungen, unsere jahrelange Zusammenarbeit aufzukündigen, wenn Sie nicht endlich davon absehen, auf Ihren unsäglichen Änderungen zu bestehen, die meine Arbeit zu einer infantilen, geschmack- und anspruchslosen Farce degradieren. Im*

Falle einer Entschuldigung und Rücknahme der Änderungen bin ich aber bereit, über eine Fortsetzung der Zusammenarbeit nachzudenken."
Eine Antwort darauf fehlte.

Lag hier der Grund für seine Schulden bei Holger? In der Kündigung? Noch einmal durch die Seiten blätternd, fiel mir auf, dass es immer die selbe Produktionsfirma war, für die er schrieb. Sie war sein einziger Arbeitgeber gewesen. Dabei hatte ich gedacht, Robert sei gut im Geschäft, hätte Angebote von allen Seiten. Aber trotz der Preise, die er gewonnen hatte, schien die Auftragslage dünn. Er hatte sich Geld leihen müssen, viel Geld, wie ich annehmen musste, welches er nicht zurückzahlen konnte. Und Holger war die Geduld ausgegangen.

Die Briefe im hinteren Teil des Ordners waren privater Natur, die jeweils mit *Lieber Robert* begannen und mit einer ausladenden Unterschrift endeten. Der Tonfall dieser Schreiben klang persönlicher, freundschaftlich, bevor auch sie mit der Zeit an Schärfe und Anschuldigungen zunahmen. Ich öffnete das dritte Bier und las jetzt aufmerksamer.

„Nach allem, was ich für dich getan habe", schrieb ein gewisser Hans, *„ist das eine bodenlose Frechheit. Aber gut, ich mache dir keine Vorschriften mehr. Ich erwarte meine Schlüssel bis Ende der Woche."*

Hans. An diesen Namen konnte ich mich dunkel erinnern. Robert war, kurz nach dem Mauerfall, einfach vor die Tür gesetzt worden, eines jüngeren Wessis wegen. Mit seinem BMW und seinen teuren Klamotten hatte der Neue Eindruck bei Hans geschunden, und plötzlich war Robert nicht mehr gut genug gewesen. Von einem Tag auf den anderen hatte Hans ihre Beziehung, ihre gemeinsame Wohnung zugunsten einiger fragwürdiger Werte einfach aufgegeben. Robert hatte sich verraten gefühlt, aber schließlich daraus gelernt, sich nur auf sich selbst zu verlassen.

Roberts Antworten fehlten in dem Ordner, mir blieben nur die Briefe von Hans, die die Anschuldigungen verkehrten.

„Das Treffen", hieß es an anderer Stelle, *„verlief positiv, ich denke nicht, dass du dir weitere Sorgen zu machen brauchst. Wenn du zurück bist, bist du kein unbeschriebenes Blatt mehr."* Und weiter: *„Ich habe gehört, dass du dich mit ihm getroffen hast und dein Drehbuch, von dem ich immer ge-*

wusst habe, dass es großartig ist, gute Aussichten hat, genommen zu werden. Gratuliere. Du siehst, wie wichtig es ist, Beziehungen zu haben, auch wenn du das immer abgelehnt hast. Du kannst mir danken, wenn du übermorgen wieder hier bist." − *„Was soll das heißen, du bleibst? Wenigstens anrufen könntest du, immerhin haben wir jetzt Telefon! Es ist auch deine Nummer, die du nur zu tippen brauchst. Ich begreife nicht ..."*

Ein Knall riss mich aus den Briefen, ließ mich zusammenfahren. Glas zersprang laut, etwas flog an meinem Kopf vorbei und polterte hinter mir zu Boden. Scherben prasselten aus den gezackten Rändern eines tellergroßen Lochs auf das Fensterbrett. Vor der Spüle rollte ein Tennisball gegen die Küchentür. Ich spürte den leichten Luftzug, der mir durch die kaputte Scheibe ins Gesicht blies, bevor ich aufsprang, das Fenster öffnete und mich hinauslehnte. Draußen war es dunkel. Die Straßenlaternen warfen matte Lichtkegel auf den Asphalt. Zu sehen war niemand.

Nachdem ich noch einen Moment lang den Bürgersteig nach möglichen Übeltätern abgesucht hatte, wandte ich mich ab und hob den Ball auf. Ich drehte und wendete ihn, als erwartete ich tatsächlich, eine Nachricht oder Drohung vorzufinden. Nichts. Es war nur ein gewöhnlicher Tennisball. Schließlich legte ich ihn neben den aufgeschlagenen Ordner und ging in den Flur. Das Radio hinter mir spielte irgendeinen Song von Madonna. Ich knipste das Licht an, lauschte. Außer der Musik war es still. Ich war allein.

Jan würde heute Nacht nicht zurückkommen, und ob ich Robert jemals wiedersehen würde, war zweifelhaft. Michael und Peter hatte ich verärgert, wenn auch nur mit der Wahrheit, aber die ist bekanntlich am schwersten zu verzeihen.

Ich blieb einfach im Flur stehen, starrte durch die offenen Türen ins Schlafzimmer, ins Wohnzimmer, ohne mich von der Stelle zu rühren. Lediglich die Umrisse der Möbel ließen sich dort erkennen. Auch in diesen Zimmern musste ich Licht machen, um mich von dem Halbdunkel zu befreien, das mir Unbehagen einflößte. Unzählige Male war ich davongerannt, weil ich Jan nicht mehr ertrug, weil ich an seiner Liebe zu mir zweifelte, weil ich an jeder Liebe zweifelte und doch nach nichts anderem verlangte. Wenn nicht Jan, dann gab es vielleicht jemand anderen, der mich lieben würde, irgendwo in einer Umarmung, durch einen schnellen Fick. Immer aufs Neue enttäuscht, kehrte ich zu Jan zurück, der meine kläglichen Fluchtversuche nie bemerkte. Und ich rannte erneut in die Parks, auf die Klappen und zu Robert, weil die Erfahrung mich gelehrt hatte, dass Jan bleiben würde. Bis heute.

Ich wollte nicht allein sein, und das lag keineswegs nur an dem Tennisball, den mir jemand, womöglich als Warnung, entgegengeschleudert hatte.

Als Klaus endlich vor mir stand, fühlte ich mich bedeutend besser.

Nach dem Anruf bei ihm war ich unruhig umhergelaufen, hatte immer wieder aus dem Fenster gesehen, vorsichtig und halb verdeckt, in der Befürchtung eines weiteren Balls oder gar eines Steins. Natürlich geschah nichts. Bevor ich auf sein Klingeln den Türsummer betätigte, fragte ich ängstlich durch die Sprechanlage, wer da sei, und vergewisserte mich kurz darauf durch den Spion in der Wohnungstür, dass es tatsächlich Klaus war, der davor wartete.

Für dieses Treffen hatte er sich in Schale geworfen. Ganz in schwarz, mit engem Hemd und engen Lederhosen, grinste er mich schelmisch unter seinem akkurat geschnittenen, schwarzen Schnauzbart an.

„Wen hast du denn erwartet?" fragte er und hauchte mir einen Kuss auf die Wange. „Frankenstein?"

„Das ist gar nicht komisch", sagte ich und führte ihn in die Küche, drückte ihm den Tennisball in die Hand. „Da! Den hat man mir ins Zimmer geschmissen."

Klaus sah auf den Ball, dann auf das kaputte Fenster. „Donnerwetter. Du meinst mit Absicht?"

„Ich habe wohl nicht nur Freunde", antwortete ich.

Klaus knetete den Ball in seiner Hand und warf mir dabei Blicke zu, unsicher darüber, ob er mir glauben oder mich für paranoid halten sollte. Schließlich zuckte er mit den Schultern.

„Bestimmt nur so ein Spinner", sagte er und umarmte mich von hinten. „Wie kommt's, dass du angerufen hast? Brauchst du einen Beschützer?"

Ich wand mich aus seinen Armen, peinlich berührt von seiner Frage. Er war halt der Einzige, den ich anrufen konnte, dem ich nicht erst

Erklärungen schuldete, der keine Ahnung hatte von den Dingen der letzten Woche, jemand, der einfach nur hier sein konnte. Einer, der nichts über mich wusste.

„Ja," antwortete ich deshalb lachend, „vielleicht."

„Was ist mit deinem Freund?" Klaus legte den Ball zurück neben den Ordner und ging in den Flur, um eine Wohnungsführung einzuleiten. Ich folgte ihm, starrte auf seinen runden Arsch in diesen engen Lederhosen.

„Der bleibt heute bei einer Freundin", sagte ich.

„Verstehe."

Das Grinsen, welches erneut um seine Mundwinkel erschien, verärgerte mich. „Was? Was verstehst du?"

Klaus warf einen Blick ins erleuchtete Wohnzimmer, bevor er mich ansah. „Ach, komm schon. Mir brauchst du nichts vormachen. Es ist dicke Luft, das hast du doch selber gesagt. Er wird dein Rumgeficke nicht mehr mitmachen wollen."

„Blödsinn. Jan weiß ja noch nicht mal was davon."

Obwohl das Grinsen blieb, nahmen seine Augen einen mitleidsvollen Ausdruck an, den ich einfach ignorierte. Klaus wandte sich ab, ging ins Zimmer und ließ sich in den Sessel fallen.

„Ja, klar doch", sagte er dann.

Ich blieb in der Tür stehen und bereute bereits meinen Entschluss, ihn angerufen zu haben. Klaus war nicht hier, damit er mir Vorhaltungen machte und unheilschwangere Prophezeiungen abgab, wie eine schlechte Kassandra. Es ging um Sex, darum, mich abzulenken, die Nacht nicht allein verbringen zu müssen, einfach um jemanden, der kommen würde, weil ich es so wollte. Aber ich war mir nicht mehr sicher, ob Klaus der Richtige war.

Klaus hatte mich beobachtet, während ich bemüht gelassen im Türrahmen lehnte, und plötzlich wurde er ernst. „Mein Gott, das glaubst du tatsächlich."

„Das kannst du gar nicht beurteilen", winkte ich ab. „Hör auf, hier irgendwelche Interpretationen abzugeben. Jan hat wirklich keine Ahnung."

„Schon mal was von *Co-dependence* gehört?"

„Von was?"

„Warum stehst du da herum?" Mit der Hand schlug er mehrmals auf die Lehne, bis ich tatsächlich seiner Forderung nachkam, mich dort hinsetzte. *„Co-dependence"*, wiederholte er gezogen. „Man merkt, dass du noch nicht oft in den Sitzungen warst."

Klaus legte einen Arm um mich, zog mich zu sich auf die Sitzfläche, die etwas eng für uns beide war. Ich saß schief, so dass ich dicht gegen ihn gedrückt wurde. Mit der freien Hand fuhr er mir über die Brust, glitt mit ihr zwischen den Knöpfen in mein Hemd. Ich wartete auf Erläuterungen.

„Überleg doch mal", sagte er, nachdem ich ihm keine Chance ließ, mich zu küssen. „Wie lange wohnt ihr schon zusammen? Und wie oft treibst du dich rum?"

„Ja, aber er hat nie was bemerkt. Außerdem hätte er sonst längst was gesagt."

Klaus schnalzte mit der Zunge und schlug seinen Zeigefinger dicht vor meinem Gesicht hin und her. „Nein, nein. So läuft das nicht, das kannst du mir glauben. Ich bin ein alter Hase in diesen Dingen. Entweder sie schreien dich an, verfluchen dich, oder sie halten den Mund und leiden mit. Aber eins ist sicher: Wissen tun sie es alle früher oder später."

Seine Hand war unterdessen von meiner Brust hinab zu meinem Schritt gewandert. Dort regte sich gar nichts.

„Und dein Freund scheint der zweiten Kategorie anzugehören. *Co-dependent* eben. Er ist genauso süchtig wie du, nur halt nicht nach Sex, sondern nach der Sucht. Er braucht das. So eine Art Helfersyndrom. Er tut alles, damit du es irgendwie leichter hast, er ist besessen davon, dir zu helfen, es dir so einfach wie möglich zu machen. Und er glaubt, wenn er so tut, als wüsste er nichts, wäre alles gut."

Klaus strahlte mich an wie ein Kind, das Anerkennung wollte für die Lösung der gestellten Aufgabe. Seine theoretischen Ausführungen empfand ich als Anmaßung, als überzogene Einmischung in etwas, das ihn nichts anging.

„Hör auf mit diesem Quatsch", sagte ich verärgert und sprang auf.

„He, ich wollte nur helfen. Du weißt doch genau, wie leichtsinnig wir uns benehmen, so als wären wir Meister der Tarnung und keiner hätte eine Ahnung. Aber genau das ist der Quatsch."

Klaus erhob sich ebenfalls, umarmte mich erneut. So dicht bei mir, spürte ich seinen harten Schwanz gegen meinen schlaffen gedrückt.

„Aber wie du willst", hauchte er mir ins Ohr. „Dafür hast du mich ja schließlich nicht angerufen, oder? Warum zeigst du mir nicht lieber das Schlafzimmer?"

Dass es ein Fehler gewesen war, ihn herzubestellen, war mir jetzt überdeutlich. Nicht nur seine Schlussfolgerungen, auch die Vorstellung, ihn mit nach nebenan in unser Bett zu nehmen, stießen mich plötzlich ab. Bisher hatte ich nie eines meiner Sexabenteuer mit in die Wohnung genommen, und selbst heute, da Jan nicht hier war, wäre es nicht gutgegangen. Ich hatte geglaubt, das Vertraute um mich herum einfach ausklammern zu können, doch ich spürte bereits, wie es jegliche Geilheit unterdrückte.

„Was ist?" fragte Klaus, der meine Abweisung bemerkte, „auf einmal keine Lust mehr?"

„Entschuldige, aber ich glaube, es geht nicht."

Er trat einen energischen Schritt rückwärts, die Arme hängend, und seine Züge wurden wütend. „Das hätte ich mir gleich denken können. Du spielst mit deinem Freund, warum nicht auch mit allen anderen?"

„Das ist es nicht", begann ich mich zu rechtfertigen, aber er ließ mich nicht ausreden.

„Natürlich nicht! Auf einmal kriegt der Herr Schuldgefühle. Wer glaubst du eigentlich, wer du bist? Macht es dir Spaß, die Männer tanzen zu lassen, zu sehen, wie sie ankommen, geil auf dich, um sie dann wieder abzuschieben? Ist das dein Kick?"

„Hör zu, ich ..."

„Fass mich nicht an!" schrie Klaus und wehrte mit einem harten Schlag meine Hand ab. „Mach jetzt bloß nicht auf Mitleid, darauf scheiß ich! Ihr könnt mich alle mal."

Die Vehemenz seiner letzten Äußerung ließ mich zurückfahren, er hatte sie mir direkt ins Gesicht geschrien. Trotz der Lautstärke war das Zittern in seiner Stimme nicht zu übertönen gewesen. Dann rannte er, mit einem gewaltigen Knall der Tür, aus der Wohnung.

Ich hörte dumpf seine eiligen Schritte die Treppen hinunter und wartete, bis auch die Haustür unten ins Schloss fiel. Das Geräusch drang durch das kaputte Fenster zu mir in den Flur. Obwohl ich wusste, wie sehr ich ihn verletzt hatte, war ich erleichtert. Ich hatte geglaubt, jemanden um mich haben zu müssen, aber keinesfalls jemanden, der mir meine Beziehung erklären wollte. Noch dazu jemanden, der seine eigenen nicht in den Griff bekam. Es ist immer einfacher, anderen zu sagen, wo es lang geht, warum nicht klappt, was doch so einfach scheint. Ich hätte Klaus ohne weiteres darüber aufklären können, was bei ihm nicht richtig tickte, warum er ausgerastet war, nur weil ich keine Lust auf Sex hatte. Seine Selbstbezogenheit war schuld daran, diese Egozentrik, die meinte, alles auf sich beziehen zu müssen, besonders natürlich die Ablehnung. Schuld waren immer die anderen, egal, was man selbst verzapft hatte. Gesehen wurde nur die Reaktion. Das Nicht-gewollt-werden. So einfach war das.

In der Küche klappte ich den Ordner zu, der noch immer offen auf dem Tisch lag, setzte mich und starrte auf den Tennisball. Durch das Loch in der Glasscheibe blies kühler Wind, der auf meinen Unterarmen eine leichte Gänsehaut erzeugte. Wusste Jan wirklich Bescheid? Hatte ich es mir zu einfach gemacht, ihn unterschätzt?

Klaus' Vermutung ließ sich nicht einfach von der Hand weisen. Jans Schweigen, sein Stillsitzen und Ausharren mochten tatsächlich Teil seiner Taktik sein, weil er dadurch hoffte, Dinge würden sich von selber regeln. Und in der Annahme, mir dadurch besser helfen zu können.

Die Vorstellung allerdings, dass Jan wissend zu Hause saß, während ich von meiner Sucht dazu getrieben wurde, mich in dunklen Ecken und dichten Büschen abzureagieren, erschien mir unerträglich. Niemals wäre ich auch nur zu einem einzigen geilen, ruhigen Orgasmus fähig gewesen. Zuviel Schuld, zuviel schlechtes Gewissen. Und zuviel Hass. Hass und Wut, nicht tun zu können, was ich wollte, nicht zurück zu können, ohne Jans gutmütigen Blicken zu begegnen, die doch alles errieten. Das wäre nicht gutgegangen. Sein Wissen darum hätte alles kaputt gemacht.

Jans Abwesenheit erzeugte ein doppeltes Unbehagen. Seit wir zusammengezogen waren, war dies die erste Nacht, die er nicht in dieser Wohnung verbrachte. Und er verweigerte mir jetzt die Möglichkeit, in seinem Gesicht, in seiner Stimme oder auch nur in seinen Gesten einschätzen zu können, ob Klaus womöglich die Wahrheit gesagt hatte. Oder ob alles wie gehabt, alles in Ordnung war.

Ich legte mich auf die Couch im Wohnzimmer, ließ die Beine über das Ende baumeln und holte mir einen runter. Es kostete einige Mühe, aber vorher, das war klar, würde es mir nicht gelingen, einzuschlafen. In meinen Vorstellungen und Praktiken versuchte ich, unbestimmt zu bleiben und auf keinen Fall an Robert zu denken. Stattdessen ähnelten die Bilder Holger.

Die aufgehende Sonne weckte mich gegen fünf. Ich war auf der Couch einfach eingenickt, das getrocknete Sperma noch auf meinem Bauch. Völlig müde von der unbequemen Nacht erhob ich mich, setzte eine ganze Kanne Kaffee auf, die ich, auf dem Stuhl in der Küche kauernd, austrank. Das Koffein verursachte mir Schwindel und einen grollenden Magen. Ich fühlte mich so schlecht wie lange nicht mehr, missverstanden und allein gelassen.

In der Wohnung hielt ich es schließlich nicht mehr aus. Ich rannte durch die Straßen, ziellos zunächst, aber natürlich wusste ich instinktiv, wo selbst zu dieser frühen Stunde zu finden war, was ich jetzt brauchte. Zwischen den Büschen war ich nicht allein. Männer, die die Nacht durchgemacht hatten, übermüdet und aufgedreht von den Drogen, jene, die nicht eher schlafen gehen konnten, ehe sie sich abreagiert hatten, oder solche wie ich, denen die Morgenlatte und der Trieb keine Ruhe ließ. Pupillen wie Stecknadelköpfe, die Hand in der Hose reibend, die andere unter dem hochgezogenen T-Shirt an der Brustwarze spielend, standen sie aufgereiht, noch immer – selbst nach den langen Stunden der Nacht – unschlüssig und lauernd. Die ersten Jogger und Hundebesitzer, die hier ihre Runden drehten, störten niemanden. Auch mich nicht.

Alles ging ganz schnell. Der Junge war keine zwanzig, hatte blondierte Haare, ein ebensolches Kinnbärtchen und trug ein T-Shirt, das den Bauchnabel freiließ. Er stand an einen Baum gelehnt, die Augen ins Unbestimmte gerichtet, unfähig etwas zu fokussieren. Mich jedenfalls nahm er nicht wirklich wahr, er überließ mir das Handeln, beschränkte sich aufs Reagieren. Er versuchte sogar zu sprechen, aber die wenigen Sätze kamen abgehackt, verloren sich im Kichern oder Stöhnen und waren nicht weiter wichtig, da das, was er ausdrücken wollte, sich wohl auf seine eigene geheime Realität bezog.

Ich ignorierte das Gestotter, auch wenn ich kurz über seinen Zustand erschrak, der ihm bestimmt nicht neu war, und in seiner Distanziertheit mir keineswegs fremd. Er ließ sich führen, mich gewähren, meine Geilheit befriedigen. Als wir fertig waren, wurde mir bewusst, wie lange ich keinen Sex mehr gehabt hatte, dass mich die Sache mit Robert abgelenkt hatte, und spürte erst jetzt das Erstaunen darüber, es solange ohne Sex ausgehalten zu haben. Ich vermisste Robert. Den Sex mit ihm, seine Anwesenheit, einfach alles. Ich wollte ihn wiederhaben, kostete es, was es wolle. Der Junge hielt mich unterdessen umklammert, seine Jeans noch um die Knöchel, und stotterte mir ins Ohr, wie geil das eben gewesen war. Dann wurde ihm schlecht, und er musste sich übergeben. Es wurde Zeit zu gehen.

Der Sex hatte mich nicht beruhigt. Ich wollte und konnte unmöglich zurück nach Hause, rannte noch mehrmals die Wege auf und ab, zwischen den Büschen hindurch, und ließ mich noch einmal auf jemanden ein. Aber ich hatte bereits abgespritzt und musste daran denken, was ich mir vorgenommen hatte. Ich sollte nicht hier sein, und wenn ich ehrlich war, dann verspürte ich im Moment überhaupt keine richtige Lust auf Sex. Ich konnte es genauso gut lassen. Und um mir dies zu beweisen, ließ ich den Mann, der bereits vor mir kniete, einfach stehen. Er rief mir irgendwelche Beschimpfungen nach. Es war mir egal.

Ich lief aus dem Park.

Ich würde Jan nicht anrufen, ihm nicht die Genugtuung verschaffen, klein beizugeben. Und Elke erst recht nicht. Ich würde nicht zu Michael und Peter gehen, um mich zu entschuldigen für Dinge, die der Wahrheit entsprachen, und ich würde Klaus nicht glauben.

Ich hatte keine Ahnung, was ich tun sollte.

Was ich schließlich tat, war, auf Holgers Klingel zu starren, lange Zeit, ohne sie zu betätigen. Zweimal ging die Haustür auf, hatte ich Gelegenheit einzutreten, aber ich blieb draußen, lächelte den Leuten zu, die mir sogar die Tür aufhielten, bevor sie zur Arbeit davonhasteten. Dann lief ich einmal um den Block. Und starrte erneut auf die Klingel.

Ich klingelte. Ganz kurz. Wartete. Wusste nicht, was ich hoffen sollte, peinlich berührt aber erregt von der einen, im Vorfeld enttäuscht von der anderen Möglichkeit.

Ich klingelte mehrmals. Zunächst zögerlich, danach, als sich noch immer niemand durch die Sprechanlage meldete und auch der Türsummer ausblieb, mutiger, fordernder. Nichts. Eine halbe Minute ließ ich den Finger auf dem Klingelknopf gepresst, aber nur, weil ich sicher war, dass niemand mich hörte. Ich konnte sogar entfernt das Schellen durch den Hausflur und die geschlossene Tür hören, ehe ich aufgab. Weder Holger noch seine Frau waren zu Hause.

Was ich gesagt oder getan hätte, wenn jemand zu Hause gewesen wäre, wusste ich nicht. Ich dachte nicht mehr nach. Aber ich konnte auch nicht einfach nichts tun. Ich wollte handeln, und sei es auf diese absurde Art, die nirgendwohin führte. Das Warten und Ausharren hatte ich satt. Und das Risiko, durch mein sinnloses Handeln mich in peinliche Situationen zu bringen, nahm ich gern in Kauf, wenn es mich nur zu irgendeiner Reaktion veranlasste.

Holger war und blieb der Angelpunkt, er war, daran bestand kein Zweifel, der Schlüssel zu Roberts Verschwinden. Deshalb musste ich mit ihm reden. Seine Arroganz, sein ganzes Auftreten, sein verdammt erotisches Äußeres – alles an ihm war mir verdächtig. Wenn niemand mir half, dann musste wenigstens Holger mir weiterhelfen, egal, ob freiwillig oder nicht.

Ich sah an der Hauswand hinauf zu seiner Wohnung. Die Balkontür war geschlossen, nichts war zu erkennen. Ich fühlte mich ausgelaugt und zwang mich zu gehen. Vielleicht war Jan bereits zurückgekommen, weil er eingesehen hatte, dass Weglaufen keinen Sinn hatte, dass wir das irgendwie anders regeln mussten. Ich könnte ihm sagen, dass alles in Ordnung, dass, sobald Robert wieder aufgetaucht war, alles beim Alten sein und ich meine Sucht endgültig aufgeben würde. Dass er sich unsinnige Sorgen machte. Dass er doch wissen müsste, wohin ich – und er – gehörte. All das würde ich ihm sagen.

Wie immer wollte ich Schluss machen mit den Lügen.

Das Klingeln riss mich aus dem Halbschlaf. Wie mein eigenes Läuten etliche Stunden zuvor, ließ es nicht nach, bis ich endlich aufstand. Draußen war es bereits wieder dunkel geworden. Um das Sofa herum lagen Bierdosen, einige Zettel mit Notizen darauf. Ich stolperte durch diese Unordnung in den Flur, rieb mir die verquollenen Augen und drückte den Summer.

Natürlich war Jan nicht da, nicht einmal als Nachricht auf dem Anrufbeantworter. Es fehlte Unterwäsche aus der Kommode im Schlafzimmer, das zumindest hatte ich bemerkt, nachdem ich nach solchen Anzeichen gesucht hatte. Ein Paar frische Socken und eine Boxershorts. Auch ein Hemd fehlte. Er war also hiergewesen, heimlich, unbemerkt und wohl in der Absicht, mir nicht begegnen zu müssen. Vielleicht hatte er unten gewartet, bis ich aus dem Haus gerannt war, feige und nicht bereit für eine Aussprache. Eine weitere Nacht würde er folglich auf dem Schlafsofa bei Elke verbringen, womöglich in der Hoffnung, dass ich den ersten Schritt machen und einlenken würde. Dazu aber war ich nicht bereit. Schließlich war es diesmal Jan, der davongerannt war, nicht ich.

Um mich irgendwie zu beschäftigen, hatte ich versucht, mich auf diese furchtbare Rede zum Hochzeitstag meiner Eltern vorzubereiten. Davon zeugten die verstreuten Zettel auf dem Boden. Kurze Stichpunkte, einzelne Wörter, unzusammenhängend und nichtssagend. Ein Sammelsurium der Plattitüden über Treue und Liebe, von Familie und Vertrauen, Tugenden und fünfzig Jahren gegenseitigem Halt. Ich hatte mich ernsthaft bemüht, persönlich zu werden, die Verallgemeinerungen in reale Vorbilder zu pressen, aber alles, was ich zusammenbrachte, las sich wie Bruchstücke eines erbaulichen Romans des vorletzten Jahrhunderts. Ich hatte nicht wirklich etwas zu sagen. Oder nichts, das ein Bild meiner Eltern entstehen ließ, so wie sie es sich wünschten.

Mit zehn Jahren wurde ich ins Internat gesteckt, weit genug entfernt, um im Leben meiner Eltern außen vor zu bleiben, nah genug, um mich nicht ausgeschlossen zu fühlen. Die täglichen Telefonate meiner Mutter, und vereinzelt auch die meines Vaters, signalisierten Fürsorglichkeit und Zuwendung, die keinen Raum ließen für Gedanken darüber, abgeschoben worden zu sein. Jedes Wochenende fuhr ich schließlich nach Hause. Meine Schulfreunde blieben meist wochen-, wenn nicht monatelang allein und durften nur in den Ferien zu ihren Eltern, sofern sie diese überhaupt noch besaßen. Gewöhnlich handelte es sich um Stiefmütter oder Stiefväter. Dagegen war ich ein Glückskind.

„All die Jahre kaum einen Tag getrennt", das war die Losung, der zu allen Anlässen wiederholte Satz ohne weiteren Kommentar, mit einem geübten Blick zueinander und dem leichten Lächeln auf den Lippen. Das Geheimnis ihrer Ehe. Wie hätte ich es widerlegen können? Fünf Tage die Woche, für neun Jahre lang, hatte ich nur ihre Stimmen durch den Hörer im Ohr, die von sonstwo hätten kommen können, was ich nie in Erwägung zog. Jeden Tag zusammen, wie hätten sie sich da hintergehen, einen Liebhaber nehmen sollen? Jeden Tag, den sie sich belauerten, darauf achtgaben, dass nichts und niemand ihnen dazwischenfunkte, dass alles so blieb wie am ersten Tag, an dem sie sich ihr Versprechen gaben, als hätten sie jeweils Angst, der Andere würde nicht wiederkommen, ließe man ihn aus den Augen. Als könnte die Geschichte meiner Großmutter sich wiederholen. Nur deshalb vielleicht diese Worte, die es einzuhalten galt, um jeden Preis. Damit lässt sich fünfzig Jahre zusammen leben.

Natürlich war ich stolz auf solche Eltern gewesen, immerhin kannte ich unzählige, negative Beispiele aus den Familien meiner Mitschüler. Aus diesem Grund hatte ich bereits mit zwölf Jahren beschlossen, ihnen nachzueifern, ihrem Beispiel treu zu folgen. Heiraten, Kinderkriegen, Zusammenbleiben auf ewig. Und selbst, als ich mir eingestand, schwul zu sein, und begann, Konventionen über den Haufen zu schmeißen, eine nach der anderen, blieb diese eine Anforderung haften. Einander treu sein und lieben für immer. Sich nicht trennen und sei es nur für einen Tag, sich ansehen und diese Worte immer aufs Neue wiederholen, um sie glauben zu können, sie wahr zu machen. Denn Beständigkeit, das wusste ich längst, lag in der Wiederholung.

Aber dies konnte ich nicht schreiben. Vor ein paar Wochen noch hätte ich keinerlei Probleme gehabt, genau das zu sagen, was alle von mir erwarteten, ich hätte meine und meiner Eltern guten Absichten heruntergeleiert und keinen Moment gezweifelt. Ich wäre in der Lage gewesen, den vielen Sex mit fremden Männern, das Beharren meiner Mutter auf ihrer wundervollen Ehe, ja selbst Robert auszuklammern. Doch die seltsamen Worte meiner Mutter vor ein paar Tagen, die sie im hektischen Herumgefummel in ihrer Handtasche bagatellisieren wollte, waren haften geblieben. Wie sollte ich jetzt mit meinen Zweifeln vor die Familie treten, vor Tanten und Onkel, Nichten und Neffen, Freunde und Bekannte, und so tun, als wäre alles in Ordnung?

Und trotzdem blieb mir nichts anderes übrig. Im Garten vor versammelter Mannschaft, meine Eltern in der ersten Reihe auf dem mit Klappstühlen zugestellten Rasen, würde ich über meinen Schatten springen müssen, um das Geheimnis ihrer Ehe mit ihren eigenen Worten zu wiederholen: Keinen Tag getrennt. Soviel Liebe. Händchenhaltend, den Blick stolz auf ihren einzigen, sexsüchtigen Sohn gerichtet, würden sie nicken, und mir – und ihrer eigenen Lüge, in die sie geflüchtet waren – schweigend zustimmen. Aufeinander achtgeben, nie aus den Augen lassen. Sich absichern.

In der offenen Tür wartete ich auf Peter, der keuchend die Treppe heraufgehastet kam. Er sah übermüdet aus, blass und eingefallen. Ohne einen Kuss auf die Wange drängte er an mir vorbei.

„Was war los?" fragte er. „Warum hast du nicht abgenommen? Seit gestern versuche ich, dich anzurufen."

Ich zuckte mit den Achseln und ging in die Küche, eine weitere Kanne Kaffee aufzusetzen. Es stimmte, das Telefon hatte ich gehört, aber weder war ich rangegangen noch hatte ich den Anrufbeantworter angestellt.

„Ich mache mir ernsthaft Sorgen. Ist Jan da?" rief Peter aus dem Wohnzimmer.

„Nein, der ist immer noch bei Elke."

Ich ging zu ihm, und Peter ließ sich in einen der Sessel fallen, fuhr sich mit der Hand über das Gesicht.

„Scheiße, scheiße, scheiße", murmelte er durch die Finger vor sich hin. Ich setzte mich ihm gegenüber und wartete.

Schließlich sah er mich an, lehnte sich weit zurück, und atmete tief durch. „Eigentlich hatte ich vorgehabt, mich gar nicht zu melden", gestand er leise. „Wir sind stocksauer auf dich."

Peter schwitzte, die braunen Haare klebten ihm an den Schläfen, und dunkle Ringe lagen unter seinen Augen, als hätte er sowenig geschlafen wie ich.

„Ich weiß", sagte ich, „aber ich hab's nicht so gemeint. Ich war einfach nur wütend auf Andreas."

Er nickte stumm, sah sich im Zimmer um, damit er nicht sofort zu antworten brauchte. Ich hatte nicht aufgeräumt, alles lag noch auf dem Boden – die Bierdosen, die Zettel und auch der Aktenordner.

„Micha wollte nicht, dass ich komme, aber ich musste einfach. Andreas hat sich auch nicht gemeldet, obwohl wir gestern zusammen weggehen wollten. Ich glaube, es ist aus."

„Hat er das gesagt?"

Peter schüttelte den Kopf. „Nein, nicht direkt. Ich war eben bei ihm, habe versucht, mit ihm darüber zu reden, über Micha und mich, und was er eigentlich von uns erwartet. Eigentlich war das sowieso mal fällig, immerhin weiß ich ja, wie merkwürdig die ganze Situation ist."

„Du meinst, wenn ich nichts gesagt hätte, hättet ihr einfach weitergemacht und abgewartet?"

Ich bekam einen wütenden Blick zugeworfen, nicht ganz unbegründet, da es in seinen Ohren wohl so geklungen haben musste, als sollte er mir für meinen Krach mit Michael dankbar sein. Beide hatten garantiert gespürt, dass es nicht ewig so weiter gehen konnte, dass sich früher oder später die Frage nach Andreas' Erwartungen sowieso aufgedrängt hätte. Und nach ihren eigenen. Ich hatte sie lediglich um ein paar Wochen, vielleicht auch Monate, betrogen.

„Erzähl du mir doch nichts von abwarten", kam Peters gekränkte Antwort, und er verschränkte die Arme vor der Brust.

Die Kaffeemaschine gluckerte laut, so dass ich aufspringen und in die Küche eilen konnte. Ich ließ mir Zeit, die zwei Löffel Zucker, die Peter in seinen Kaffee nahm, hineinzurühren, blieb auch noch ein, zwei Minuten einfach vor dem Tisch stehen, bevor ich wieder zurückging.

„Was hat er denn gesagt?" fragte ich und reichte ihm den Becher.

Peter sah mich nicht an, blies verlegen in den aufsteigenden Dampf. „Eigentlich nichts weiter. Dass er uns mag, dass es nett war mit uns, solche Plattheiten halt. Und er sprach in der Vergangenheit. Na ja, war ja eigentlich nicht anders zu erwarten."

„Und jetzt?"

„Was soll sein? Vielleicht meldet er sich, vielleicht nicht. Das ist seine Entscheidung."

Seine Stimme klang trotzig, als wäre er der junge, unerfahrene Liebhaber, und nicht Andreas. Es gibt Dinge, die ändern sich nie.

„Warst du denn in ihn verliebt?"

Tatsächlich überlegte er, nippte dabei mehrmals am heißen Kaffee, um dann in den Becher zu antworten. „Es ist schon komisch", sagte er, „nach all den Jahren mit Micha tat es einfach mal wieder gut, in jemanden verknallt zu sein. Wieder dieses Gefühl zu haben wie zu Anfang mit Micha. Und wieder eifersüchtig zu sein."

Ich hob fragend die Augenbrauen, was er mit einem gequälten Grinsen kommentierte.

„Eifersüchtig auf Micha ... ja, ja." Peter winkte beschämt ab. „Ich weiß, wie blöd das klingt, aber wie immer kam ich zu kurz. Ich kann halt gut kochen ... das ist doch auch was."

Dazu sagte ich lieber nichts.

„Diesmal ging es halt nicht um einen schnellen Fick im Dunkelraum oder in einer fremden Wohnung. Wir brauchten nichts verheimlichen. Konnten einfach verliebt sein. Micha und ich verliebt. Eben ein Gefühl, das wir miteinander teilen konnten."

Wir schwiegen, tranken langsam unseren Kaffee aus. Ich wusste nichts zu erwidern. Was ich gehört hatte, klang frustrierend, aber ich hatte bereits zuviel Falsches zu ihrer Beziehung gesagt, um mich erneut in die Nesseln zu setzen.

„Es ist besser", sagte Peter schließlich, „du lässt Micha einige Zeit in Ruhe. Er ist wirklich sauer auf dich. Immerhin ist er es hauptsächlich, der jetzt auf Sex mit Andreas verzichten muss. Aber genaugenommen bin ich nicht gekommen, um über mich zu sprechen."

„Mir geht's gut, danke."

„Ach komm, mach dir doch nichts vor. So, wie du dich in letzter Zeit aufführst. Nicht nur uns gegenüber, auch Jan heult sich bei uns aus. Was ist bloß los?"

Ich stellte den Becher ab, sprang auf. Es reichte mir langsam, dass alle mir Vorhaltungen machten, obwohl sie alle genau wussten, was mich belastete. Warum wurde mir das vorgeworfen? Was hatten sie gegen Robert, dass er ihnen gleichgültig war und sie nicht einmal mir zugestanden, sich Sorgen zu machen?

Peter folgte mir mit Blicken, indem er seinen Kopf hin und her drehte, damit er mich nicht aus den Augen verlor. „Geht es wirklich nur um Robert?" fragte er. „Bedeutet er dir denn soviel?"

Ich blieb hinter ihm stehen. Seinen Kopf hatte Peter weit zurückgelehnt. „Na hör mal", rief ich, „immerhin ist er mein ..."

„Dein Freund. Ja ja, wissen wir", fiel er mir ins Wort und ließ den Kopf zurück auf die Brust sinken, so dass ich nur erschrocken auf seine Haare starren konnte, auf den kleinen Wirbel um die kahle Stelle, die wieder ein wenig größer geworden war. „Aber mal ehrlich, Hannes, von dem, was du so erzählst und wir so mitbekommen haben, ging es doch nur um Geilheit. Das ist was anderes als Freundschaft, glaube mir."

„Was soll das denn jetzt heißen?" Ich musste aufpassen, meine Stimme nicht laut werden zu lassen. Noch immer redete ich zu seinem Hinterkopf.

„Sage einfach, was du wirklich von ihm willst. Die Freundschaftsnummer kauft dir keiner mehr ab."

Genervt warf ich die Arme in die Luft, unwillig zu antworten, weil ich nicht einsah, auf diesen lächerlichen Vorwurf überhaupt einzugehen. Ich tat es dennoch.

„Und was, bitte, will ich deiner Meinung nach von ihm?"

„Ich glaube, du glaubst, du seist verliebt."

„Was?"

Natürlich hatte ich ihn genau verstanden, auch wenn Peter nur in seinen Schoß genuschelt hatte.

„Ist doch so, oder? Immerhin hast du fast genauso viel Zeit mit ihm verbracht wie mit Jan. Aber Gemeinsamkeiten oder so was hattet ihr doch nicht. Was habt ihr denn groß gemacht, außer ficken? Mein Gott, Robert ist Egoist, Einzelgänger, das weißt du besser als ich. Ihr wart geil aufeinander. Punkt. Und du brauchst mir nicht zu sagen, was das für dich bedeutet. Jemand begehrt dich, und du denkst ..." Robert zuckte mit den Achseln, ließ den Rest ungesagt.

Zum Glück konnte er nicht sehen, wie ich meine Hände ballte, um mein Zittern aufzuhalten. Dann schüttelte Peter den Kopf.

„Du willst ihn doch nur, weil du ihn nicht haben kannst", fuhr er fort. „Das erträgst du nicht. Erinnere dich doch bloß, wie das mit Jan damals war. Du wolltest ihn auf Teufel komm raus. Vorher hast du keine Ruhe gegeben. Und nun dasselbe mit Robert. Tut mir Leid, Hannes, aber ich finde das krank. Wenn du dich jetzt als sein Retter präsentieren willst, dann nur deshalb, weil du hoffst, das würde irgendwas bewirken, irgendwas ändern. Aber das wird es nicht. Gib einfach eine Vermisstenanzeige auf, wie jeder vernünftige Mensch in dieser Situation. Mehr als abwarten kannst du eh nicht. Und sollte er wieder auftauchen, dann mache dir klar, was er ist und was nicht. Dann bräuchte Jan auch nicht mehr das Gefühl zu haben, dass er dir nichts mehr bedeutet."

„Hat er das gesagt?"

„Nicht so direkt", sagte er, und es ärgerte mich, dass ich jetzt sein Gesicht nicht sehen konnte. „Aber es ist schon komisch, dass er immer von uns wissen will, was in dir vorgehen mag. Er glaubt, alle anderen wissen mehr über dich als er."

Ich nahm ihm den Becher ab, ging erneut in die Küche. Diesmal folgte er mir und blieb dicht neben mir vor der Kaffeemaschine stehen.

„Er sagt, du gehst wieder zu den Alkoholikern."

„Und?" Ich füllte unsere Becher nach, schob ihm den seinen entgegen.

„Wieso zu den Alkoholikern?"

Wir sahen uns an. Peter brauchte ich nichts zu verheimlichen, aber ich wusste nicht, wieviel er mit Jan über mich sprach.

„Irgendwas muss ich ihm schließlich sagen", erwiderte ich. „Er weiß doch nichts von ... von diesen Dingen." Ich ließ meine Hand unbestimmt kreisen, als Ersatz für die Worte, die ich nicht aussprechen wollte. Und ich dachte an das, was Klaus angedeutet hatte.

„Oder?" fügte ich deshalb hinzu.

Peter atmete tief ein, dann langsam aus. Unsere Blicke trafen sich kurz, zu kurz, um wirklich etwas darin zu lesen. Dann wandte er sich schnell ab, setzte sich an den Küchentisch.

„Nein, Hannes, er hat keine Ahnung."

Ich nickte erleichtert, obwohl ich, trotz der Befürchtungen, nichts anderes erwartet hatte. Ich kannte Jan zu gut.

„Ich werde das diesmal durchziehen", sagte ich entschlossen. „Solange, bis ich es geschafft hab."

„Wäre ein Psychiater oder so nicht besser?"

„Ich brauche keinen Seelenklempner. Die Gruppe ist schon okay. Dort bin ich wenigstens nicht allein mit meinem Problem. Von anderen zu hören, wie blöd man sich benimmt, hilft irgendwie."

„Das hätte ich dir auch sagen können", erwiderte Peter mit einem Lächeln.

Ich setzte mich zu ihm, lächelte zurück. „Ja, ich weiß. Aber man muss sich selber erst richtig scheiße fühlen, ehe es was bringt."

Peter nahm den Tennisball neben sich in die Hand, knetete ihn wie Klaus gestern und bemerkte dann das kaputte Fenster. Er lachte auf.

„Großer Gott, ich sitze hier und will dir erklären, wie man eine Beziehung führt. Tut mir Leid."

„Schon gut. Ein paar Tipps können nicht schaden."

„Ich hab nur die alten, abgedroschenen."

Wir hatten uns kennengelernt, als unser beider Beziehungen noch frisch waren, als es nichts zu besprechen oder besser zu machen galt, als man sich die Vorzüge und das Glück gegenseitig aufzählte, das so verblüffend gleich gewesen war. Seitdem hatte sich viel geändert, aber über diese Veränderungen hatten wir nicht gesprochen. Irgendwann waren die Weichen gestellt und hatten uns in verschiedene Richtungen gelenkt. Jede in eine andere, auf den Weg in ein anderes Mysterium. Ich dachte an Tolstoi, an den ersten Satz in seiner *Anna*.

Die Sonne drängte sich von oben in das Fenster, warf einen gezackten, dicken Strahl durch das Loch darin direkt zwischen uns. Noch immer verlor Peter kein Wort über die Ursache der kaputten Scheibe, blickte nur erneut auf den Tennisball, als glaubte er ihn zu kennen.

„Tja, ich werd dann mal wieder", sagte er plötzlich und stand auf. Ich begleitete ihn zur Tür. Ihn nach dem Ball zu fragen, wagte ich nicht.

In der offenen Tür drehte Peter sich noch einmal um.

„Ach, Moment", sagte er und griff in die Tasche seiner Jeans. „Vielleicht sollte ich es dir ja doch geben. Pass nur auf, dass du nicht wieder einem Hirngespinst hinterherläufst." Er zog einen gefalteten und von der Hose zerknitterten Bogen Papier hervor, hielt ihn mir entgegen.

„Der lag bei Andreas auf dem Tisch. Als er nicht aufgepasst hat, habe ich ihn eingesteckt. Eigentlich wollte ich mich ja nicht mehr einmischen, aber wenn es dir irgendwie hilft ..."

Ich nahm ihm das Papier ab, faltete es auseinander, während Peter bereits die Treppe hinunterrannte. Es war eine Rechnung über eine Autoreparatur, über ausgewechselte Felgen, ausgestellt vor drei Wochen. Keine Ahnung, was ich damit sollte. Peter hatte mir keine Zeit gelassen, nachzufragen. Kopfschüttelnd schloss ich die Tür, bevor mein Blick auf den Briefkopf fiel: *Holger Sprengler GmbH Kfz-Werkstatt.* Darunter die Adresse.

Kapitel 8

Es war dunkel. Das hölzerne, große Tor stand offen.

Ich hatte den Bus bis zum Amtsgericht genommen und von dort den restlichen Weg zu Fuß gehen müssen. Dort, wo ich hinwollte, fuhren keine Busse. Die wenigen Wohnhäuser zu Beginn der gesuchten Straße hatte ich schnell hinter mir gelassen. Mindestens zehn Minuten war ich dann an einer Mauer entlanggelaufen, mit Werbeplakaten und Graffiti verunstaltet, ab und an von einer Einfahrt, einem Tor unterbrochen, hinter denen sich Schlossereien, Kfz-Betriebe oder sonstige Reparaturwerkstätten befanden. In dieser Gegend war ich bisher nie gewesen. Hierher kam man nur, wenn Dinge in Ordnung gebracht werden mussten.

An den Bordsteinkanten lagen verstreut alte Waschmaschinen, Kühlschränke, auch kaputte Fernseher und Computermonitore, deren Reparatur sich wohl nicht mehr gelohnt und die ihre alten Besitzer einfach ausgeladen und abgestellt hatten. Fußgänger waren nirgends in Sicht, und nur wenige Autos rasten mit überhöhter Geschwindigkeit an mir vorbei. Soweit ich wusste, führte die Straße zu einer Autobahnauffahrt. Von weitem konnte ich sogar das leise Rauschen der Fahrzeuge hören. Ich hatte bereits aufgeben wollen, als das Schild mit Holgers Namen vor mir auftauchte.

Hinter dem offenen Tor befand sich ein Hof, an dessen Ende ein längliches Gebäude aus braunem Backstein und einem Wellblechdach. Ein Kleinlastwagen parkte quer auf dem Kies, daneben zwei schrottreife Autos. Die Straßenlaterne hinter mir war kaputt. Die nächste, in einigem Abstand, warf ihr schwaches Licht kegelförmig auf den Asphalt. Alles war still. Ich sah auf meine Armbanduhr. Es war kurz nach neun. Um diese Zeit würde hier niemand mehr arbeiten, aber das war mir recht. Ich hatte weder Holger noch sonst jemanden antreffen, sondern lediglich wissen wollen, wo er seine Brötchen verdiente. Und dass Andreas sein Auto ausgerechnet bei ihm reparieren ließ, war bestimmt kein Zufall.

In dem Gebäude brannte kein Licht. Ich konnte ein Fenster ausmachen, daneben eine Tür und daneben wiederum zwei geschlossene Garagentore. Noch blieb ich an der Schwelle zum Gelände stehen, unschlüssig vorzutreten. Dass das Eingangstor nicht verriegelt war, verunsicherte mich. Aber natürlich konnte ich jetzt nicht einfach umdrehen, zu sehr war dies wie eine Aufforderung, wie ein Wink des Schicksals. Ein Auto fuhr hinter mir auf der Straße vorbei, tauchte mich kurz in sein Scheinwerferlicht. Ich vergewisserte mich noch einmal, dass ich allein war, dann trat ich vor.

Der Kies unter meinen Sohlen knirschte. Zu beiden Seiten war das Gelände von den angrenzenden Grundstücken mit Mauern abgeschirmt. Autoteile und mir unbekannte Maschinen leuchteten matt in der Dunkelheit, und auf dem Boden waren ölige Pfützen. Ich ging leise um den Kleinlaster herum, warf einen kurzen Blick ins Führerhaus. Es war leer. Von hier bis zum Gebäude waren es höchstens zehn Meter, aber auf diesem kurzen Weg beschlich mich ein mulmiges Gefühl. Ich konnte nur hoffen, dass niemand mich sah. Wieder hielt ich inne, lauschte. Nichts. Ich schloss den Reißverschluss meiner Jacke, da der Wind kräftiger geworden war. Ich fror.

Am Fenster angekommen, legte ich beide Hände dicht gegen mein Gesicht und die Scheibe. Es war kaum etwas auszumachen. Ich hatte keine Ahnung, was ich eigentlich zu finden hoffte. Irgendeinen Hinweis, so unbestimmt und bedeutungslos er auch immer sein mochte. Selbst nach einer Kiste, gestand ich mir ein, hielt ich unbewusst Ausschau, einer Kiste, groß genug, um einen Menschen darin zu verstecken.

Das Glas beschlug von meinem Atem, und ich wischte es mit der flachen Hand frei. Was ich sah, war ein Büro, der Schreibtisch mit Papieren bedeckt, einige am Boden liegend, und an der hinteren Wand ein Aktenschrank. Ich versuchte, die Tür zu öffnen. Diesmal hatte ich kein Glück. Ein Vorhängeschloss verhinderte, dass sie mehr als drei, vier Zentimeter aufging. Ich spähte durch den Spalt, aber vergebens.

Bei den Garagentoren hatte ich mehr Erfolg. So leise wie möglich ließ ich das erste nach oben gleiten, mit einem stockenden, quietschenden Geräusch, das mich erschreckte. Eine ganze Minute lang verharrte ich, und dann, als alles ruhig blieb, trat ich ein. Nach und nach ließen sich einige Umrisse erkennen. Benzin- und Farbgeruch stieg mir beißend in die Nase. Es war eng. Ein Auto stand vor mir, ein Wagenheber war gegen die Wand geschoben worden, und weiter hinten erkannte ich eine Art Presse. Eine Spritzpistole lag dicht vor meinen Füßen zwischen benutzten Farbeimern. Der Boden war mit glänzenden Pfützen übersät. Gleich am Eingang hing ein alter Overall an einem Haken, und ich durchsuchte eilig seine Taschen. Außer einem benutzten Taschentuch fand ich nichts.

Ich hatte nicht einmal ein Feuerzeug oder Streichhölzer dabei, um wenigstens etwas Licht machen zu können, und in dieser Dunkelheit wäre es schwierig und mühsam gewesen, nach einer Taschenlampe zu tasten. Es blieb mir nichts anderes übrig, als zu gehen, ein anderes Mal besser vorbereitet wiederzukommen. Beim Verlassen der Garage fiel mein Blick auf das Nummernschild des Autos. Irritiert starrte ich darauf, trat dichter heran und kniete mich hin. Kein Zweifel. Es wäre mir sofort aufgefallen, aber die frische, neue Farbe des Seat hatte mich getäuscht. Ich warf einen Blick durch das Seitenfenster. Der Innenraum war aufgeräumt, die Polster schienen gesäubert, nur das Autoradio fehlte. Noch vor vier Tagen hatte Roberts Wagen bei ihm in der Seitenstraße geparkt. Jetzt stand er hier, schwarz statt rot.

Zitternd stand ich wenig später auf dem Hof, zog das Tor knirschend zurück nach unten. Irgendwo kläffte ein Hund. Jeden Moment, fürchtete ich, könnte jemand auf das Gelände kommen. Mit schnellen Schritten lief ich zum Eingangstor. Dann rannte ich panisch die dunkle Straße entlang. Meine Schritte hallten laut von der Mauer wider, und hinter einem der geschlossenen Tore knurrte der Hund. Ich rannte so schnell ich konnte. Mit jeder Straßenlaterne, die ich passierte, überholte mich mein langer, zappelnder Schatten erneut.

Das Auto, das mir entgegenkam, fuhr viel zu schnell. Nur wenige Meter vor mir bremste es ab, scherte in meine Richtung aus und raste, mit einem dumpfen Knall, als die Reifen über die Kante des Bürgersteigs schlugen, auf mich zu. Entsetzt warf ich mich rücklings gegen die Mauer. Quietschend kam der Wagen direkt vor mir zum Stehen. Die Scheinwerfer blendeten mich. Verschwommen sah ich jemanden aussteigen, dann fiel die Autotür krachend ins Schloss. Der Motor blieb an, röchelte laut.

„Schau an", hörte ich Holgers Stimme, bevor seine Gestalt aus dem grellen Licht trat. „Wovor rennst du denn weg?"

„Hör zu …", stammelte ich, die Hand über meine Augen erhoben.

„Spionierst du mir nach?"

Holger stand dicht vor mir. Kurz trafen sich unsere Blicke, und sofort schnellte sein linker Arm gegen die Mauer, als hätte er geahnt, dass ich an ihm vorbei rennen wollte. Ich starrte auf seine dreckige Hand, auf die Adern, die sich angespannt darunter abzeichneten, und auf die Finger, die ungeduldig gegen den Putz trommelten.

„Aber wahrscheinlich bist du ganz zufällig hier, was?" fragte er, da ich nicht geantwortet hatte.

In dem grellen Licht hinter ihm zeichnete sich eine Gestalt in dem Auto ab, die kerzengerade dasaß, sich nicht bewegte. Wer es war, konnte ich nicht erkennen. Ich schluckte hart und hörbar, wusste nicht, was ich antworten sollte. Ich hatte niemandem gesagt, wo ich war.

„Ich wollte nur sehen", fing ich an und zwang mich, ihn anzusehen, „wo du arbeitest."

„Und? Nun zufrieden?"

Seine Züge blieben hart, er kaute unruhig auf einem Kaugummi, und sein Atem roch trotz allem abgestanden. Über seinem schwarzen T-Shirt trug er einen Blaumann, ein breites Koppel um die Hüften geschnallt, das den Schritt etwas nach oben zog. Unter dem Stoff, ich konnte nicht anders als hinstarren, zeichnete sich alles ab.

Ohne Vorwarnung packte Holger mein Hemd unterhalb des Kehlkopfes, warf mich hart gegen die Mauer, dass mir die Luft wegblieb, und rammte sein Knie in meine Eier. Ich schrie einmal laut auf.

„Mit Robert gab's genug Ärger", zischte er, „aber das ist geklärt. Also fang nicht genauso an, kapiert?"

Vorsichtig nickte ich. Holger zog die Stirn in Falten, als wollte er noch etwas sagen, dann entschied er sich dagegen. Kurze Zeit blieben wir so stehen, dicht an dicht, sein Knie noch gegen meinen Schritt gepresst. Ich war nicht sicher, ob das Absicht war. Der Schmerz jedenfalls hatte sich gelegt, und langsam bekam ich einen Steifen, was mich in dieser Situation ärgerte. Holger musste dies bemerkt haben, denn er grinste dreckig, nahm das Knie aber nicht weg. Statt dessen beugte er seinen Kopf weiter vor, dicht gegen mein Gesicht, und für einen Moment hatte ich das Gefühl, er wollte mich küssen.

Trotz der Angst, Holger könnte mich schlagen, öffnete ich leicht die Lippen.

Er warf einen schnellen Blick zurück zum Wagen und stieß mich von sich. Mit wenigen Schritten war er am Auto, hatte die Tür geöffnet.

„Ich will dich hier nicht noch mal sehen", rief er mir über das Motorengeräusch hinweg zu. „Das würde dir nicht bekommen, kapiert?"

Holger blieb stehen, den einen Fuß ins Auto gestellt, und wartete, bis ich langsam an ihm vorbeiging. Der Typ im Wagen senkte seinen Kopf, um mich aus der offenen Tür anzusehen. Andreas konnte sich ein Lachen nicht verkneifen. Dann sprang Holger auf den Sitz, knallte die Tür zu. Mit aufheulendem Motor raste das Auto davon.

In den letzten Wochen vor seinem Verschwinden war Robert anders gewesen. Woran diese Veränderung lag, konnte ich allerdings nicht sagen. Ich hatte ihr damals auch keine besondere Beachtung geschenkt, und erst jetzt, nach diesem heftigen Zusammentreffen mit Holger, versuchte ich diese Bilder in einen Kontext zu setzen.

Vor allem waren es seine Blicke und Gesten gewesen, die sich gewandelt hatten. Er war vorsichtiger geworden in seinen Bewegungen, als müsste er sie in der Ausführung überprüfen, sich erst fragen, was und warum er dies oder das gerade tat. Einmal nahm er seine Bierflasche in die Hand, setzte zum Trinken an, nur um innezuhalten und sie anzustarren. Ich lag quer auf dem Sofa auf seinem Schoß, sah zu ihm hoch. Sein Blick schien die Flasche nicht zu erfassen, drang auch durch mich hindurch, und ich ging davon aus, dass er bereits betrunken war.

„Geht es dir gut?" fragte er plötzlich. „Nein, nicht gut, ich meine, bist du zufrieden?"

Ich erhob mich, setzte mich aufrecht und musste lachen. „Klar bin ich das. Ich bin bei dir. Warum fragst du?"

Seine Gesichtszüge nahmen einen seltsamen Ausdruck an. Er kniff die Brauen zusammen und ließ auch kurz die Ohren zucken. Eine Fähigkeit, die ich nicht beherrschte, aber in ihrer animalisch rudimentären Form faszinierend fand. Als hätte er ein Geräusch wahrgenommen, das über das menschliche Hörvermögen hinausging.

„Ich weiß nicht", sagte er, „einfach so."

„Was ist los?"

Er sah mich an, zuckte mit den Schultern.

„Keine Ahnung", sagte er und grinste krampfhaft. „Kam mir grad so in den Sinn. Es muss doch was geben, das einen völlig glücklich macht, oder zumindest …", er stockte, suchte nach einem passenden Wort, „na ja, zufrieden eben. Einfach zur Ruhe kommen lässt."

Ich hob überrascht die Augenbrauen. Dann schüttelte ich amüsiert den Kopf, da ich niemanden sonst kannte, der so ausgeglichen war wie Robert. Er redete Unsinn. Ich sank beruhigt zurück in seinen Schoß.

„Es ist doch schön so, wie es ist. Du bist doch in Ruhe, oder? Jetzt, in diesem Moment."

Wie auf ein Stichwort sprang er auf, so dass mein Kopf in die Kissen fiel. Verunsichert und auch ein wenig verärgert, sah ich zu ihm auf.

„Du bist ja betrunken. Komm, lass uns ins Bett gehen."

Robert erwiderte nichts, ließ sich aber von mir ins Schlafzimmer führen. Der Sex war wie immer. Vielleicht waren seine Berührungen sanfter, vorsichtiger als sonst, als spürte er mich das erste oder auch das letzte Mal. Vielleicht berührte er gar nicht mich, sondern etwas Neues, noch nicht Präsentes, etwas, das, wie das unhörbare Geräusch vorhin, erst an Substanz gewinnen musste. Was immer es war, ich dachte erst heute darüber nach.

„Würdest du etwas völlig Verrücktes tun?" fragte er an einem anderen Tag.

Verwundert sah ich ihn an.

„Du weißt schon, einfach mal ausbrechen."

„Was meinst du mit verrückt? Nackt durch den Park rennen, eine Bank überfallen?"

„Ja, so was."

Ich lachte laut auf, was ihn kränkte.

Wenn ich zurückrechnete, musste er Holger zu diesem Zeitpunkt bereits gekannt haben. In welche krummen Geschäfte er sich auch hatte verwickeln lassen, Robert war nicht wohl dabei gewesen und wünschte vielleicht, da wieder rauszukommen oder zumindest sich zu rechtfertigen. Die Dinge waren anders gelaufen als geplant. Früher hatte er nie so geredet, hatte zwar geschimpft, andere verflucht, aber niemals sich selbst in Frage gestellt. Das war neu. Sollte er jedoch von seiner Produktionsfirma tatsächlich gefeuert worden sein und die eigene Existenz auf dem Spiel gestanden haben, dann war ihm durchaus zuzutrauen, dass er in seiner Verzweiflung einen fragwürdigen Ausweg gewählt hatte und nun in eine Sackgasse geraten war, aus der es kein Zurück mehr gab.

Die Sache mit Robert, hatte Holger gesagt, sei geklärt. War damit lediglich der geklaute Seat gemeint? Als Pfand für die noch ausstehende Zahlung? Ich malte mir aus, wie beide, Holger und Andreas, in einer der vergangenen Nächte die Autotür mit einem dünnen Draht aufbrachen, wie sie Zündkabel manipulierten, um gleich darauf in der Dunkelheit davonzufahren. Sie werden gelacht haben darüber, wie einfach das war, wie raffiniert sie vorgegangen waren, dass niemand ihr Spiel durchschaut hatte. Dass niemand Robert auch nur vermisste. Abgesehen von mir. Vielleicht sollte ich besser auf der Hut sein.

Doch aufgeben konnte ich nicht. Egal, was alle sagten, ich hatte eine Verantwortung Robert gegenüber. Und egal, wie sehr ich mich dadurch selber in Gefahr begab, ich würde weitermachen. Bis zum Schluss. Bis ich herausfand, ob Robert noch lebte. Ich wollte Gewissheit.

Ich musste zurück auf das Gelände, musste besser vorbereitet zurückkehren und jeden Schrank, jeden Winkel absuchen, alles auf den Kopf stellen. Ich brauchte Holgers Schlüssel.

Und plötzlich wusste ich, wie ich das anstellen würde.

Bereits beim Eintreten in den verqualmten Raum am nächsten Abend bemerkte ich die Veränderung. Sie sahen von ihren Stühlen, ihren heruntergebrannten Zigarettenstummeln auf, und außer Manfred brachte keiner von ihnen eine Begrüßung heraus. Acht Augenpaare ruhten auf mir, durchbohrten mich abwertend, ja angewidert, ohne dass ich eine Ahnung hatte, warum. Ich blieb kurz wie angewurzelt stehen, blickte abwechselnd in ihre versteinerten Gesichter, bevor ich mich abwandte und nach einem Stuhl griff.

„Ist er das?" hörte ich hinter mir jemanden fragen.

„Ja, Schätzchen, das ist er." Susanne hätte ich aus Tausenden herausgehört, diese glasklare Stimme, die sowohl weich und gleichzeitig eiskalt sein konnte. Sie rückte ein wenig zur Seite, um mir Platz zu machen.

„Mutig von dir, hier aufzukreuzen", zischelte sie und zwinkerte mir zu.

„Wieso? Was ist los?" Wieder starrte ich in die Runde, auf Manfred, auf Monika (oder Maren?) und Stefan, auf die mir Unbekannten. Klaus war nicht da.

Manfred räusperte sich. „Nun ja, das Ganze ist etwas unangenehm, nach dem was du mit ... was Klaus so erzählt hat."

Ich spürte, wie mir das Blut ins Gesicht schoss, ich eine Ahnung bekam von dem, was hier vorgefallen sein mochte.

„O nein", rief ich aus und wehrte mit den Händen schüttelnd ab. „Das ist nicht euer Ernst! Ihr glaubt doch nicht, was dieser ... was Klaus euch auch immer aufgetischt haben mag."

„Du leugnest also alles", warf Monika-Maren ein, die Beine übereinander geschlagen und den rechten Ellenbogen auf ihr Knie gestützt, die Zigarette zwischen Zeige- und Mittelfinger. Sie sah mich durchdringend an, mit diesem Blick, den ich seit der zweiten Klasse nicht ertragen habe.

„Natürlich tue ich das. Egal, was er gesagt hat. Ich weiß ja noch nicht mal, was er gesagt hat. Aber vielleicht kann mir hier endlich jemand auf die Sprünge helfen."

Stefan hielt die Arme demonstrativ über der Brust verschränkt, seine Beine weit nach vorne ausgestreckt.

„Tu doch nicht so", grunzte er, „der Typ war völlig fertig. Keinen Schimmer, wie ihr sonst so miteinander umgeht, aber das geht nun entschieden zu weit!"

„Was? Was, um Himmels willen, geht zu weit?"

„Also, ich habe das gestern so verstanden, dass euer beider Chi, ohne Frage sehr stark ausgeprägt, ihr seid Erdzeichen, richtig? ... Dass es da zu einem mächtigen Kraftfeld gekommen ist, das ..."

„Was redet die da?" schrie ich, so dass alle mich entsetzt ansahen. Ich hatte sogar meinen Finger nach der Frau ausgestreckt, die ich nie zuvor hier gesehen hatte.

„Deine negative Energie ist ziemlich destruktiv, weißt du."

Mit ihren langen, dünnen schwarzen Haaren, ihren Anfang vierzig, mit schmalen Lippen und ohne Make-up in dem hageren Gesicht saß sie kerzengerade auf ihrem Stuhl. Das enge, schwarze Kleid reichte ihr bis zu den Knöcheln, und sie trug schwarze Sandalen an den etwas zu großen Füßen, deren Zehennägel schwarz lackiert waren. Um ihren dünnen Hals hing ein klobiges Amulett. Susanne neben mir kicherte.

„Ihr hattet doch Streit", sagte Manfred, „oder nicht?"

„Ja, schon, nein! Mein Gott, er wollte Sex, und ich habe abgelehnt. Ist das so verwerflich? Ich dachte, darum geht es hier."

„Nun, das kommt drauf an", widersprach Manfred, und die anderen nickten. „Er hat Zuwendung gebraucht, sich dir anvertrauen wollen, da kann es fatal sein, einfach zurückgestoßen zu werden. Du solltest doch am Besten wissen, dass es mit dem Selbstwertgefühl nicht weit her ist."

„Jetzt macht aber mal einen Punkt!" rief ich, war dabei aufzuspringen und davonzurennen. Susannes Hand auf meinem Knie hielt mich zurück. „Klaus steigt mir seit Wochen nach und will mich ins Bett zerren."

„Aber du hast ihn doch zu dir eingeladen." Monika, die auch Maren heißen mochte, hob den Kopf weit nach hinten, blies den Rauch steil nach oben.

„Und?"

„Sieh mal", fuhr Manfred fort, mit einer Stimme, als rede er zu einem Kind, „natürlich ist es richtig, den Sex außen vor zu lassen, aber für Klaus musste das doch so aussehen, als hättest du Interesse. Das Wichtigste ist, gleich von Anfang an seine Meinung zu sagen, also sagen, dass nichts laufen wird. Du hast ihm Hoffnungen gemacht. Und dann abgewiesen. Das ist ganz fatal. Du hast Klaus wahnsinnig verletzt. Das Erste, was wir hier lernen ist, mit unseren Gefühlen ehrlich umzugehen."

„Sicherlich hat dir das auch noch geschmeichelt", fiel meine Grundschullehrerin erneut ein. Diesmal waren ihre Augen wieder direkt auf mich gerichtet. „Zu wissen, dass jemand dich will. Kommt wohl nicht allzu häufig vor, was? Versetz dich doch bloß mal in seine Lage, immer in der Erwartung, gewollt zu werden und dann jedes Mal – Bums! – wirst du abgelehnt. Wie würde dir das gefallen?"

Am liebsten hätte ich ihr ins Gesicht geschrien, dass ich sehr wohl wusste, wie das war, aber dass das halt so läuft im Leben, dass sich die Zurückweisung nicht kalkulieren lässt, man damit rechnen muss. Nichts ist leicht zu haben, schon gar nicht Zuwendung oder gar Liebe. Entweder man sieht das ein und macht einen Rückzieher oder man jagt ihnen nach, bis der Erfolg sich einstellt. Klaus hatte aufgegeben, das war nicht meine Schuld.

Natürlich sagte ich dies nicht, sondern schluckte meinen Ärger herunter. Ich hätte nie gedacht, dass Klaus so feige sein und sich seine Niederlage in dieser Runde von der Seele heulen würde. Noch dazu in meiner Abwesenheit. Und wohlweislich war er heute der Gruppe ferngeblieben, um sich nicht stellen zu müssen. Wer also ging mit seinen Gefühlen unehrlich um, machte sich hier was vor?

„Das ist mir zu blöd", sagte ich stattdessen und stand auf.

„Das ist natürlich deine Entscheidung", sagte Manfred ruhig, „aber mache dir klar, dass das Problem damit nicht aus der Welt ist."

„Ich habe kein Problem, Manfred! Und wenn Klaus denkt, er hätte eins, dann sollte er vielleicht mit mir darüber reden und sich nicht verstecken." Ich ließ mich zurück auf den Stuhl fallen.

„Da gebe ich ihm Recht." Diese unerwartete Verteidigung kam von Susanne, die versuchte, ihre Kippe in dem überfüllten Aschenbecher auszudrücken.

Manfred lenkte ein. „Also schön. Das nächste Mal werden wir gemeinsam darüber reden, mit euch beiden. Bist du damit einverstanden, Hannes?"

Ich zuckte nur mit den Achseln.

„Okay, dann machen wir jetzt weiter, wo wir aufgehört haben. Diana, du sagtest, deine Aura …"

„Chakra. Mein Chakra."

„Richtig. Also, dein Chakra sei zu ausgeprägt und drängt dich dazu …"

„Nein, nein, nicht drängen. Das klingt ja, als wäre etwas damit nicht in Ordnung. Ein starkes Chakra ist gut, sehr gut sogar. Nur die Männer, die …"

Ich hörte nicht weiter zu. Immerhin war ich aus einem ganz bestimmten Grund hierher gekommen, und ich wollte nicht länger warten. Ich beugte mich zu Susannes Ohr, flüsterte hinein. Interessiert blickte sie mich an, lächelte dann herausfordernd, und gemeinsam erhoben wir uns leise, verließen den Raum und Dianas ausgeprägtes Was-auch-immer.

Auf dem kahlen Flur schwieg ich zunächst. Die Sache war mir peinlich. Susanne bemerkte meine Verlegenheit, hob mit der flachen Hand mein Kinn, damit ich sie ansah.

„Na los, red schon", sagte sie im mütterlichen Tonfall, der bei ihr irritierend klang. „Du wirst doch nicht etwa die Seiten wechseln wollen, oder?"

„Nein, nein!" Ich schüttelte heftig den Kopf, um sie nicht auf dumme Gedanken zu bringen. „Es geht nicht um mich. Aber du hast gesagt, wenn ich jemanden wüsste, der ..."

„Ja?" Ihre dick geschminkten Augen weiteten sich, begannen zu strahlen.

„Also, das ist mir ziemlich unangenehm, aber ich kenne da einen, einen Hetero meine ich, der wäre ... wäre genau das Richtige für dich." Ich hielt inne, da ich damit rechnete, dass sie aufschrie, sich benutzt vorkommen würde, aber nichts dergleichen geschah. „Gutaussehend, muskulös. Einen Automechaniker."

Am Ende des Flurs kam jemand die Treppe herauf, wir hörten den Hall seiner Schritte, bevor wir uns zu ihm umdrehten. Der Mann schien nicht genau zu wissen, wo er hinwollte, las sorgfältig jedes der Schilder an den Türen, um schließlich irgendwo einzutreten. Dann erst wagte ich fortzufahren.

„Wäre doch geil, wenn du einfach in seiner Werkstatt auftauchst und ihn ... ihn um den Finger wickelst, oder?"

„So ein kleines Spiel, meint du? Ja. Ja, das wäre nicht verkehrt. Zwischen Autos und all dem Krempel. Mit einem Kerl im Overall ..." Ihre Stimme verlor sich bereits in der ausgemalten Situation. Ich hätte mir keine Gedanken darüber zu machen brauchen, dass Susanne über meinen Vorschlag womöglich entsetzt gewesen wäre.

„Allerdings ..." Bewusst brach ich ab, wartete, bis sie mich erwartungsvoll ansah. Nun, da ich ihr Interesse geweckt hatte, würde sie nicht mehr zurück wollen. Das war das Gute an uns Gleichgesinnten. Wir waren füreinander so verdammt durchschaubar. „Es gibt da eine Bedingung, die ich habe."

Zuerst glitten ihre Mundwinkel nach unten ab, bevor sie sich erneut zu einem dreckigen Grinsen aufrichteten.

„Ooooh, du kleiner Perversling", flötete sie. „Du willst zugucken, was?" Dann zuckte sie mit den Schultern, zog ihre Zigaretten der Marke *Eve* hervor und zündete sich eine an. „Okay, von mir aus."

„Nein, natürlich nicht!" rief ich. „Aber ich möchte, dass du ihm seine Schlüssel abnimmst."

Jetzt hatte ich sie tatsächlich erschreckt. Sie drehte auf ihren hohen Absätzen um, stöckelte den Flur dem Ausgang entgegen.

„O nein", sagte sie ins Leere, „das geht zu weit. Ficken schön und gut, aber klauen ..." Mit der langen, dünnen Zigarette in der Hand, winkte sie im Gehen ab.

Ich eilte ihr nach. „Bitte, Susanne, es ist verdammt wichtig."

Etwas in meiner Stimme hielt sie auf. Sie wandte sich mir zu, las in meinem verzweifelten Gesichtsausdruck. „Es ist wegen deiner verschwundenen Liebe, richtig? Du glaubst, dieser Typ hat was damit zu tun."

„Das ist nicht meine Liebe!"

„Ja, ja, schon gut, wie auch immer. Also, nur mal angenommen, ich mache das. Wie stellst du dir das vor?"

Natürlich hatte ich mir bereits alles genau ausgemalt. In meiner Vorstellung war alles bereits gelaufen. Sie hörte mir weiter zu, nickte mehrmals zustimmend und fand Gefallen daran. Es hatte etwas Verruchtes, Verbotenes, vermischt mit der Möglichkeit entdeckt zu werden. Und dem Thrill, noch mal davongekommen zu sein. Weder für sie, noch für mich, eine neue, geschweige denn abschreckende Situation.

Als ich geendet hatte, rümpfte sie dennoch ihre schmale Nase. Kleine Fältchen gruben sich darüber in die Stirn. Vielleicht war sie älter, als ich angenommen hatte. Aber das war egal. Sie war genau der Typ Frau, auf den Holger stand, wenn ich mir seine Frau vor Augen hielt. Zwar hatte ich die Befürchtung, dass er auf Frauen gar nicht mehr anspringen würde, doch eine andere Wahl hatte ich nicht.

„Es geht aber erst Samstag", sagte sie.

„Kein Problem. Übermorgen ist prima. Ich hole dich ab, und wir fahren mit deinem Wagen hin. Den Rest überlasse ich dir."

Susanne kritzelte ihre Adresse auf einen Zettel und übergab ihn mir in dem Moment, als die anderen unserer Gruppe aus dem Zimmer traten, uns im Flur überraschten. Eilig steckte ich das Stück Papier in die Hosentasche. Stefan war als erster bei uns, warf zunächst mir, dann Susanne einen skeptischen Blick zu.

„Ihr seid ja noch hier", sagte er.

„Ich hab auf dich gewartet", log sie und hakte sich bei ihm unter. Gemeinsam gingen sie zur Treppe. Susanne drehte einmal kurz ihren Kopf und zwinkerte mir zu.

Die Tür öffnete sich gleich nach dem ersten Dreh des Schlüssels. Im Flur brannte Licht.

„Jan?"

Ich bekam keine Antwort, hörte aber Geräusche aus dem Schlafzimmer dringen. Langsam ging ich darauf zu, stellte mich in den Türrahmen. Auf dem Bett lag sein aufgeschlagener Koffer, und Jan stand am Schrank, zog seine Klamotten heraus.

„Darf ich fragen, was du vorhast?"

Ich hatte ihn eine Weile beobachtet und er mich ignoriert. Der Koffer war bereits halb voll mit seinen ordentlich zusammengelegten Sachen. Jans Bewegungen beim Packen waren steif, mechanisch, als müsste er sich zu dem zwingen, was er gerade tat. Er biss sich ständig auf die Unterlippe. Seit mindestens zwei Tagen hatte er sich nicht rasiert. Müde sah er aus, übernächtigt. Elkes Schlafsofa war wohl kein bequemer Ersatz für unser Bett. Ich bemerkte die Bandage, die um sein linkes Handgelenk gewickelt war.

„Was machst du da?"

Jetzt endlich schien er mich wahrzunehmen. Mit einem Pullover in der Hand hielt er inne, wandte sich mir zu. „Nach was sieht es denn aus, Hannes?"

„Das ist doch verrückt", erwiderte ich und trat ins Zimmer, den Arm ausgestreckt, um ihm den Pullover abzunehmen. Er ließ ihn schnell hinter seinen Rücken verschwinden.

„Lass das. Gib ihn her!"

Jan machte einen Schritt an mir vorbei an das Bett, legte den Pulli neben den Koffer und begann, ihn sorgfältig zusammenzulegen.

„Ich habe mich bereits entschieden", sagte er, ohne mich anzusehen. „Ich ziehe aus."

Entgeistert starrte ich auf Jan, darauf, wie er die Seiten des Pullovers einschlug, die Ärmel faltete, sie glattstrich. Selbst in dieser Situation konnte er so verdammt konzentriert bleiben, sich in seinen Ordnungsfimmel versteifen, als käme alles in ihm zur Ruhe. Lange hielt ich das nicht aus. Ich griff in den Koffer und zerrte den Inhalt heraus, die Hemden, Hosen, die Socken, Unterhosen, schmiss alles um mich zu Boden. Jan beobachtete mich. Erst als der Koffer leer war, wir inmitten seiner Habseligkeiten standen, sahen wir uns an.

Ohne Vorwarnung schlug er mir mit der flachen Hand ins Gesicht.

„Es reicht!" schrie er, so wie ich ihn noch nie hatte schreien hören. „Lass mich endlich in Frieden, Hannes!"

Meine Wange brannte. Ich war sprachlos, stand mit offenem Mund vor ihm, die Arme kraftlos nach unten hängend. Er dagegen ließ sich nicht mehr aufhalten. Alles, was er nie gesagt, was er wohl jahrelang weggesperrt hatte, schwappte über den Rand seiner Beherrschung.

„Seit Tagen bin ich fort, und ich habe gedacht, das macht dir was aus. Aber scheinbar bin ich dir egal. Nicht einmal angerufen hast du bei Elke. Nicht einmal. Ich bin wohl nicht wichtig genug für dich. Das habe ich kapiert. Also ..." Er brach ab, zuckte mit den Achseln.

„Das kannst du nicht machen", stammelte ich.

„Ich weiß nicht, was los ist mit dir. Zu allem habe ich geschwiegen, Hannes, habe alles mitgemacht. Nur damit du zufrieden bist. Ich habe gedacht, das schaffen wir irgendwie. Ich habe mich wohl geirrt."

Ich fragte lieber nicht nach, sondern sah ihm zu, wie er seine Sachen aufhob, sie erneut in den Koffer legte, diesmal ohne jegliche Ordnung. Als er damit fertig war, hatte ich mich ein wenig gefasst.

„Es ist doch nur noch eine Sache von Tagen", sagte ich leise. „Am Samstag ist alles vorbei, Jan. Ehrlich. Dann ..."

„Was dann? Hast du Robert dann gefunden?"

„Ja. Ganz sicher."

„Na schön für dich. Dann ist ja alles in Butter."

„Genau. Dann ist alles wie früher."

„Ja, Hannes. Du wirst wieder ständig zu ihm rennen und dir was vormachen. Er wird dich hinhalten und du zurückkommen zu mir und es am nächsten Tag wieder versuchen. Und wenn er tot sein sollte, wird es noch schlimmer. Dann wirst du dir einreden, du hättest ihm was bedeutet, ja wenn er nur nicht ... Ja, wenn, wenn, wenn, Hannes. Egal, wie's ausgeht: alles wie gehabt. Aber diesmal werde ich nicht hier sein." Er klappte den Koffer zu und schloss ihn ab. „Ich kann solange bei Elke wohnen, bis ich was anderes gefunden habe. Die Miete zahle ich natürlich noch."

Jetzt war es an mir, auszurasten. „Warum ziehst du nicht gleich ganz bei ihr ein? Darauf wartet sie doch nur. Vielleicht kriegt sie dich ja noch rum. Oder hast du sie bereits geschwängert?"

Im ersten Moment erwartete ich, eine zweite Ohrfeige zu bekommen, aber sie blieb aus. Jans aufgerissene Augen zogen sich wieder zusammen, wurden milchig und trüb, und er schüttelte nur leicht den Kopf. Er hob den Koffer mit der linken Hand, ließ ihn dann aber mit einem kleinen Aufschrei fallen, nahm ihn in die andere Hand.

„Was ist damit?" fragte ich.

„Ein dummer Unfall. Geht dich nichts an."

„Hast du dich wieder geschnitten?"

Unser Tonfall rutschte plötzlich zurück in die Normalität, ganz selbstverständlich wie es schien, als wäre alles zurück im Lot. Ich nahm sogar die verbundene Hand in die meine.

„Diesmal hast du es aber richtig gemacht", sagte ich scherzhaft. „Was hast du denn schneiden wollen, dass du dich derart verletzt?"

Jan sah mich vorwurfsvoll an, verzog ein wenig die Mundwinkel.

„Mich", antwortete er trocken und ging an mir vorbei in den Flur.

Ich musste schlucken. Das hatte ich nicht erwartet. In diesem Moment fühlte ich kein Mitleid, eher war ich irritiert, seltsam benommen von dem plötzlichen Geständnis über seine vielen, absichtlich zugefügten Schnittwunden. Ich hatte geglaubt, Jan zu kennen. Jahrelang lebten wir schließlich zusammen. Aber das allein genügte wohl nicht. Unsere kleinen Geheimnisse hatten wir behalten können, irgendwie waren sie uns entgangen, vielleicht gerade weil wir auf so engem Raum lebten und annahmen, diese Enge müsste alles verraten. Zumindest ich hatte mich getäuscht. Ich rannte ihm nach.

„Bleib hier!" rief ich und griff nach seiner Schulter, zerrte ihn zu mir herum. Der Koffer fiel erneut zu Boden. Mit beiden Händen stieß

Jan mich hart von sich. Ich taumelte rückwärts, hielt aber das Gleichgewicht, und reflexartig holte ich mit der Faust aus. Nicht ein weiteres Mal wollte ich der Verlierer sein, egal, ob bei Andreas oder Robert oder bei irgendjemandem sonst. Oder auch nur bei Jan.

Noch bevor ich merkte, was ich tat, hatte ich zugeschlagen.

„Du verdammtes Arschloch", schrie Jan durch seine Tränen und stürmte auf mich zu.

Wahl- und sinnlos boxten unsere halbherzig geballten Fäuste aufeinander ein, ohne wirkliche Absicht oder Kraft. Ein eigenartiges Gerangel entstand, zwischen Verzweiflung und Wut, mehr eine ungeschickte Umarmung, denn eine Prügelei. Beide heulten wir, unsere Gesichter aneinander gepresst, Wange an Wange. Unsere Hiebe wurden immer schwächer.

Das Telefon klingelte.

Erschöpft hielten wir inne, entließen uns aus der merkwürdigen Umarmung und starrten beschämt zu Boden. Das Klingeln hörte nicht auf.

Jan wischte sich mit dem Handrücken die Augen trocken. „Geh ran. Das ist deine Mutter. Der ganze Anrufbeantworter ist voll mit ihrem Gezeter."

Ich wandte mich um. „Scheiße. Das habe ich völlig verschwitzt. Nicht jetzt."

Unschlüssig stand ich zwischen Jan und dem Telefon, hilflos darüber, was ich tun sollte.

„Wegen Samstag ...", sagte ich vorsichtig.

Ein gequältes Lächeln huschte über Jans Gesicht. Dann schüttelte er den Kopf und griff nach dem Koffer. „Das erwartest du doch nicht wirklich von mir, oder?"

„Es ... wäre mir wichtig. Und meinen Eltern auch."

„Ja, eben, Hannes. Dir! Mir nicht."

Und mit einem Knall fiel die Wohnungstür ins Schloss. Mutters Stimme auf dem Anrufbeantworter hallte wütend durch den Flur.

Hin und her gerissen in dem Drang, Jan nachzulaufen und der Mahnung, den Hörer abzunehmen, tat ich zunächst keines von beidem. Ich konnte mich nicht entscheiden, was wichtiger war. Schließlich gewann meine Mutter. Ihre Stimme hatte bereits den knappen, gekränkten Abschied eingeleitet, als ich ans Telefon sprang, und den Hörer herunterriss.

„Ich bin da, ich bin da", keuchte ich hinein.

Einen Augenblick lang war es still am anderen Ende.

„Warum gehst du dann nicht ran?" fragte sie tadelnd.

„Ich ... ich war im Bad", log ich und nahm ihr gleich den Wind aus den Segeln. „Die letzten Tage waren verdammt hektisch. Tut mir Leid, dass ich nicht zurückgerufen habe."

„Hast du eine Arbeit?"

Rücklings gegen die Wand gelehnt, ließ ich mich neben der Kommode, auf der das Telefon stand, zu Boden gleiten. Mein Gesicht vergrub ich dabei erschöpft in der freien Hand.

„Nein, Mutter, das nicht, aber ..."

„Du hast gesagt, Mittwoch ist die Rede fertig. Das war gestern. Du hast sie doch fertig, oder?" Die Tonlage ihrer Stimme rutschte am Ende des Satzes bedrohlich nach oben. Aber ich hatte keine Geduld mehr, ihr Spiel mitzuspielen.

„*Du* hast das gesagt, nicht ich!"

„Also ist sie nicht fertig?"

„Bitte, Mutter, lass uns nicht darüber streiten. Es sind noch zwei Tage Zeit."

Wieder entstand eine Pause, in der sie wohl ihre Niederlage einsah, mit der sie sich aber keineswegs zufrieden geben würde. Ich wusste nur zu gut, wie sehr sie enttäuscht war und auch wie wütend darüber, dass ich nicht gehorcht hatte. Sie war keine gute Verliererin. Sie wechselte die Taktik.

„Ich weiß wirklich nicht, Hannes, was das soll. Da bitte ich dich einmal um etwas, um etwas Wichtiges ... Es ist ja nicht, dass du im Stress bist, oder so. Wir wissen natürlich auch, wie schwierig es zur Zeit ist, eine Arbeit zu finden, das ist uns durchaus bewusst, und wir machen dir ja auch keinerlei Vorhaltungen deswegen ... Aber einmal kannst du auch mal was für uns tun."

Was sie nicht sagte, hörte ich dennoch. ‚Nach all dem, was Vater und ich für dich getan haben', hallte es stumm in meinem Kopf. Ich hätte doch immer alles gekriegt, was ich wollte. Die Reisen, das erste Auto.

Und auch meinen – hier stockte sie kurz in meiner Vorstellung – Lebenswandel hätten sie von Anfang an akzeptiert, nie etwas dazu gesagt. Das alles lag noch unter ihren Worten. Und es stimmte. Sie hatten mir all das gekauft, und mein Schwulsein war ihnen nie ein Wort wert gewesen. Hingenommen, geschluckt, waren die Begriffe, die mir dazu einfielen.

„Du hast ja Recht", antwortete ich einlenkend. „Aber Fakt ist, die Rede ist noch nicht ganz fertig. Sie wird klasse, das verspreche ich dir. Ich zeige sie dir gleich als erstes am Samstag, noch vor dem Friedhof. Versprochen. Wenn es dann irgendetwas gibt, was dir nicht gefällt, können wir es immer noch abändern."

Ich hörte ihr tiefes Seufzen durch den Hörer. Mein Vorschlag gefiel ihr nicht, aber ich ließ ihr keine andere Wahl. „Na schön, Hannes. Ich vertraue dir."

‚Nein, das tust du eben nicht', hätte ich am liebsten geschrien, doch ich wusste es besser. Sie hätte gar nicht begriffen, weshalb ich so etwas Gemeines sagte. Sie hatte immer schon Vertrauen und Liebe mit Kontrolle verwechselt, nicht nur in ihrer Ehe.

„Das freut mich", sagte ich und konnte nur hoffen, dass sie den Unterton nicht bemerkte. Aber darüber hätte ich mir keine Sorgen zu machen brauchen.

„Wir waren doch immer stolz auf dich, dein Vater und ich. Sei also bitte um zehn Uhr hier. Und zieh deinen besten Anzug an, ja?"

„Natürlich."

„Und sag das auch Jan."

Unwillkürlich blickte ich an der Kommode vorbei zu der geschlossenen Wohnungstür.

„Ja", sagte ich. „Ja, mach ich."

Nachdem ich aufgelegt hatte, blieb ich auf dem Boden sitzen. Mir fehlte die Kraft und vor allem die Lust aufzustehen. Klaus hatte Recht gehabt. Und er hatte ein Wort dafür benutzt, so einen typisch amerikanischen Begriff, aus einer Sprache, die für alles eine Bezeichnung hatte. Nur nicht für die Schadenfreude, die Klaus ohne Zweifel empfinden würde, wenn er erfuhr, wovon ich mich gerade vor den Kopf gestoßen fühlte. *Co-dependent*. Nichts war Jan entgangen. Ich fühlte mich unsäglich dumm. Und beschämt und schuldig über seine schmerzhafte Strategie, sein inneres, stilles Leiden zu übertönen.

Langsam stemmte ich mich hoch, ging in die Küche und entkorkte eine Flasche Rotwein. Das erste Glas trank ich in eiligen Zügen aus. Vor das Loch im Fenster hatte ich gestern bereits ein Stück Pappe geklebt, aber die Klebestreifen waren durch den Wind gelockert worden. Ich nahm den Tesafilm aus der Schublade im Schrank und befestigte die Pappe erneut. Dann ließ ich mich auf den Stuhl fallen, schenkte nach.

Nach dem dritten Glas wich meine Scham einer aufkommenden Wut. Allein bei der Vorstellung, dass Jan genau gewusst hatte, was geschehen war, wenn ich von meinen Touren nach Hause kam, lief es mir kalt den Rücken runter. Seine unschuldigen, sanften Augen, seine neutrale, ahnungslose Stimme und sein an Übertreibung grenzendes normales Verhalten – alles falsch. Alles Tarnung. Hinter dieser Normalität hatte immer schon die Gewissheit gesteckt, und womöglich nur, um mir jetzt vorwerfen zu können, die ganze Zeit jeden Scheiß geschluckt zu haben, mit der Begründung, mich zufrieden zu stellen, mir meine Ausschweifungen zu gönnen. Das konnte ich nicht glauben. Für mich klang das wie Gleichgültigkeit.

Denn wenn ich ihm wirklich etwas bedeutete, dann hätte er ja mal was sagen, mir schon längst vorwerfen können, mich wie ein Schwein zu benehmen. Der Krach eben wäre nicht nötig gewesen, wenn er nur einmal seinen Mund aufgemacht hätte. Statt dessen schwieg er, fraß alles in sich hinein. Hatte er etwa darauf gewartet, dass ich irgendwann von selber drauf gekommen wäre, warum er ständig Schnittwunden hatte? Um sie mir dann entgegenzustrecken und sagen zu können: ‚Schau her, alles deinetwegen!' Ja, wahrscheinlich war genau dies seine Strategie. Stillhalten und abwarten, bis der andere den ersten Schritt machte, sich damit bloßstellte. Bis ich mich deswegen schuldig fühlte, wie ein Idiot. Das war für mich kein Freundschaftsbeweis, das war einfach nur dumm.

Wieder leerte ich schnell ein Glas, goss nach. Die Flasche war fast leer. Jans Welt, dieser perfekte Zauberwürfel, der seine farbige Ordnung nur deshalb nicht verlor, weil er mit riesigem Kraftaufwand in ihr gehalten wurde. Und alles nur, damit er jetzt in seine Einzelteile zersprang. Das hätte Jan eher und schmerzloser haben können. ‚Er macht das', hatte Klaus gesagt, ‚damit du zufrieden bist, damit deine Beziehung klappt.' Damit Jans Welt funktionierte, könnte ich jetzt antworten, nicht meine. Damit die seine sich wie gewohnt weiterdrehte. Es ging nicht um mich, egal, was er, was andere behaupteten, es ging um ihn, um sein Gleichgewicht der Dinge. Und es bestätigte, was ich immer schon gewusst hatte: nämlich dass niemand mich nahm, wie ich war, mich bedingungslos liebte. Auch Jan nicht. Jedenfalls nicht genug.

Aber wenn schon, dachte ich trotzig, und der restliche Wein benebelte meine Sinne. Ich würde nicht klein beigeben, auch ich wollte endlich einmal etwas, das Bestand hatte, jemanden, der nicht kritisierte, hinnahm oder zu allem schwieg, aus welchen Gründen auch immer. Wenn Jan mich nicht liebte, dann würde ich ihm beweisen, dass auch ich ihn nicht brauchte.

Vorsichtig stand ich auf, ließ mein Glas und die Flasche einfach stehen. Übermorgen würde ich bei Holger auf dem Gelände alles auf den Kopf stellen. Während Susanne ihm das bisschen Verstand aus dem Gehirn fickte, würde ich endlich wissen, was Robert zugestoßen war. Noch zwei Tage. Zu lange. Ich wollte nicht länger im Ungewissen schweben, ich verlangte Gewissheit, und sollte ich ihn finden, dann würde ich auf ihn aufpassen, ihn nicht mehr verschwinden lassen. Ich würde aufhören, in die Parks und auf die Klappen zu rennen. Ich würde mich auf denjenigen konzentrieren, der mir wichtig war und dem ich wirklich etwas bedeutete. Und dann war es an Robert, mir seine Dankbarkeit zu zeigen. Übermorgen. Samstag.

Meine Blicke trafen sich im Badezimmerspiegel, das Gesicht noch nass von dem Wasser, mit dem ich mich wach halten wollte. Erst jetzt wurde mir klar, dass meine Verabredung mit Susanne und die goldene Hochzeit auf denselben Tag fielen. Der Krach war vorprogrammiert. Jahrelang würde meine Mutter mir damit in den Ohren liegen, wenn ich einfach ihre Feier vorzeitig verließ. Aber das war nicht zu ändern. Ich musste auch an mich denken – und nicht nur an das, was andere, was meine Eltern von mir verlangten, um sich ihr eigenes Leben vorzugaukeln. Ich rubbelte mein Gesicht trocken, ging ins Wohnzimmer, um die paar Notizen einzusammeln, die mir für die Rede bisher eingefallen waren, an denen ich morgen, in Roberts Wohnung, weiter feilen musste. Dann ging ich. Wenn Jan glaubte, es hier mit mir nicht mehr auszuhalten, dann würde auch ich nicht bleiben.

Kapitel 9

Beide waren wir erstaunt, sie wohl mehr als ich, als ich die Tür öffnete und sie einen völlig Fremden in Roberts Wohnung antraf. Die freudige Begrüßung, die sie sich zurechtgelegt hatte, fiel in sich zusammen. Ihr strahlendes Lachen erstarrte und wandelte sich in ein überraschtes stummes *Oh* auf den Lippen. Ich machte wohl auch keinen sehr guten Eindruck, da ihr Klingeln mich aus dem Bett geschreckt hatte und ich verschlafen, mit zerzausten Haaren, nur in Unterhose und T-Shirt zur Tür geeilt war.

„Ja?" fragte ich mit gezogener Stimme, mir die Augen reibend.

„Hab ich gestört?" kam die Gegenfrage, und ihr Lächeln kehrte zurück.

„Nein, nein. Aber …?"

„Claudia. Roberts Schwester." Sie streckte mir die Hand entgegen, die ich schlaff und verblüfft schüttelte. „Ist er da?"

Ich sah über die Schulter den Flur entlang, peinlich betroffen von der Unordnung, die ich gestern nur notdürftig beseitigt hatte.

„Nein, leider nicht", sagte ich, und wieder zu ihr gewandt: „Aber komm rein. Ich bin Hannes, sein Freund. Ich setz Kaffee auf, wenn du willst."

„Gern. Ich kann nicht lange bleiben, wollte nur mal schnell hallo sagen. Kommt er gleich zurück?"

Unschlüssig, was ich sagen sollte, kratzte ich mich am Kopf und sah sie mir dabei genauer an. Viel Ähnlichkeit mit Robert hatte sie nicht. Dieselbe Farbe der Augen, dieselbe Nase, das war's. Ihre Haare waren zu einer Art Pagenkopf geschnitten, umrahmten ihr spitzes Kinn mit dem schmalen, bemalten Mund darüber. Sie war um einiges kleiner als ihr Bruder, auch rundlicher in ihrer Figur, die sie unter einem weiten Hemd – einem Männerhemd – verbarg. Sie sah jünger aus als Robert, obwohl ich mich daran zu erinnern glaubte, dass sie die Ältere von beiden war. Da ich nicht sofort auf ihre Frage antwortete, legte sie ihren Kopf ein wenig zur Seite.

„Ich weiß nicht", antwortete ich, „kann sein, dass es etwas dauert."
Während ich das sagte, ging ich bereits in die Küche. Sie folgte mir, setzte sich an den Tisch. „Hat er denn gewusst, dass du kommst?"

„Nein, war ganz zufällig. Ich fahre auch morgen wieder zurück, und deshalb wollte ich kurz vorbeischauen, wie es ihm geht. Von sich aus meldet er sich ja nicht. Er könnte tot sein, und niemand aus seiner Familie würde es merken."

Sie lachte bei ihren Worten, die sie als schrägen Scherz verstand. Mir dagegen rutschte die Kanne aus der Hand. Ich fing sie im Fallen auf. Wasser schwappte über die Öffnung, bespritze mein T-Shirt und klatschte auf den Boden.

„Na ja, er hat ja auch allen Grund dazu, sich nicht zu melden", konnte ich mir nicht verkneifen zu sagen.

Hinter mir blieb es still, bis ich das Wasser aufgewischt und mich zu ihr an den Tisch gesetzt hatte. Sie sah mich durchdringend an. Mit diesem distanzierten Blick, den ich nur allzu gut von Robert kannte.

„Hat er das gesagt?" fragte sie schließlich. Ihr Tonfall wurde hart, vorwurfsvoll.

Ich zuckte mit den Achseln. „Ja, immerhin wurde er doch rausgeschmissen, oder nicht?"

Wieder lachte sie, diesmal ein tiefes, gekränktes Lachen, das die Fältchen um ihre Augen sichtbar werden ließ und ihr eigentliches Alter verriet. Dann verstummte sie, seufzte und schüttelte den Kopf.

„O Gott", stöhnte sie, „er hat sich nicht geändert. Immer noch der alte Sturkopf."

Die Kaffeemaschine röchelte.

„Was hat er dir gesagt? Dass er verstoßen wurde, weil er schwul ist, weil wir alle ein Haufen verklemmter, konservativer Dorftrottel sind, die ihn mit Harken und Fackeln vertrieben haben?"

„So in der Richtung, ja."

„Ich kenne dich zwar nicht, aber ich will dir mal was sagen. Robert war immer schon schwierig und hatte seinen Dickschädel. Aber unseren Eltern vorzuwerfen, dass ... Niemand hat ihm jemals irgendetwas vorgeworfen, nicht ein Mal. Er fand uns spießig, und es war unter seiner Würde, in einer Bäckerei zu arbeiten. Er ist einfach abgehauen, in einer Nacht- und Nebelaktion, einfach so, und das nachdem ..."

Sie brach ab. Ich hob die Augenbrauen. „Nachdem ...?"

Ihr Blick wurde eindringlicher, da sie nicht recht zu wissen schien, wieviel sie mir anvertrauen sollte. Aber schließlich fuhr sie fort. „Nachdem das mit Ulrike passiert ist. Ist ja noch mal gutgegangen, wenn man das so sagen kann, sie hat es im vierten Monat verloren. Da war er längst über alle Berge. Hat sich nie nach ihr erkundigt. Unsere Eltern waren völlig fertig, haben versucht, ihn ausfindig zu machen, aber auf ihre Briefe hat er nie reagiert."

Diese Briefe lagen noch nebenan im Wohnzimmer, auf dem Boden, neben seinem beschmierten Ausweis und den Patronen. Ich wusste nicht, was ich sagen sollte, kümmerte mich stattdessen um den Kaffee und schenkte ihr ein.

„Danke. Na ja, ist ewig her. Wir sehen uns alle paar Jahre mal, wenn ich in der Stadt bin. Egal, reden wir lieber von was anderem. Wie lange seid ihr zusammen?"

Ich lief rot an, beschämt über meine kleine Lüge bei der Begrüßung, die mir so rausgerutscht war, um ihr eine Erklärung für mein Hiersein anzubieten. Ich hätte mich verbessern können, doch mir gefiel der Gedanke, und gerade weil ich in seiner Wohnung war, verschlafen, nur in T-Shirt und Unterhose, seiner Schwester Kaffee anbot und wir uns über seine Familie unterhielten, schien es nur passend, dass ich sie – und mich – in dem Glauben ließ.

„Wir kennen uns seit ungefähr einem Jahr", sagte ich.

Über die Tasse hinweg wurden ihre Augen größer, als hätte ich sie überrascht. „Allerhand. Davon hat er nichts gesagt, als ich das letzte Mal hier war. War wohl noch zu frisch, um es ausgerechnet seiner Schwester anzuvertrauen. Ein Jahr. Ganz schön lange für Robert."

„So?" Natürlich wusste ich, dass sie Recht hatte. Ich wollte lediglich wissen, warum sie ihm das nicht zutraute.

Mit der Hand schob sie eine Strähne ihres Pagenkopfs hinter ihr linkes Ohr und fuhr sich mit der Zunge kurz über die Unterlippe. „Genaugenommen weiß ich ja nur von einer Beziehung, also kein Maßstab. Und das auch nur, weil Hans selbst bei mir angerufen hat, um zu wissen, wo Robert steckt. Mein Bruder hatte sich mal wieder aus dem Staub gemacht damals, und auch ...", hier zögerte sie erneut, „ ... also, angeblich hat er Sachen mitgenommen, die nicht seine waren. Irgendwelche Manuskripte, oder so."

„Das hat Hans behauptet?"

„Ja. Ich kann das nicht beurteilen. Aber dass er einfach abgehauen ist, als es kritisch wurde, das ist typisch."

Roberts Abwesenheit wurde uns plötzlich allzu deutlich, und wir schwiegen. Die Sonne schob sich vor dem Fenster über die Hochhäuser, warf grelles Licht zu uns hinein. Etwas Melancholisches lag in ihrem Gesicht, vielleicht die Enttäuschung über ihren Bruder, der in ihren Augen die Frechheit besessen hatte, Reißaus zu nehmen. Enttäuschung vielleicht auch darüber, dass er es geschafft hatte, während sie zurückbleiben musste im Elternhaus, in der Bäckerei, in der nun sie, statt Robert, die Brötchen backte. Vielleicht war es Neid, den ich zu erkennen meinte. Vielleicht auch unterdrückte Wut.

Ihr schien jäh bewusst zu werden, dass sie mit seiner jetzigen vermeintlichen Beziehung sprach und die Dinge, die sie gesagt hatte, unpassend waren. Etwas übertrieben richtete sie sich auf und umfasste krampfhaft mit beiden Händen ihre Tasse.

„Tut mir Leid", entschuldigte sie sich, „ich wollte dich nicht verunsichern. Das ist alles Jahre her."

Ich nickte, ohne etwas zu sagen. Sie trank aus.

„Und du hast keine Ahnung, wann er zurückkommt?" fragte sie, im Begriff aufzustehen.

„Ehrlich gesagt, nein." Auch ich erhob mich.

Sie sah auf ihre Armbanduhr. „Ich muss los. Sag ihm, dass ich hier war und er sich melden soll. Es ist wichtig."

Ich begleitete sie in den Flur, wo sie innehielt und ihr Zögern erneut überwand. „Robert hat seinen ersten Wohnsitz noch immer bei uns", begann sie leise, „und deshalb kommt die Post manchmal dahin. Briefe von Banken und vom ... vom Gericht. Wenn er sich nicht bald meldet, dann kriegt er riesigen Ärger. Auf meine Anrufe reagiert er ja nicht. Sag ihm das."

Ich versicherte ihr, dass ich das tun würde, sobald ich konnte.

Als sie in der Tür stand, sagte sie abschließend: „Und pass auf ihn auf, ja?"

Dann eilte sie die Treppe hinunter.

Einige Minuten stand ich rücklings gegen die geschlossene Tür gelehnt, bevor ich ins Wohnzimmer rannte. Zum wiederholten Male begann ich, in seinen Privatsachen zu wühlen. Ich schnappte mir den Ordner, in dem Robert seine wichtigsten Unterlagen aufbewahrte, und griff nach der Post, die seit seinem Verschwinden eingetroffen war.

Seine Konten waren leer, bis zum Äußersten überzogen. Größere Beträge, die er im letzten Monat abgehoben hatte. Und tatsächlich fand ich eine Vorladung vom Gericht, deren Termin bereits verstrichen war. Eine Strafsache. Der Kläger war eine namhafte Produktionsfirma.

Wofür hatte Robert nur soviel Geld gebraucht? Er war keineswegs mittellos, wie die Bankauszüge mir verrieten, aber dennoch hatte es nicht ausgereicht, Holger zufrieden zu stellen. Drogen war das Erste, das mir spontan einfiel, obwohl ich ihn nie welche hatte nehmen sehen. Erpressung kam mir als nächstes in den Sinn, was naheliegender schien. Hans hatte ihn beschuldigt, Manuskripte entwendet zu haben, und auch seine Filmfirma machte jetzt gerichtlich Anschuldigungen. Sollte Holger davon gewusst haben, dass die Ideen von Roberts Drehbüchern womöglich geklaut waren? Und Robert, der alle Reserven locker gemacht hatte, um Holger ruhig zu stellen, nur um feststellen zu müssen, dass Erpresser niemals zufrieden sind, dass er sein Leben lang zahlen müsste, wenn er nichts unternahm. Und der genau das versucht haben mochte, was mit einem Blick auf die Patronen zu meinen Füßen nur allzu wahrscheinlich war.

„Das klingt doch verrückt", sagte Peter, noch im Anzug mit gelockerter Krawatte und Gel in den Haaren, das seine widerspenstige Strähne notdürftig im Zaum hielt.

Ich hatte vor der Haustür auf ihn gewartet, war nervös im Kreis gelaufen, ständig mit dem Blick auf die Uhr. Peter machte immer pünktlich um vier Uhr Feierabend, und von seiner Bank bis hierher war es nur ein Fußweg von fünfzehn Minuten. Als er endlich aufgetaucht war, hatte ich ihn nach oben begleitet. Wir zogen die Schuhe aus, er hängte seinen Mantel und das Jackett über einen Bügel und bot mir Kaffee an, den ich ablehnte.

„Aber es ist eine Erklärung", rief ich und folgte ihm, als er aus der Küche Mineralwasser und zwei Gläser holte, dann ins Wohnzimmer ging, wo wir uns gegenüber in die weichen Lederbezüge sinken ließen.

„Es kann tausend Gründe geben."

„Der Grund ist ja auch egal", winkte ich ab. „Jedenfalls muss ich mit Andreas reden."

Peter legte Platzdeckchen unter Gläser und Flasche und schenkte uns ein. Als ich den Namen aussprach, begann seine Hand leicht zu zittern.

„Glaubst du denn, er will mit *dir* reden?"

„Ich werd mich entschuldigen."

Einen Moment lang war es ganz still. Die Kohlensäure zischte.

„Ich nehme an", sagte ich, „er hat sich nicht mehr bei euch gemeldet."

Peter schüttelte den Kopf, sackte etwas in sich zusammen. Am liebsten hätte ich ihn gefragt, wie es ihm dabei ging, was dieser Verlust aus seiner Beziehung zu Michael gemacht hatte. Ob sie sich einen Neuen suchen mussten, bevor sie andernfalls nicht mehr zueinander finden würden. Aber ich hielt meinen Mund, zumal seine Haltung für sich sprach.

„Glaubst du nicht, Hannes, dass du mittlerweile genug angerichtet hast?" fragte er, während er irgendwelche Falten im Leder glattstrich.

„Ich will doch nur wissen, wo er wohnt."

„Er hat nichts damit zu tun. Lass ihn in Ruhe."

„Woher willst du das wissen? Hat er was gesagt?" Überrascht sah ich Peter an. Immerhin, fiel mir ein, hatte zumindest er gewusst, dass Robert sich mit einem Holger traf, war er es gewesen, der mich erst auf diese Spur gebracht hatte.

„Unsinn", sagte Peter kopfschüttelnd, „Andreas hat nie was von sich erzählt. Genaugenommen interessierte uns das ja auch nicht. Ich will bloß, dass die Sache endlich ein Ende hat mit dir. Ich seh doch, wie kaputt dich das macht."

„Dann gib mir seine Adresse, und es wird ein Ende haben. Versprochen."

Mit einem tiefen Seufzer stand er auf, ging in den Flur zu dem kleinen Tisch mit dem Telefon und klappte ein Notizbuch auf.

„Das ist wirklich das letzte Mal, dass ich dir weiterhelfe", sagte er.

„Klar." Ich war ebenfalls aufgestanden. Über seine Schulter hinweg verfolgte ich ungeduldig, wie er etwas auf einen Zettel kritzelte. „Bald ist alles vorbei. Dann ist alles wie früher. Ehrlich."

Zögernd reichte er mir die Adresse. „Das hoffe ich mal. Vor allem für Jan."

„Hat er dich angerufen?"

Peter nickte, wusste also Bescheid. Ich hätte ihn fragen können, ob ich alles vermasselt hatte oder ob ich noch eine Chance hätte, wenn ... Ich fragte nicht, steckte den Zettel ein.

„Danke."

„Mach dir nur nichts vor, Hannes, selbst wenn du Robert findest", sagte Peter.

„Ich weiß, ich habe viel Mist gebaut in letzter Zeit. Aber seit Robert weg ist, ist mir auch einiges klar geworden. Sogar diese Selbsthilfegruppe hat irgendwie geholfen, so merkwürdig das klingt. Ich kann mich ändern, Peter."

„Für wen?"

Verwirrt sah ich ihn an.

„Für wen von uns willst du dich ändern?" wiederholte er. „Ich habe mich auch geändert für Michael, aber es hat mich nicht weitergebracht. Letztendlich ist doch alles wie vorher, und ich kann wieder zusehen, wie Micha mit anderen fickt. Früher kam er morgens von seinen Touren nach Hause, und dann, mit Andreas, sind wir zu dritt aufgewacht. Das war der einzige Unterschied. Seine Kerle sind mir lediglich noch ein bisschen dichter auf die Pelle gerückt. Also überleg dir das gut. Wenn du dich schon ändern willst, dann nicht für andere."

„Keine Sorge. Ich weiß, was ich tue", sagte ich und lächelte ihm zu. Ich stand bereits in der offenen Tür. Peter nickte stumm, mit zusammengekniffenem Mund. Als ich merkte, dass er nichts mehr sagen würde, rannte ich die Stufen hinunter.

Nur wenige Minuten später stand ich vor einer anderen Wohnung.

Ich musste mehrere Male klingeln, ehe die Tür sich vorsichtig einen Spalt öffnete. Nachdem Andreas mich erkannt hatte, riss er sie weiter auf, die Arme demonstrativ seitlich von sich gestreckt, gegen Tür und Rahmen gepresst.

„Schau an", sagte er mit seinem sarkastischen Tonfall und wandte kurz seinen Kopf zurück in den Flur. Es hätte mich nicht gewundert, wenn Holger hinter ihm erschienen wäre, mit nacktem, schwitzendem Oberkörper, die Hose am Bund halb offen, denn auch Andreas trug lediglich eine Shorts und ein Hemd darüber, noch aufgeknöpft.

Ich hatte mir keinen Eröffnungssatz zurechtgelegt, keuchte noch von den vielen Stufen, die ich hinauf gehastet war, während Andreas wartete.

„Ich muss mit dir reden", sagte ich endlich. „Ich wollte mich entschuldigen."

„Wie nobel. Aber ich hab kein Interesse." Er war dabei, mir die Tür vor der Nase zuzuschlagen.

„Warte! Ich habe da was, was dir gehört", rief ich und setzte meinen Fuß auf die Schwelle, um das Zufallen zu verhindern. Die Tür ging wieder ein wenig auf. Aus der Jackentasche zog ich Holgers Rechnung an ihn hervor, die Peter mir überlassen hatte, und reichte sie ihm durch den Türspalt. Ich war gespannt, wie Andreas darauf reagieren würde. Mir selbst war dieses Detail erst heute Mittag aufgefallen, als ich mir die Rechnung noch einmal angesehen hatte.

„Woher hast du das?" fragte er verwundert und nahm mir das gefaltete Papier ab.

„Kann ich jetzt rein?"

Wieder sah Andreas hinter sich, zuckte dann mit den Schultern und ließ mich eintreten.

„Mach's kurz."

Weiter bat er mich nicht. Wir standen in seinem Flur, in dem Kartons wahllos gegen die Wände gestapelt lagerten, als wäre er gerade dabei ein- oder auszuziehen. Er sah die Rechnung nicht an, hielt sie in der Hand vor seinen schlanken, durchtrainierten Bauch, unterhalb der haarlosen Brust, mit der kleinen Tätowierung über der rechten Brustwarze, die das offene Hemd nicht verdeckte, und der dicken Silberkette um seinen Hals. Ich dagegen ließ den Blick nicht ab von dem

Papier, starrte auf das, was er mir dicht dahinter präsentierte. Die Shorts waren ein, zwei Nummern zu klein.

„Ich habe mich nur gefragt", begann ich und zwang mich, aufzusehen, „weshalb du ein Auto reparieren lässt ... wenn du gar keins hast. Nicht mal einen Führerschein."

Andreas blieb völlig gelassen, ohne auch nur die Miene zu verziehen, ohne Anzeichen dafür, ob er sich bei irgendetwas ertappt fühlte. „Und?"

„Wofür also schreibt Holger dir eine Rechnung?"

Mit dem Blick weiterhin auf mich gerichtet, zerknüllte er das Papier, ließ es einfach auf den Boden fallen.

„Manchmal", antwortete er kalt, „bezahlt man Reparaturen für seine Freunde."

Das sagte er so ruhig und spontan, dass ich einen Moment verunsichert war. Entweder er sagte die Wahrheit oder er hatte die Antwort lange schon parat gehabt.

„Sonst noch was?"

Ich zögerte, da ich mir plötzlich kindisch und dumm vorkam. Dennoch hielt ich ihm auch noch den Tennisball entgegen. Ich wollte wissen, ob ich Recht gehabt hatte.

„Na, schau einer an", sagte er grinsend und knetete den Ball in seiner linken Hand. „Es findet sich alles irgendwann wieder ein."

„Du gibst es also zu."

„Das war albern, ich weiß. Mein Gott, war ich blau in dieser Nacht! Aber was hast du erwartet, nach dem, was du da abgezogen hast bei den beiden? Sei froh, dass ich keinen Stein genommen hab." Andreas warf den Ball in die Höhe, fing ihn wieder auf. „Ich kann nur hoffen, es hat dich ordentlich erschreckt. Immerhin musste ich erst deine Adresse rausfinden. Was zum Glück nicht besonders schwer war."

„Ich weiß nicht, was ihr für ein Spiel spielt, aber ich komme schon dahinter. Darauf kannst du wetten", rutschte es mir in meinem Ärger heraus. Ich hatte ihn nicht aus der Reserve locken können.

Sein Oberkörper lehnte sich vor, und er tippte mir gegen die Brust, so wie auch Holger es getan hatte. Sein Atem roch nach Nikotin, und seine Stimme wurde hart. „Ich warne dich. Bisher haben wir dem tatenlos zugesehen, aber wenn du nicht aufhörst, in alles deine Nase zu stecken ..."

„Robert hätte sich nie mit dir einlassen sollen!" rief ich und drückte seine Hand von mir weg.

„Hat er aber. Und ich denke nicht, dass ihm das missfallen hat."

„Natürlich. Du wirst deinen Arsch auch ordentlich hingehalten haben."

Andreas war kurz irritiert, dann grinste er. „Fragt sich, wer hier was hingehalten hat."

Jetzt wurde ich wütend. Es ging nicht an, dass er Robert verunglimpfte. „Red keinen Quatsch! Robert hat sich nicht ficken lassen."

„Ach nein?" Das Grinsen legte sich nun über sein gesamtes Gesicht, verzerrte es zu einer schadenfrohen Fratze. „Hat *er* das behauptet? Vielleicht solltest du nicht alles glauben, was man dir vormacht. Ich kenne jedenfalls keinen sonst, der sich so ..."

„Was ist los?"

Andreas' letzter Satz blieb unausgesprochen. Die Unterbrechung ließ mir keine Zeit, über das Gesagte nachzudenken, geschweige denn, mir einzugestehen, dass Robert womöglich nur mich nicht an sich herangelassen hatte. Und genaugenommen war ich froh darüber, abgelenkt zu werden. Jedenfalls für einen kurzen Moment.

Michael war aus einem der Zimmer in den Flur getreten, tatsächlich noch mit offener Hose und bloßem Oberkörper. Beide waren wir erschrocken, mir blieb regelrecht die Spucke weg, und Michael, nachdem er einen Schritt zurück ins Zimmer machen wollte, besann sich, richtete sich tief durchatmend auf. Ich wandte mich ab, wollte einfach nur raus hier.

„Hannes, warte", hörte ich Michael hinter mir, und widerwillig blieb ich stehen. Als ich mich umdrehte, hatte sich Andreas weiter nach hinten verzogen, mit verschränkten Armen gegen einen Türrahmen gelehnt, und Michael trat dicht an mich heran, mit schuldbewusstem Ausdruck. Unter der Jeans, bemerkte ich, trug er keine Unterhose. Ich hob abwehrend die Hände.

„Ich weiß, ich weiß", sagte ich, „es ist nicht so, wie es aussieht."

„Nein, doch. Ja, mein Gott, was soll ich sagen? Du verstehst das nicht."

„Ach nein? Und was bitte, soll ich hier nicht verstehen?"

Michaels Schnauzbart zuckte nervös um seine Mundwinkel, die Falten unterhalb der Glatze wurden deutlich sichtbar, und er wölbte seinen Bauch nach vorn. Ich fühlte mich in die Enge gedrängt.

„Spiel hier nicht den Unschuldigen", sagte er plötzlich hart, „immerhin ist das hier auch deine Schuld."

„Das muss ich mir nicht anhören!"

„Doch, das musst du", rief er, und hielt mich mit einem festen Griff am Oberarm zurück. „Mach hier bloß nicht auf moralisch. Erst machst du alles kaputt, und willst mir jetzt sogar vorschreiben, was ich tun und lassen soll? Wer glaubst du eigentlich, Hannes, wer du bist?"

„Und Peter ist dabei völlig egal, was?"

„Peter, zu deiner Information, weiß, dass ich hier bin."

Hinter ihm sah ich Andreas lautlos lachen, den Kopf dabei in den Nacken geworfen, in einer übertrieben aufgesetzten Heiterkeit. Noch einmal warf er den Tennisball demonstrativ in die Höhe, bevor er rückwärts im Zimmer verschwand. Der Ball fiel ins Leere, hüpfte und rollte davon.

„Immerhin", fuhr Michael fort, und ich musste mich anstrengen, überhaupt zuzuhören, „reden wir miteinander. Sicher, es fällt ihm nicht leicht, das zu akzeptieren, aber er tut es. Frag ihn. Das nennt man Kompromisse machen."

„Wessen Kompromisse? Du brauchst ja wohl keine zu machen!"

„Ich? Ich mache keine? Wenn Peter nicht mehr mit mir schlafen will, wenn er mich nicht an sich ranlässt, wenn ich seine Depressionen ertrage und versuche, ihm da rauszuhelfen, wenn er tagelang kein Wort sagt, und ich alles tue, damit es ihm besser geht, damit er nicht alles hinschmeißt und mich verlässt, das nennst du keine Kompromisse eingehen? Denk nach, Hannes, bevor du irgendjemandem etwas vorwirfst!"

Mir tat der Kopf weh. Ich hatte keine Lust, weitere Einzelheiten zu erfahren, und konnte mich endlich aus seinem Griff befreien. Wir sahen uns an, ich setzte auch zum Sprechen an, aber ließ meine Hand nur ermattet durch die Luft fahren, in einer wegwischenden Geste. Das alles wurde mir zu kompliziert, zu undurchsichtig, und ich wollte mir jetzt keine Gedanken darüber machen.

*

Am Abend rief ich Susanne an, nannte ihr die Uhrzeit, zu der ich sie abholen und wir mit ihrem Auto zu Holgers Werkstatt fahren würden. Sie kicherte das ganze Telefonat über, betrunken oder zugekifft oder auch nur freudig erregt über unser kleines Spiel. Ich sagte ihr noch, sie solle sich etwas Aufreizendes anziehen, aber das hätte ich nicht extra erwähnen brauchen.

Anschließend vervollständigte ich meine Notizen, schrieb notdürftig eine Rede zusammen, hin und her gerissen zwischen meinem Drang, mit ihr meinem Ärger Luft zu machen und meinen Eltern ein weiteres Mal zu gefallen. Schließlich hatte ich zwei Versionen vor mir liegen, die ich beide in einen Umschlag steckte.

Bevor ich mich auf Roberts Bett fallen ließ, neben den Teddybären mit dem schiefen Knopfauge, hielt ich wieder den Telefonhörer in der Hand, den Zeigefinger wieder an der Tastatur. Erst nach dem dritten Klingeln bemerkte ich, dass ich meinen eigenen Anschluss gewählt hatte, an dessen Ende niemand abnehmen konnte. Ich hätte Jan gern erzählt, welch ein verwirrendes Konstrukt die Beziehung unserer Freunde war und wie wenig wir tatsächlich über sie wussten. Aber Elkes Nummer kannte ich nicht auswendig.

Lange Zeit starrte ich einfach an die Decke, auf den merkwürdigen, kleinen Wasserfleck dort oben, der mir bis dahin nie aufgefallen war, und wartete, dass ich endlich einschlief.

Kapitel 10

Ich trug den besten Anzug, den ich in Roberts Schrank hatte finden können, einen schwarzen Dreiteiler, dessen Hose ein wenig um die Taille spannte, so dass ich den oberen Knopf offen lassen musste. Die Beine waren um zwei Zentimeter zu kurz, was sich nicht ändern ließ. Unter der Weste hatte ich ein weißes Hemd angezogen, dazu eine seiner vielen bunten Krawatten umgebunden, eine in tiefes Rot gehaltene, mit merkwürdigem Muster darauf. An den Füßen schwarze Lackschuhe.

Mutters Blick, als ich sie gehetzt auf dem schmalen Kiesweg einholte, war gepaart von Enttäuschung und Erstaunen. Natürlich hatte ich es nicht rechtzeitig geschafft, um zehn Uhr bei ihnen zu sein, und so war ich gleich von der U-Bahnstation zum Friedhof gerannt, in der aus Erfahrung gespeisten Gewissheit, dass sie nicht auf mich warten würden.

Meine Eltern hatten sich umgedreht und verharrten, Vater die Hände hinter dem Rücken, Mutter die ihren vorne übereinander gelegt, bis ich wieder ruhig atmen konnte. Ich gab Vater die Hand, bevor ich Mutter die Wange anbot.

„Was hast du denn an?" fragte sie, ohne mich zu küssen.

Schuldbewusst blickte ich an mir herab, in der Befürchtung, einen modischen Fauxpas begangen zu haben. Ich fand, der Anzug stand mir ausgezeichnet. „Wieso? Was ist damit? Gefällt's dir nicht?"

„Den habe ich noch nie gesehen. Doch. Doch, steht dir sehr gut. Warum hast du den nicht bei Tante Gertruds Geburtstag getragen?"

Mein Blick streifte kurz den von Vater, der die buschigen Augenbrauen hochzog, um mir zu deuten, mir ja eine gute Ausrede einfallen zu lassen, wenn ich Ruhe haben wollte.

„Der ist neu", sagte ich.

„So, so." Mit ihrer Hand fuhr sie über das Jackett, strich eine Falte glatt und entfernte einen Fussel. „Häng ihn nächstens ordentlich auf, damit er nicht so knittert." Dann zog sie demonstrativ den Ärmel ihres Pelzmantels zurück, schüttelte ihr Handgelenk, dass es vor goldenen Reifen nur so klimperte, und sah auf die Uhr.

„Wir sind spät dran."

In einer Reihe, ich zwischen meinen Eltern, gingen wir den Weg entlang, vorbei an unzähligen Grabstätten mit Marmorsteinen, typischen Friedhofsgewächsen, die keinerlei Pflege bedurften, und einsam flackernden Lichtern. Um diese Zeit war nicht viel los. Eine alte Frau harkte die Erde eines der Gräber, und eine andere füllte ihre Gießkanne an einem der Wasserhähne. Die Blätter an den vereinzelten Bäumen hatten sich bereits rot gefärbt und segelten lautlos um uns zu Boden. Es war kühl, trotz der Sonne, die zwischen den Wolken immer öfter hindurchschien und mich beim Gehen blendete. Ich wünschte, ich hätte auch noch Roberts Mantel angezogen.

Wir schwiegen. Dass Mutter nicht sofort auf die Rede zu sprechen kam, konnte nur bedeuten, dass sie den Spieß umdrehte, nun von mir erwartete, sie ihr auszuhändigen, anstatt danach zu verlangen. Automatisch griff ich in die Innentasche des Jacketts, ertastete den Umschlag mit den zwei gefalteten Bogen Papier, aber ich ließ sie dort stecken. Mein Trotz war stärker als die Gefahr, sie noch weiter zu verärgern. Und ich befürchtete, womöglich die falsche Version hervorzuziehen.

Das Grab lag weit hinten, fast an der Hecke, die den Friedhof umzäunte. Schon von weitem konnte ich ihren großen Stein ausmachen, den mit diesen abgeschmackten gefalteten Händen darauf und dem Engel darüber, der sich leicht vornüberbeugte, als wollte er sich vergewissern, dass Großmutter blieb, wo sie war. Niemand sonst hatte einen Engel zur Bewachung. Eine Entscheidung meiner Eltern, die Großmutter nicht mehr selbst im Auge behalten konnten, und natürlich getroffen, um der Familie mehr Gewicht zu verleihen.

Vater hielt einen Strauß Blumen in Seidenpapier gewickelt in der Hand, den er im Gehen am ausgestreckten Arm baumeln ließ, was meine Mutter mit bösen Blicken aber stumm kommentierte. Er bemerkte das nicht, war ahnungslos darüber, wie man Blumen zu tragen hatte. Am Grab angekommen, wickelte er sie aus, reichte sie meiner Mutter und ging zum Abfallcontainer am Rande der Abzweigung des engen Weges, in den wir hierher eingebogen waren. Er blieb dort auf einer der beiden Bänke sitzen, holte seine Zigarillos hervor und beobachtete uns. Vater, wie immer, die graue Eminenz.

Neben mir machte Mutter einen übertriebenen Seufzer, hockte sich nieder, um die paar Rosen in einer der grünen Friedhofsvasen aus Plastik zu arrangieren, die in die klumpige Erde gesteckt waren. Auch ich kam nicht ganz ohne Gaben. Aus der Jacketttasche zog ich einen kleinen weißen Teller hervor – aus Roberts Küchenschrank entwendet – und legte ihn zu den Blumen. Mutter sah mich entsetzt an. Ich zuckte mit den Schultern.

„Ich dachte, dass würde ihr gefallen", sagte ich.

„Was soll sie denn mit einem Teller?" fragte sie beinahe erbost.

„Es war doch ihre liebste Erinnerung."

Und wohl die einzige an ihren Ehemann, dachte ich. Alles andere hatte sich im Laufe der Zeit verloren, war vergessen worden. Ich bezweifelte sogar, dass sie ihn erkannt hätte, wenn er tatsächlich eines Tages vor unserer Tür gestanden hätte, jahre-, wenn nicht jahrzehntelang nach dem Krieg, der ihn zweifelsohne verändert haben musste. Nicht nur äußerlich, auch sein ganzes Auftreten, seine Gedanken, Wünsche und Vorstellungen wären nicht mehr dieselben gewesen. Ein anderer Mensch. Hätten sie sich noch geliebt? Alles was Großmutter schließlich hatte, war ihre Erinnerung an ein einziges Merkmal, an die Fähigkeit ihres Gatten, Teller auf langen, dünnen Stäben zu jonglieren. Nach all den Jahren wäre der Mensch dahinter längst verblasst. Sie war lediglich verliebt in die Sehnsucht gewesen, die sich in diesem Merkmal manifestierte. Einem Merkmal, das sich in jedem wiedererkennen ließe, der diesen Trick beherrschte.

In dieser Hinsicht war Großmutter unsere Penelope, die, davon war ich überzeugt, Odysseus nicht erkannt, sondern lediglich seine Fähigkeit wiedergefunden hatte, den Bogen zu spannen und den Pfeil durch zwölf Ringe zu schießen. Diese heldenhafte Leistung mochte ihr Grund genug gewesen sein, alles zu glauben. Ich hätte es meiner Großmutter wirklich gewünscht, wenn irgendwann vor ihrem Fenster ein älterer Mann erschienen wäre, in jeder Hand und auch im Mund einen Stab mit einem rotierenden Teller darauf, und ich hätte es nur zu gern gesehen, wie in ihren Augen ein Strahlen erschienen, wie in diesem clownesken Akt ihre Hoffnung, ihr Sehnen erfüllt worden wäre. Alles, was sie jemals gesucht und sich erhofft hatte, hätte sie in diesen Mann projizieren können. Dieses eine kleine, unbedeutende Merkmal hätte alles möglich gemacht.

„Was redest du da?" unterbrach Mutter meine Gedanken und griff nach diesem in ihren Augen unwürdigen Gegenstand. „Wie sieht das denn aus? Ein Teller!"

Vielleicht wusste sie wirklich nicht, was dieser Teller bedeutete, oder wollte es gar nicht wissen. Großmutters Finger an ihren vertrockneten Lippen, als sie mir deutete, nichts davon zu verraten, wenn Mutter ins Zimmer kam, war nicht nur ein Spiel zwischen Oma und mir, war vielmehr die Scham, über etwas gesprochen zu haben, das lieber ungesagt blieb. Deshalb wohl auch die fehlenden Berufsbezeichnungen bei der mütterlichen Linie in Vaters Stammbaum.

„Das Weiß macht sich doch gut auf der braunen Erde und unter deinen Rosen", sagte ich herausfordernd, und sie sah mich an mit einer Mischung aus Verdruss und Vorsicht, sich lieber nicht weiter darauf einzulassen.

„Red keinen Unsinn, Hannes. Hier, wirf ihn weg. Ich möchte einen Moment allein sein."

Ich blieb noch kurz neben ihr stehen, den Teller unentschlossen zwischen uns in der Hand, aber Mutter achtete nicht mehr auf mich. Den Kopf leicht gesenkt, so dass das Doppelkinn hervortrat, erstarrte sie in ihrem teuren Pelzmantel. Resigniert wandte ich mich ab, gesellte mich zu Vater auf die Bank, der bereits sein zweites Zigarillo anzündete. Meine kleine Gabe warf ich in den Container. Schweigend saßen wir nebeneinander, beobachteten die Frau mit dem zurechtgemachten weißen Haar und den schwarz bestrumpften Beinen in zu hohen Absätzen, die unter dem langen Pelz hervorragten.

Schließlich machte Vater ein schnaubendes Geräusch. „Jetzt betet sie wieder", sagte er mit seiner rauchigen Stimme, unterlegt mit seinem typischen Sarkasmus.

„Mutter betet?" fragte ich erstaunt.

„Na ja, oder was sie dafür hält. Was weiß ich, was das soll."

Wir blickten weiter auf die regungslose Frau, die uns vergessen zu haben schien, von der wir aber wussten, dass sie sehr wohl spürte, wie sehr wir sie anstarrten. Der Rauch des Zigarillos umkreiste mich derweilen, verströmte den typischen Geruch, mit dem ich Vater seit meiner Kindheit identifizierte. Woher auch immer mir der Geruch aus Zimt und Weihrauch und Tabak entgegenströmte, es tauchte sofort ein geistiges Bild auf, oder vielmehr eine substanzlose Präsenz, die mir über die Schulter sah. Das zumindest hatten beide Elternteile gemeistert: gegenwärtig ohne anwesend zu sein.

„Was sollte das mit dem Teller?" fragte Vater kopfschüttelnd. Er wartete nicht auf eine Antwort. „Wühl jetzt nur nicht in uralten Geschichten, das bringt nichts. Dein Opa war hoher Offizier, kein Komiker."

„Irgendwoher muss er das doch gelernt haben, oder nicht?"

„Gelernt!" Wieder schnaubte es aus seiner großen Nase, so dass die schwarzen Haare, die dort hervorwucherten, zu zittern anfingen. „Er hatte seinen ... war Deutscher, stand so im Pass. Egal, was geredet wurde. Seine Eltern sind ja nie wieder aufgetaucht."

Ich hatte mich ihm zugewandt, aber sein Profil verriet nichts. Schwerfällig erhob er sich, die Hände auf die Knie stützend, und beendete damit jede weitere Nachfrage. Mutter eilte gleichzeitig auf uns zu, die Lippen zusammengekniffen, als ahnte sie, in welche Richtung unser Gespräch gegangen war.

„Und? Hat sie dich gehört?" fragte ihr Ehemann.

Mutter lachte kurz auf, wie über einen alten Witz. Sie sah ihn nicht an, hakte sich stattdessen bei mir unter.

„Sie hat ihre Ruhe gefunden", murmelte sie.

‚Ruhe wovor', hätte ich am liebsten gefragt, ‚und vor wem?' Ich atmete tief durch, ging mit ihr im Arm hinter Vater zurück zum Ausgang. Die wichtigen Fragen zu stellen, hatte ich nie gelernt, sondern mich immer schon einschüchtern lassen von einem Blick, einer abweisenden Geste, die mich aufforderte, das Familienglück mit meinen unbedachten Äußerungen nicht zu stören. Und nun gelang es mir nicht mehr, damit anzufangen.

Mutter lehnte sich plötzlich weit gegen mich und strich mir mit der Hand über den Ärmel. Was jetzt kam, war unvermeidlich.

„Du weißt ja gar nicht, wie gespannt ich bin", sagte sie zuckersüß und gab mir ihr schönstes Lächeln.

„Ich auch", antwortete ich, starrte zu Boden, auf die knirschenden Kiesel unter unseren Schuhen, und dachte an meine zwei Versionen.

„Wieso das? Bist du dir nicht sicher, ob du das Richtige geschrieben hast?" Unbehagen schlich sich in ihre Stimme, gepaart mit einem Schuss Selbstherrlichkeit. ‚Siehst du', schien sie hinzuzufügen, ‚hättest du sie mir gezeigt, könnte ich es dir sagen.'

„Doch, doch. Keine Angst. Willst du sie sehen?"

Unsere Blicke trafen sich, hielten einander stand. Diesmal verzog sie lediglich ihren linken Mundwinkel süffisant nach oben. Wieder tätschelte sie meinen Arm. „Du wirst schon wissen, was du tust. Ich vertraue dir."

Dazu sagte ich nichts, und wir blickten erneut auf Vaters Rücken im schwarzen Baumwolljackett mit den aufgenähten braunen Lederflicken auf beiden Ellenbogen.

Gelangweilt, die Arme vor der Brust verschränkt, lehnte ich in der offenen, verglasten Terrassentür, betrachtete das Treiben draußen und drinnen und sah zu oft auf die Uhr. Es war kurz vor drei. Wann genau meine Mutter die Ansprachen und Reden geplant hatte, wusste ich nicht, hatte auch nicht nachgefragt. Das war ihre Sache. Wahrscheinlich zwischen Kuchen und Abendessen.

Im Wohnzimmer hatte eine Catering-Firma ein riesiges Büfett aufgetragen, mit Wärmebehältern, kalten Platten und verschiedenen Desserts. Dahinter standen zwei Kellner in weißen Anzügen, bereit den Gästen behilflich zu sein. Auf der Terrasse, unter der beheizten Markise, waren vier Tischreihen mit hölzernen Bänken aufgestellt. Tante Gertrud winkte mir dort von ihrem Platz aus zu, und ich rang mich zu einem Lächeln durch. Mein Vater, ihr Bruder, saß neben ihr, den vollen Aschenbecher immer in Reichweite, wie auch das Glas Bier, das einer der engagierten Kellner ständig nachfüllte. Vater machte keinen sehr fröhlichen Eindruck. Zusammengesunken schien er Gertruds ständigen Redefluss zu ertragen, reagierte lediglich mit Nicken oder mit einem Griff nach dem Bier. Die beiden anderen älteren Frauen zu seiner Rechten dagegen beteiligten sich redlich. Ihr schrilles Lachen drang über die gesamte Terrasse. Ich hatte keine Ahnung, wer sie waren.

„Öde, was?"

Dirk war von hinten an mich herangetreten und hatte meinen ständigen Blick auf die Uhr bemerkt. Er war der Sohn von Onkel Wilhelm, ebenfalls aus der Linie meines Vaters, aber anders als ich kein Einzelkind. Er war fünf Jahre jünger. Wie seine beiden Schwestern, neigte Dirk zur Korpulenz. Eine Veranlagung in unserer Familie, deren Verlauf ich bei der Verwandtschaft mit einem gewissen Unbehagen verfolgte. Seit ich ihm das letzte Mal begegnet war, hatte er einige Pfunde zugenommen.

„Wie immer auf diesen Feiern", sagte ich.

Dirk nickte. „Und? Wie läuft's so?"

„Gut. Danke. Und bei dir?"

„Großartig. Letzten Monat bin ich befördert worden. Zum Abteilungsleiter."

„Gratuliere." Ich zog meinen Bauch ein, um jemanden vorbeizulassen. Dirk, mit seinem Glas Wein in der Hand, blickte hilflos in alle Richtungen. Auch er bereute wohl, das Gespräch überhaupt begonnen zu haben. Dirk und ich trafen uns selten, hatten auch keine Gemeinsamkeiten. Seine Frau konnte mich nicht leiden.

„Ich hab gehört, Sabine ist wieder schwanger."

„Ja, im fünften Monat", sagte er ohne viel Freude in der Stimme. Es klang, als hätte man ihn hintergangen. Meinen neugierigen und irritierten Blick musste er bemerkt haben, da er schnell versuchte, keinen falschen Eindruck zu hinterlassen. „Vater werden ist das Größte."

„Sicher", sagte ich und konnte mir den Rest nicht verkneifen. „In einer intakten Familie."

„Das sind alles nur Gerüchte. Ich muss es schließlich wissen."

Damit ließ Dirk mich stehen. Er drehte sich einfach um und verschwand in dem Gedränge vor der provisorisch errichteten Bar an der Wand, wo sonst der Esstisch stand. Ich sah ihm nach, grinsend und schadenfroh. Es tat immer gut zu wissen, dass andere Beziehungen auch nicht besser laufen als die eigene.

Ich stand wieder allein, betrachtete die vielen fremden Menschen, irgendwelche entfernten Verwandten und Freunde meiner Eltern, die meisten in ihrem Alter, dazwischen einige herumflitzende Enkel, die ich keinem der Erwachsenen zuordnen konnte, kreischend und nervig und Kuchen und Limonade auf den Boden kleckernd. Ich war nie der geborene Familienmensch gewesen. Im Internat großgeworden verlor sich das Gefühl dazuzugehören sehr schnell. Was Familie ausmachte, wer zu wem gehörte, was es bedeutete, Blut statt Wasser in den Adern zu haben – es hatte mich nie interessiert.

Mutter glitt durch die Menge, frisch zurechtgemacht, strahlend und lachend, und plauderte mit jedem einige Worte, um dann weiterzuziehen. Sie zumindest konnte jeden mit Namen anreden, wusste, was es entsprechendes zu sagen gab, etwas Belangloses, ein Kompliment oder auch nur eine Begrüßung. Sie schien sich in der Menge zu gefallen, die perfekte Gastgeberin und Gattin. Die Aufmerksamkeit, die sie bekam, verjüngte sie sichtlich. Ihr Gang hatte etwas beinah Beschwingtes, Leichtes, und in ihren Augen lag ein unverkennbarer Glanz. In diesem Moment war sie glücklich.

Ich stellte mein Glas ab und drängelte mich zwischen Großtanten und Schwippschwagern in ihre Richtung. Mutter sah mich nicht kommen. Mitten im Satz hielt sie plötzlich inne und starrte an ihrem Gesprächspartner vorbei über dessen Schulter. Ihr Lächeln gefror.

Ich blieb stehen, einige Meter von Mutter entfernt, ihrem Blick dorthin folgend, wo sie das Unerfreuliche bemerkt haben musste. Zwei Kinder spielten in dem Gedränge mit einem Luftballon Fußball, daneben versuchte ein alter Mann zitternd sein Glas mit Bowle aus der riesigen Kristallschüssel nachzufüllen, und dahinter, erkennbar durch die leicht spiegelnde Terrassentür, war Vater aufgestanden, begrüßte eine blonde Frau um die vierzig.

Das Glas des alten Mannes wackelte ohne umzukippen, der Ballon zerplatzte, aber Mutter löste sich noch immer nicht aus ihrer Starre. Die Frau sprach weiter mit Vater, der auflachte und einem kleinen Jungen, den sie hinter ihrem Rücken hervorschob, sanft durch sein ebenfalls blondes Haar strich. Mutter wandte sich ruckartig ab und eilte an mir vorbei in die Küche.

Als ich ihr schließlich folgte, stand sie mit dem Rücken zu mir und spülte Gläser. Ich schloss die Tür.

„Wer ist die Frau?" fragte ich, nachdem sie sich nicht einmal umgedreht hatte, um zu sehen, wer hinter ihr stand. Wahrscheinlich wusste sie es einfach.

„Wer? Was für eine Frau?" Jetzt sah sie über die Schulter, trocknete ihre Hände an einem Spültuch ab.

„Du weißt, wen ich meine."

Mutter lächelte gekonnt, aber nicht täuschend genug. Sie hatte wohl vergessen, wie gut sie mich gelehrt hatte, aus Blicken und Gesten statt aus Worten zu lesen. „Was weiß ich. Eine frühere Arbeitskollegin oder so. Keine Ahnung. Warum fragst du überhaupt?"

„Hör auf, mir auszuweichen. Ich hab doch gesehen, wie entsetzt du warst. Du hast sie doch nicht eingeladen, oder?"

Mutter begann hektisch hin und her zu laufen, benutzte Teller und Gläser vom Tisch und der Arbeitsplatte einzusammeln und sie in die Spüle zu räumen. Dass sie dafür Personal eingestellt hatte, war ihr entfallen.

„Bitte, Hannes, red dir nichts ein. Verdirb mir mit deiner blühenden Fantasie nicht den Hochzeitstag."

„Ich? Ich verderbe ihn dir?" rief ich und trat auf sie zu. Mutter blieb stehen, hob leicht den Kopf, um mich anzusehen.

„Lass uns nicht streiten. Nicht heute", sagte sie und berührte kurz meine Hand. Diesmal war ihr Lächeln eine Bitte, vielleicht sogar ein heimliches Flehen. Schnell wandte sie sich ab.

„Ich streite nicht. Sag mir nur, wer sie ist."

Statt zu antworten, wischte sie Krümel vom Tisch. Es wirkte lächerlich in ihrem teuren Kostüm, mit dem vielen Schmuck an den Handgelenken und um ihren Hals, in ihrer aristokratischen Haltung, die selbst in diesem banalen Akt nicht aufgegeben wurde.

„Wo ist Jan?" fragte sie bemüht beiläufig, die Krümel in der hohlen Hand. „Ich hab ihn noch gar nicht gesehen."

Ich lief rot an. „O nein, Mutter. Mach es dir jetzt nicht zu leicht."

„Leicht?" Ihr Kopf fuhr hoch, schockiert und erbost. „Ich mache es mir zu leicht? Denk nach, bevor du so etwas sagst!"

„Einmal, Mutter, nur ein einziges Mal will ich hören, was wirklich hier abgeht. Was es heißt, wenn du vor einer fremden Frau mit einem Kind davonläufst, was es heißt, fünfzig Jahre so zu tun, als ob …" Ich brach ab, ebenso unfähig wie sie, es auszusprechen. Wir schwiegen. Ihr starrer Gesichtsausdruck begann zu bröckeln, und was ich gesagt hatte, tat mir Leid. Mein Tonfall bekam etwas Hilfloses. „Aber wenn du es mir jetzt nicht sagst, bleibe ich nicht länger hier."

Hatte ich wirklich gedacht, sie dadurch aus der Reserve locken zu können? Ich hätte es besser wissen müssen. Sie zeigte keinerlei Reaktion. Ihr Mund spitzte sich etwas zu, und ihre gezupften, schmalen Brauen zogen sich eine Winzigkeit in die Höhe. Das war alles. Dann schlug sie ihre Hände gegeneinander, um die Krümel loszuwerden, um sich reinzuwaschen. Sie war dabei, mich einfach stehen zu lassen.

„Das ist deine Entscheidung, Hannes. Mach, was du willst", sagte sie auf dem Weg zur Tür.

Ich verlor die Geduld. Tatsächlich schrie ich, so dass sie stehen blieb, ohne sich umzudrehen. Sie ließ meine Worte an ihrem Rücken abprallen, damit ich nicht sah, was in ihrem Gesicht vor sich ging.

„Ja, wieso nicht? Schließlich habe ich immer gemacht, was ich wollte, nicht wahr? Ihr habt mir nie Vorschriften gemacht, mich einfach machen lassen. Mir meine Freiheiten gelassen. Aber vielleicht habe ich ja darauf gewartet, dass ihr irgendwann mal nein sagen würdet, mir einmal dadurch zu verstehen gegeben hättet, was ihr davon haltet. Einmal eure Meinung hören, anstatt nur dieses ‚mach, was du willst'. Einmal mitkriegen, dass es euch nicht egal ist. Dass ich Scheiße baue. Als ich weggelaufen bin, als ich geklaut habe, als ich sagte, ich bin schwul ... immer nur Verständnis, ein mitleidiges Lächeln. Nie eine Meinung dazu. War das eure Art Liebe zu zeigen, oder war es euch wirklich so verdammt egal? Sag es mir, Mutter. Sag es mir jetzt."

Aber sie konnte es mir nicht sagen, da sie längst aus der Küche verschwunden war.

Erschöpft von meinem Gefühlsausbruch ließ ich mich auf einen der Stühle fallen, fuhr mir mit beiden Händen übers Gesicht. Einige Minuten blieb ich einfach dort sitzen. Durch das angelehnte Küchenfenster drang entfernt das Stimmengewirr und Gelächter der Gäste. Ich sah auf die Uhr, zog den Umschlag mit beiden Versionen meiner Rede aus der Innentasche des Jacketts und legte ihn gut sichtbar auf den Tisch.

An der Tür blieb ich noch einmal stehen. Womöglich war ich zu weit gegangen. In dem Umschlag stand das, was meine Eltern hören wollten, und das, wie ich es sah. Soll und Ist. Einen Unterschied, den ich selbst kaum erkannt hatte. Wessen Schuld das war, wusste ich nicht. Aber ich hatte lange genug geschwiegen, aus Unwissenheit und Angst vor dem Unbekannten. Ich wollte nicht länger wegsehen. Wenn sich ihr Ärger über mich, über Vater irgendwann gelegt haben würde, konnte man vielleicht darüber reden. Ohne meinen Wutausbruch eben, ohne die beiden Versionen meiner Rede bliebe wieder nur das Schweigen. Davon hatte ich mehr als genug.

Erneut sah ich auf die Uhr und musste mich beeilen, um ein weiteres Schweigen zu brechen. Um Holger endlich und endgültig seiner Verbrechen zu überführen.

Kapitel 11

Susanne kam gleich nach dem ersten Klingeln die Treppe im Hausflur heruntergeeilt. Ich sah sie durch die Glasscheibe in der Tür, wie sie sichtlich gutgelaunt und hüpfend die letzten Stufen nahm. Über ihre Aufmachung hätte ich mir wahrlich keine Gedanken zu machen brauchen. Sie wusste sehr wohl, wie man Heteromänner um den Verstand bringt. In ihrem Fall bedeutete dies ein knapper, schwarzer Lederrock mit einem Gürtel mit riesiger silberner Schnalle, dazu spitze hochhackige Lederstiefel, die fast bis an ihre Knie reichten, und eine Art Top, das den halben Bauch freiließ. Der Nabel war gepierct, glitzerte aufreizend mit jeder Bewegung ihrer schmalen Hüften. Ihre Haare waren mit Spray zu einer wilden Mähne frisiert, und mit Make-up hatte sie nicht gegeizt. Ich kam mir vor wie ihr Zuhälter, der sie zum nächsten Termin fahren würde. Zum Glück hatte ich mich umgezogen, so dass ich nicht auch noch äußerlich diesem Eindruck entsprach.

„Hi, Süßer", begrüßte sie mich mit einem Kuss auf die Wange, sich ihrer Wirkung sehr wohl bewusst. „Alles klar?"

Ich war zu überrascht von dieser Circe, die da vor mir stand, um zu antworten. Mit halb offenem Mund starrte ich sie an, ließ meinen Blick auf und nieder gleiten.

„Kannst den Mund wieder zu machen, du tropfst ja. Bist du sicher, dass du schwul bist?"

„Du siehst klasse aus, wirklich. Aber vergeude deine Talente lieber nicht an mir."

„Richtig. Du hast mir diesen saugeilen Mechaniker versprochen! Ich kann's kaum erwarten."

„Ist dir nicht kalt?" fragte ich.

Sie sah an sich herab, strich sich über ihren festen Bauch. „Ach was. Mir wird schon warm werden. Na los, ich steh dort drüben."

Gemeinsam gingen wir zu ihrem Wagen. Ihre Absätze knallten laut mit jedem Schritt auf dem Bürgersteig, und jeder Mann, der uns auf diesem kurzen Weg entgegenkam, musste sich nach ihr umdrehen. Das wusste ich, weil ich mich wiederum nach ihnen umdrehte.

„Sollen wir noch mal alles durchgehen?" fragte ich, während Susanne vor dem hellblauen Twingo in ihrem kleinen roten Täschchen nach den Schlüsseln fischte.

Im Suchen hielt sie inne, warf mir einen vorwurfsvollen Blick unter langen, getuschten Wimpern zu. „Wozu denn? Glaubst du etwa, ich tu so was zum ersten Mal? Wenn der nicht stockschwul ist wie du, hat er keine Chance. Und was deine ... deine Extrawünsche angeht, das krieg ich hin."

„Okay. Hast du angerufen?" wollte ich dennoch besorgt wissen.

„Aber ja. Er weiß, dass ich komme." Hier kicherte sie wie ein kleines, pubertierendes Mädchen. „Ich hab auf Lolita gemacht und ihm ins Ohr gesäuselt, dass es dringend ist. Wegen der Bremsen, genau wie du gesagt hast. Und so, wie der klang, wird er warten."

„Gut. Es darf nur nichts schief gehen."

Sie stolzierte um den Wagen herum auf die Fahrerseite, schloss auf und setzte einen Fuß hinein. Bereits jetzt zog sich ihr Rock gefährlich weit nach oben. Ich sah nicht genau hin, aber ich war sicher, dass sie nichts darunter anhatte.

„Wird es nicht. Das kannst du einer Nymphomanin schon glauben. Du weißt doch, wenn der Schwanz steht ..."

„Ja, ja. Ich weiß. Also fahr mir einfach nach."

Wenige Minuten später fuhr ich langsam in Jans Auto an ihr vorbei. Erfreulicherweise hatte er den Corsa weiterhin vor unserem Haus geparkt und die Papiere und Schlüssel in der Wohnung gelassen. Susanne scherte aus ihrer Parklücke und hängte sich an meine Fersen. Von ihrer Wohnung bis zum Ziel dauerte es zwanzig Minuten. Die Nervosität wuchs mit jedem Meter, den wir uns der Werkstatt näherten. Meine Hände begannen zu schwitzen. Ständig musste ich sie an der Jeans trockenreiben, und andauernd sah ich in den Rückspiegel, um mich zu vergewissern, ob Susanne sich noch hinter mir befand. In der anbrechenden Dämmerung erkannte ich lediglich die Silhouette ihrer wilden Haare durch die Frontscheibe. Ich sah auf die Uhr. Holgers Werkstatt hatte längst geschlossen. Ich konnte nur hoffen, dass er tatsächlich auf seine späte Kundin warten würde und er seine Angestellten – sollte er welche haben – nach Hause geschickt hatte.

Die lange Straße mit der Mauer, hinten denen sich die vielen kleinen Betriebe befanden, war genauso verlassen wie bei meinem ersten Besuch. Nur ein paar Autos parkten halb auf dem Gehsteig. Als ich ungefähr hundert Meter vor Holgers Werkstatt hielt, flackerten die Laternen um mich herum ins Licht. Ich stieg aus. Von hier aus konnte ich seine Einfahrt bereits erkennen. Susanne ließ ihren Wagen laufen, kurbelte die Fensterscheibe herunter.

„Und jetzt?" flüsterte sie verschwörerisch, als könnte Holger uns hören.

„Fahr einfach da rein, in die zweite Einfahrt. Ich geh zu Fuß. Er darf mich nicht sehen."

„Hab verstanden. Na dann, viel Glück, Süßer, was immer du da eigentlich zu suchen hast."

„Und dir viel Spaß", wünschte ich ihr.

Sie warf mir eine Kusshand zu, dann sah ich nur noch ihre Rücklichter, und kurz darauf bog sie in die Kfz-Werkstatt *Holger Sprengler* ein.

Ich atmete tief durch. Jetzt gab es kein Zurück mehr.

Als ich vorsichtig um die Ecke blickte, hatte Susanne mitten auf dem Hof geparkt. Sie selbst stand vor der Kühlerhaube, zupfte ihren Rock und die ausladende Frisur zurecht. Tatsächlich schien niemand sonst mehr hier zu sein. Die Dämmerung verwischte bereits Konturen, hob die letzten Schatten auf, die Holgers Kleinlaster und die verschiedenen Geräte geworfen hatten. Nur in dem länglichen Gebäude brannte Licht, dort wo sich das Büro befand. Holger war nirgends in Sicht.

Schnell drängte ich mich neben dem offenen Tor an der inneren Mauer entlang zu einem aufgebockten, bereits verrosteten Mercedes und kauerte mich dahinter. Von hier, durch die fehlenden Scheiben, hatte ich den Hof gut im Blick.

Susanne, immer noch dabei etwas an sich in die rechte Ordnung zu bringen, sah sich um, versuchte wohl ausfindig zu machen, wo ich geblieben war. Das Licht aus dem Fenster umrahmte ihre dunkle Gestalt, ließ die toupierten Haare aufleuchten. Sie griff in ihr offenes Seitenfenster, drückte einmal kräftig auf die Hupe. Holger hatte sicherlich gehört, dass jemand auf den Hof gefahren war, und ich fragte mich, weshalb er solange brauchte, um nachzusehen. Endlich aber erschien ein Schatten hinter dem Bürofenster, und Holger öffnete die Tür. Ich duckte mich.

Einen Moment blieb Holger im Türrahmen stehen, dann, als seine Kundin keine Anstalten machte, näher zu kommen, ging er über den Platz zu ihr. Er trug wieder seinen Overall, diesmal, wie es aussah, ohne ein T-Shirt darunter, aber mit dem Reißverschluss weit offen. Sie gaben sich die Hand. Er musste nachgefragt haben, was an ihrem Wagen kaputt war, da sie anfing, umständlich mit den Händen zu gestikulieren. Ihre Worte verstand ich nicht, vernahm nur Susannes hohe, etwas zu erregte Stimme, die sie bereits jetzt mit naivem Kichern unterlegt hatte. Er öffnete die Motorhaube. Sie stand zu dicht neben ihm.

Die offene Haube versperrte mir halb die Sicht. Was ich sehen konnte, waren Susannes freier Bauch sowie Holgers Oberkörper, der sich weit über den Motor lehnte. Dann ging alles sehr schnell. Susanne hatte sich ebenfalls vorgebeugt, und im Nu waren Arme, Beine, einfach alles ineinander verschlungen. Die Motorhaube schlug mit lautem Knall zu, zwei Körper warfen sich quer darüber, befummelten sich, griffen gegenseitig in und unter die Kleidung, und sein dumpfes Stöhnen und ihr grelles Quieken drang in der Stille bis zu meinem Versteck.

Ich befürchtete, Susanne würde in ihrer Gier unsere Vereinbarung vergessen, den Augenblick zu wichtig nehmen, was meinen Plan zunichte gemacht hätte. Und ich hätte ihr nicht einmal etwas vorwerfen können. Ich wusste nur zu gut, wie alles im Strudel der Sucht, des Sex unterging, obsolet wurde. Aber plötzlich schien sie sich zu erinnern, drückte Holger von ihrem dahingestreckten Oberkörper, schlang ihre Arme um ihn und tuschelte etwas in sein Ohr. Er sah zum Gebäude, blickte auf die Uhr. Schließlich zuckte Holger mit den Schultern, ging ins Büro, knipste das Licht aus und verschloss die Tür. Wieder bei Susanne, begann sie erneut, ihn zu umarmen, an ihm herumzufummeln, bis er es war, der drängelte, sie ins Auto stiegen und Susanne den Motor anwarf. Ich ging in Deckung. Die Reifen knirschten, und langsam fuhr der Wagen zum Tor. Der Blinker zuckte leuchtend rot, dann waren sie verschwunden.

Langsam erhob ich mich, trat aus meinem Versteck und ging zu der Stelle, an der die beiden übereinander hergefallen waren. Ich wusste, dass sie zu Susanne fuhren, um dort Sex zu haben, um mir hier freie Bahn zu lassen. Mit dem Fuß scharrte ich im Kies, bis ich auf Holgers Schlüsselbund stieß. Susanne wäre das ideale Bond-Girl geworden! Ich bückte mich nach dem Bund und lauschte. Nichts war zu hören, außer dem leisen Summen der Fahrzeuge auf der naheliegenden Autobahn. Selbst der Hund bellte nicht. Ich war allein. Eilig ging ich zum Büro. Mit zittriger Hand probierte ich die vielen Schlüssel aus, steckte mindestens acht von ihnen in das Vorhängeschloss, ehe es aufschnappte und ich die Tür aufstoßen konnte.

Ich machte kein Licht. Diesmal hatte ich eine Taschenlampe dabei, deren matten, langen Strahl ich langsam durch den Raum gleiten ließ. Es roch nach altem Rauch. Auf dem Schreibtisch lagen Papiere wild durcheinander, Rechnungen, Mahnungen, Werbebriefe. Viel mehr als den Aktenschrank und das Sideboard, die ich das letzte Mal bereits durch die Scheibe erkannt hatte, gab es nicht auszumachen. Zwei Stühle noch vor dem Schreibtisch, ein Werkzeugkasten an der Wand. Auf dem Sideboard ein Tauchsieder. Ich ging zum Aktenschrank, zog die oberen Schubladen heraus, in denen Hängeordner steckten. Nichts von Belang. Die beiden unteren Fächer allerdings waren abgeschlossen. Ich hockte mich auf den Boden, die Taschenlampe neben mich gelegt, ihren Strahl auf den Schrank gerichtet, und suchte erneut nach dem passenden Schlüssel.

In der ersten Schublade waren Stempel. Mindestens zwanzig, in verschiedenen Größen und Formen, dazu drei Stempelkissen. Ich griff blindlings hinein, wühlte durch diese Ansammlung von Stempeln, in der Vermutung, noch irgendetwas anderes zu finden. Nichts. Auch der Inhalt der zweiten Schublade schien eine Enttäuschung zu sein. Bögen mit eigenartig dickem, pergamentartigem Papier lagen darin, auf denen verschiedene Muster oder Wasserzeichen eingearbeitet waren. Ich nahm einen der Bögen, hielt ihn ins Licht der Taschenlampe. Falschgeld, fuhr es mir durch den Kopf, aber dafür war das Papier viel zu dick. Vielleicht wurden darauf irgendwelche Urkunden gedruckt, oder es war einfach nur ein spezielles Schreibpapier. Ich legte den Bogen zurück und wollte die Schublade bereits wieder zuschieben, als mein Blick auf andere, schmale Papierstreifen fiel, die in der hinteren Ecke lagen. Vier Stück in unterschiedlicher Länge zog ich davon hervor. Mir wurde heiß. Ich griff nach der Taschenlampe, stand auf und setzte mich an den Schreibtisch, die vier Streifen nebeneinander gelegt.

Es waren Passfotos aus Automaten, aneinander gereihte Abbilder, von vier verschiedenen Leuten. Bei zwei der Streifen fehlten bereits ein beziehungsweise zwei der Aufnahmen. Von Robert gab es nur noch zwei. Er lächelte mir krampfhaft entgegen, aus seinem kleinen Kabuff mit obligatorisch dunklem Vorhang im Hintergrund, hinein in die Kamera, hinaus zu mir. Er sah nicht gut aus. Niemand sieht wirklich gut auf diesen billigen Fotos aus, aber Roberts Blick hatte etwas Gequältes, Leidendes, als hätte er geahnt, dass ihm etwas zustoßen würde. Die anderen drei, eine Frau und zwei Männer, kannte ich nicht.

Vermutlich waren auch sie verschwunden, hatten sich wie Robert unerklärlich in Luft aufgelöst. Und womöglich suchten auch ihre Freunde oder Verwandten nach Spuren, waren genauso verzweifelt wie ich. Erpresst und schließlich unfähig zu zahlen, hatten sie ihre Schuld auf andere Weise beglichen. Unwillkürlich drehte ich mich zum Fenster. Alles war so still wie vorhin. Ich sollte mich beeilen.

Ich steckte die vier Fotoreihen in meine Jackentasche. Wenn ich morgen endlich zur Polizei gehen würde, konnte ich zumindest einen Beweis vorlegen. Bevor ich aufstand, riss ich noch hektisch die Schubladen des Schreibtisches auf und zu, um sicherzugehen, dass ich nichts übersehen hatte. Wie erwartet, rutschten mir zunächst nur Papiere, Büroklammern, mehrere Briefumschläge und eine Schere entgegen. In meiner Eile hatte ich deshalb die mittlere rechte Lade bereits wieder halb geschlossen, ehe mir ihr gesamter Inhalt wirklich bewusst wurde. Langsam öffnete ich sie erneut. Auf einem karierten Schreibblock lag ein Revolver.

Vorsichtig nahm ich ihn in die Hand. Ich war nicht wirklich überrascht, hier eine Waffe zu finden, und deshalb hatte ich vorsorglich zwei der fünf Patronen aus Roberts Wohnung mitgenommen. Eine davon zog ich aus meiner Jeans. Da ich mich mit Schusswaffen überhaupt nicht auskannte, dauerte es etwas, bis ich den Mechanismus gefunden hatte, der die Trommel herausklappen ließ. Sie war leer. Mit zitternder Hand steckte ich die Patrone in eine der dafür vorgesehenen Kammern, um zu sehen, ob die Munition überhaupt zu der Waffe gehörte. Die Patrone passte. Schnell zog ich sie wieder heraus und ließ die Trommel zurück in ihre Ausgangsposition schnappen.

Wenn dies Roberts Revolver war, dann hatte er ihm trotz allem nicht helfen können. Dass ich ihn jetzt leer vorfand, war ein schlechtes Zeichen. Natürlich hätte Robert die Wohnung auf seinem letzten Gang nicht ohne geladene Waffe verlassen, das wäre sinnlos gewesen, und er oder eher jemand anderes musste sie benutzt haben. Wer dieser andere war, daran bestand kein Zweifel.

Ich legte den Revolver zurück in die Schublade und ging hinaus. Hinter dem offenen Tor fiel von beiden Seiten das matte Licht der Laternen auf den Bürgersteig. Es war zu schwach, um auf den Hof zu dringen. Der aufgebockte Mercedes und die umherstehenden Maschinen waren lediglich schwarze Schatten. Meine Schritte knirschten laut in der Stille und Dunkelheit. Anders als vor zwei Tagen war das erste Garagentor diesmal abgeschlossen, aber auch hierfür hatte ich den richtigen Schlüssel. Stockend und knarrend hob ich es nur soweit an, dass ich mich darunter hindurchzwängen konnte. Ich wollte nicht riskieren, dass jemand von der Straße aus den Schein meiner Taschenlampe bemerkte.

Roberts Seat stand noch an seinem Platz. Ich leuchtete ins Innere. Ein neues, billigeres Autoradio war eingebaut worden, und die Polster schienen gereinigt und gesaugt. Seitlich drängte ich mich am Wagen vorbei, fuhr mit dem Strahl der Taschenlampe über den Boden. Schraubenzieher, Nägel, ein Hammer und durchsichtige Plastikteile lagen verstreut umher. In der hinteren Ecke mir gegenüber stand eine längliche Truhe, die ich das letzte Mal übersehen hatte. An der Wand vor mir hingen zwei Poster aus einem *Playboy*. Davor befand sich diese merkwürdige Presse mit altmodischer Windung. Ihr Metall glänzte, selbst die hölzerne Ablage schimmerte frisch poliert, als wäre dieses Gerät noch in Gebrauch. Zwischen den Verstrebungen am linken Rand steckte ein brauner Umschlag. Mit der freien Hand zog ich ihn heraus und öffnete ihn. Zwei amerikanische Reisepässe, blau mit goldenem Aufdruck, fielen vor mir auf die Ablage. Ich blätterte schnell durch den ersten, in dem sich gar kein Bild befand und der einem Howard Smith gehört hatte. Auch der zweite war auf diesen Howard ausgestellt, aber der Mann auf dem Foto, von dem Stempel fast völlig verschmiert, war nicht irgendein Howard, es war Robert.

Ich musste schlucken. Jemand hatte seine Identität ausgewechselt, sich ein anderes Gesicht gegeben, von einem, der nicht mehr protestieren konnte. Eilig steckte ich beide Pässe zu den Fotostreifen in die Jackentasche. Dann drehte ich mich um und leuchtete auf die Metalltruhe in der anderen Ecke.

Vorahnungen sind etwas Verstörendes mit ihrer Hoffnung, sie nicht bestätigt zu finden, und der Angst, es doch zu tun, dieser Freiheit, sich ihnen nicht stellen zu müssen und dennoch nicht anders zu können. Ich ging darauf zu. Die lange, sargartige Truhe war mit Dellen übersät und vor dem Deckel hingen zwei Vorhängeschlösser. Nacheinander ließ ich beide Schlösser aufschnappen. Die Scharniere klappte ich nach oben und hob den Deckel an. Er klemmte. Mit einem Ruck bekam ich ihn frei. Innerlich gefasst leuchtete ich hinein, wagte aber nicht, den Deckel ganz zu öffnen. Über den Inhalt war eine alte Wolldecke gelegt, an den Rändern nach unten gestopft. Keine glatte Oberfläche, sondern eine unregelmäßig gebeulte. Ich streckte meine Hand vor, berührte sie. Unter meinem Druck gab sie leicht nach. Sie war klamm. Ich atmete einmal tief durch. Letztendlich hatte ich keine Wahl, auch wenn mir mulmig wurde bei dem Gedanken, was unter der Decke liegen könnte. Ich brauchte Gewissheit. Nach kurzem Zögern griff ich nach der Decke, um sie mit einer einzigen schnellen Bewegung wegzuziehen.

Plötzlich drang vom Hof das Geräusch quietschender Reifen.

Erschrocken ließ ich den Deckel los, der mit einem scheppernden Knall zurückfiel. Die Taschenlampe entglitt meiner Hand und rollte unter den Seat außer Reichweite. Panisch rannte ich zum Garagentor und darunter hindurch. Auf der Straße, direkt vor der Einfahrt parkte ein Taxi. Die hintere Tür ging bereits auf. Ohne nachzudenken, nahm ich den kürzesten Fluchtweg in das noch offene Büro. Holgers Schlüsselbund warf ich auf den Tisch und presste mich gegen die Wand. Vorsichtig sah ich aus dem Fenster.

Holger stand mitten in der Toröffnung, seine Silhouette von den Laternen theatralisch beleuchtet. Das Taxi hinter ihm fuhr davon. Einen Moment lang schien Holger unschlüssig, er hob seinen Kopf und sah sich mehrmals um, bevor er auf das Gelände trat. Nacheinander zog er die beiden Flügel des Tores zu und verriegelte es von innen. Dann hörte ich seine Schritte auf dem Kies.

Zwischen Fenster und Schreibtisch kauerte ich mich zu Boden. Das Büro hatte weder einen Hinterausgang noch bot es irgendein Versteck. Ich saß in der Falle. Mein Blick streifte die mittlere rechte Schublade direkt vor mir. Hektisch riss ich sie auf, griff nach dem Revolver. Zum Glück wusste ich jetzt, was zu tun war. Hastig klappte ich die Trommel aus ihrer Verankerung und steckte beide Patronen hinein. Nachdem ich die Waffe fertig geladen hatte, stellte ich mich kerzengerade hin. Holger sollte auf keinen Fall den Feigling in mir ertappen, wenn schon, dann würde ich ihm offen und furchtlos ins Gesicht sehen. Als die Tür aufging, hielt ich die Waffe hinter meinen Rücken.

Holger machte einen Schritt ins Büro und knipste das Licht an. Im ersten Augenblick blendete es mich, so dass ich eine Hand über die Augen legte. Anstatt sofort auf mich loszugehen, blieb er einfach an der Tür stehen, breitbeinig und die Arme verschränkt. Diese Ruhe und Beherrschtheit, zusammen mit seinem furchtbaren Grinsen erschreckten mich. Sein Overall war noch immer – oder bereits wieder – halb offen, aber diesmal blieb jegliche Erregung in mir aus. Seine wuchtige Figur versperrte den Durchgang, und obwohl ich bewaffnet war, fühlte ich mich unterlegen.

„Ich glaub, ich hab hier was verloren", sagte er schließlich und sah mich durchdringend an. Mich hier vorzufinden schien ihn überhaupt nicht zu überraschen. Susanne musste geredet, seinem Charme oder seiner Wut nicht standgehalten haben. Ich konnte nur hoffen, dass ihr nichts passiert war.

Holger folgte meinem Blick, der unweigerlich zum Schreibtisch gewandert war, auf dem sein Schlüsselbund lag. Er trat darauf zu, steckte ihn in die Tasche und setzte sich auf die Kante des Tisches.

„Ich hab dich gewarnt", sagte er ruhig, aber eiskalt.

Meine Stimme dagegen zitterte. „Ich weiß, was hier abgeht. Und was du mit Robert gemacht hast."

„Was ich …? Wovon faselst du überhaupt?"

„Versuch nicht, dich rauszureden." Ich griff in meine Jackentasche und warf ihm beide Pässe entgegen.

„Und ich hab gedacht, die hätt ich längst platt gemacht. Wie unvorsichtig von mir." Holger grinste erneut, nahm die Pässe und blätterte sogar darin herum. „Ja, die sind scheiße geworden. Aber der dritte Versuch, der war perfekt. Da merkt keiner den Unterschied. Und sie wollen alle einen amerikanischen. Manchmal einen britischen, aber selten. Immer ins Land der unbegrenzten Möglichkeiten. Von wegen Freiheit und Abenteuer und so."

„Wer ist dieser Howard?" fragte ich.

„Was weiß ich", sagte Holger achselzuckend, „den Namen hab ich mir nicht ausgedacht. Ich mach nur das, was meine Kunden wollen."

Seine Worte irritierten mich. „Welcher Kunde denn?"

„Sag mal, wie bekloppt bist du eigentlich? Bin ich Roberts Freund oder du?"

„Aber du hast ihn erpresst, ihn umgebracht", schrie ich ihn an und zog die Waffe hinter meinem Rücken hervor, hielt sie zitternd am ausgestreckten Arm in seine Richtung. Holger stand langsam von der Schreibtischkante auf, ohne auch nur mit der Wimper zu zucken. Seine grünen Augen kniff er zusammen. Sein leichtes Grinsen unter der gebogenen Nase blieb. Diese Überheblichkeit, selbst bei vorgehaltener Pistole, machte mir Angst.

Hinter ihm erschien plötzlich Andreas. Er musste seinen eigenen Schlüssel gehabt haben, um das Tor öffnen zu können.

„Was zum Teufel …?"

„Bleib, wo du bist", rief ich ihm zu.

Den Lauf des Revolvers ließ ich unruhig zwischen beiden hin und her gleiten. Andreas war außer Atem. Holger hatte ihn wohl vom Taxi aus benachrichtigt. Tatsächlich blieb er stehen, krampfhaft bemüht, die Situation einzuschätzen.

Holger lachte, lauthals und aufdringlich. Ich wurde immer nervöser, begann zu schwitzen.

„Er denkt, wir haben Robert kalt gemacht", sagte er zu Andreas. „Was für ein Idiot!"

„Natürlich habt ihr das! Ich hab die Truhe gesehen."

Andreas warf Holger einen verständnislosen Blick zu. Dann griff Holger nach einem der Reisepässe und warf ihn mir zurück. Er landete vor meinen Füßen.

„Da, du Hornochse!" rief er. „Da ist er hin. Nach Ami-Land. Robert alias Howard Smith."

Ich sah zu Boden, auf das Foto im aufgeschlagenen Pass, sah auf Holger und Andreas und wieder auf Roberts Bild. Ich verstand nicht. Wollte nichts verstehen.

„Dein Robert hat sich aus dem Staub gemacht", sagte Andreas mit angewiderter Stimme. „Ihm stand die Scheiße doch bereits bis zum Hals. Wenn ich ihm Holger nicht vermittelt hätte, dann hätte er einigen Ärger gekriegt, darauf kannst du einen lassen. Er hat jeden beschissen, uns inklusive."

„Ihr wart es doch, die ihn völlig abgezockt habt. Keinen Cent habt ihr ihm gelassen!"

Andreas machte ein verächtliches Geräusch mit den Lippen. „Pah, schön wär's. Seine Schäfchen wird er schon rechtzeitig ins Trockene gebracht haben. Und nachdem er seinen Pass gekriegt hat, hat er wohl gedacht, er braucht den restlichen Teil nicht zu bezahlen. Das kommt davon, wenn man so einem vertraut. Ist klammheimlich abgehauen, das Schwein. Und sein Auto ist so gut wie nichts mehr wert."

War ich tatsächlich so ein Idiot gewesen, sollte ich alle Zeichen falsch gedeutet haben? Robert hatte sich immer schon heimlich aus der Affäre gezogen, wenn sein Leben außer Kontrolle geriet, wenn ihm das, was er erreicht hatte, nicht mehr genügte, wenn es ihm nach mehr verlangte. War dies jetzt die letzte Konsequenz? Seinen Namen, seine Identität einfach aufgegeben zu haben, um in den Staaten ganz von vorne zu beginnen, womöglich mit geklauten Ideen? Robert hatte nie genug bekommen, und er hätte niemanden geschont. Ihm wäre jedes Mittel recht gewesen, seine Ziele zu erreichen. Wenn das stimmte, dann hatte ich ihn die ganze Zeit missverstanden.

Einen Moment lang war ich abgelenkt gewesen. Holger kam langsam in einem Bogen auf mich zu. Ich zielte auf ihn.

„Bleib stehen", rief ich.

„Wen willst du erschrecken?" fragte Holger zurück. „Die ist leer. Lag im Handschuhfach seines Seats. Völlig überholtes Modell, da kriegt man keinen Cent mehr für."

„Ach ja?" Ich hielt den Lauf senkrecht in die Höhe, drückte ab. Der laute Knall ließ uns alle drei zusammenfahren. Der Rückstoß warf mich hart gegen die Wand. Putz rieselte von der Decke.

„Scheiße!" Andreas duckte sich instinktiv.

„He, he", sagte Holger, die Handflächen mir offen entgegengestreckt, „ganz ruhig, okay?"

„Dann geht zur Seite, und keinem passiert was." Und direkt zu Andreas sagte ich: „Stell dich dort rüber zu deinem Lover."

„Meinem was ...?"

„Jetzt ist er völlig übergeschnappt", antwortete Holger und verdrehte die Augen.

„Erzähl mir nichts. Ich weiß doch, dass ihr zusammen fickt, so wie du Robert ..." Ich unterbrach mich selbst und fühlte, wie ich augenblicklich rot anlief.

„O Mann", sagte Andreas, halb amüsiert. „Glaubst du etwa, ich mach Inzest mit meinem Cousin?"

Ich ging nicht weiter darauf ein. Viel zu lange hatte ich hier gestanden und gezögert. Mein Gesicht war nass vor Schweiß, und auch meine Hände an der Waffe wurden feucht.

„Ist auch egal", sagte ich bemüht gleichgültig. „Also los, Andreas, geh zur Seite."

Andreas tat wie befohlen, und tatsächlich wurde dadurch der Weg zur Tür ein wenig frei. Ich machte einen Schritt auf sie zu.

„Du weißt genau, dass das nichts bringt. Eh die Bullen hier sind, sind die Beweise weg, und du bist hier derjenige, der mit 'ner geklauten Waffe um sich ballert und Leute bedroht. Überleg dir also gründlich, was du tust."

Holger hatte meine Absicht durchschaut. Und wahrscheinlich hatte er Recht. Ich würde ihnen nichts nachweisen können. Mit Roberts Flucht vor seinen Gerichtsterminen, mit seinen überzogenen Konten bei den Banken würde ich mich bei der Polizei nur lächerlich machen. Vor den beiden hatte ich das bereits.

Ich bemerkte, wie Holger Andreas kurz zunickte. Irgendetwas schienen sie zu planen, aber ich wusste nicht, was. Als Andreas seitlich die Hand hob, war es zu spät. Das Licht ging aus.

Augenblicklich reagierte ich, stürmte zur Tür. Im Halbdunkel stieß ich gegen Andreas, der versuchte, mich zu fassen. Ich schüttelte ihn ab. Holger sprang von der Seite auf mich zu. Ich schoss. Jemand schrie. Ich drückte ein weiteres Mal den Abzug, aber der Knall blieb aus. Dann gelang es mir, ins Freie zu kommen. Ich stolperte gehetzt über den Kies, erreichte das jetzt offene Tor und rannte, ohne mich auch nur noch einmal umzudrehen, wie ich nie zuvor in meinem Leben gerannt war.

Zitternd und heulend kauerte ich auf dem Bett. Die Wohnungstür war abgeschlossen, die Kette davor gehängt, und überall hatte ich das Licht gelöscht. Der Revolver lag neben mir, geladen mit den letzten drei Patronen. Ich hatte niemanden angerufen. Was hätte ich sagen sollen? Ein völliger Idiot war ich gewesen, alles war schiefgelaufen, was schief hätte laufen können. Nichts war so, wie es sein sollte, und womöglich hatte ich jemanden umgebracht. Die ganze Nacht tat ich kein Auge zu.

Am nächsten Morgen und den Morgen danach schlich ich mich aus dem Haus, kaufte das Notwendigste ein, verbarrikadierte mich und blätterte durch sämtliche Tageszeitungen, darauf gefasst, einen Artikel über einen Mord oder einen Raubüberfall zu lesen. Nichts. Auch in den lokalen Fernsehnachrichten keine noch so kleine Meldung. Einen von beiden hatte ich getroffen, aber ich wusste nicht, wen. Wenn ich also schon niemanden getötet hatte, dann war derjenige verletzt worden. Mit einer Fleischwunde oder auch nur durch einen Streifschuss. Zumindest Holger würde das nicht auf sich sitzen lassen.

Ich starrte ständig aus dem Fenster, vorsichtig, gegen die Wand gelehnt, in der Befürchtung, Andreas oder Holger könnten irgendwo dort unten auf mich lauern, eine Gelegenheit abwarten, um Rache zu nehmen. Aber niemand war zu sehen. Was ich tat, war unruhig durch die Wohnung zu laufen, unfähig, für länger einfach sitzen zu bleiben, mich auf irgendetwas zu konzentrieren. Ich aß, lief umher und schlief, so gut es ging. Läutete es an der Haustür, zuckte ich zusammen, ohne aufzumachen. Selbst das Telefon ließ ich klingeln und lauschte nur jedes Mal der Stimme meines Vater, die halb besorgt, halb aufgebracht meinen Rückruf forderte. Ich rief nicht an.

Nach einigen Tagen im Ungewissen legte sich meine Angst ein wenig, und ich zwang mich, Peter anzurufen. Auch er klang besorgt.

„Ich kann jetzt nicht reden", blockte ich ab. „Ich will nur wissen, ob Andreas sich gemeldet hat."

„Wieso Andreas? Nein, natürlich nicht."

„Hat Michael was gesagt?"

„Nein, nichts. Sie sehen sich nicht mehr. Micha hat Schluss gemacht … meinetwegen. Allerdings glaube ich eher, dass das Andreas' Entscheidung war. Wie auch immer. Das kann erst zwei, drei Tage her sein. Aber sag mir doch endlich, was los ist? Du klingst ja furchtbar."

Ich legte auf und schaltete den Anrufbeantworter aus.

Das Alleinsein machte mich krank, das war ich nicht gewohnt. Am liebsten hätte ich Jan angerufen oder wäre einfach bei Elke vorbeigegangen, doch ich schämte mich zu sehr. Ich hätte sein Gesicht nicht ertragen, seine Anschuldigungen darin – oder gar sein Verständnis, was noch viel schlimmer gewesen wäre.

Wenn Robert doch nur ein Wort gesagt, wenn er auch nur angedeutet hätte, was er vorhatte, dann würde ich hier nicht sitzen und mich fürchten, mich wie ein Trottel fühlen. Aber ich wollte ihm keine Vorwürfe machen, dafür verstand ich ihn zu gut. Ich wusste schließlich, wie das war, wenn einem alles zu viel wurde, wenn man davonrennen und sich einen neuen Fluchtweg aus der Enge suchen musste. So in die Ecke getrieben von seiner Filmfirma, war ihm wohl nichts anderes übrig geblieben. Ich hätte es spüren müssen, wie sehr ihn alles belastete, ich hätte besser Acht geben sollen auf die Zeichen, die er mir gegeben hatte. Ich war ein schlechter Freund gewesen. Jetzt konnte ich das nicht wieder gutmachen. Das war es, was am meisten schmerzte.

Eines Abends, nach Einbruch der Dunkelheit, ging ich an den Fluss, an dem ich mit Robert öfter spazieren gegangen war, und im hohen Bogen warf ich den Revolver hinein. Ich schlich mich auch in seine Wohnung, machte Ordnung und vernichtete alles, was ihn in irgendeiner Weise belasten konnte. Seinen alten Reisepass, die Fotos von Andreas, die Briefe seiner Mutter und die Aktenordner mit seiner Korrespondenz. Schließlich war alles so, wie ich es vorgefunden hatte, als ich das erste Mal nach seinem Verschwinden in die Wohnung getreten war.

Alles sah aus wie immer.

Danach ging es mir ein wenig besser. Ich überlegte sogar, an Holgers und auch an Andreas' Haus vorbeizugehen, aber dazu fehlte mir der Mut. Ich wollte sie nicht provozieren. Vielleicht warteten sie ab, wollten sehen, was ich tat, ob ich schweigen konnte. Wenn ich nichts preisgab, dann würden auch sie Ruhe geben. Dass jedenfalls hoffte ich. Doch das Gefühl, auf dem Nachhauseweg beschattet zu werden, verließ mich nie, und auch in den nächsten Wochen blieb diese unbegründete Ahnung, obwohl ich keinen der beiden zu Gesicht bekam.

In dieser Zeit konnte ich niemanden ertragen. Weder ging ich zu Peter und Michael noch zu den anonymen Sexsüchtigen oder zu Elke, damit ich mit Jan reden konnte. Ich rief auch nicht bei Susanne an, um mich zu erkundigen, was tatsächlich in jener Nacht zwischen ihr und Holger passiert war.

Ob einer von ihnen versuchte, mich zu erreichen, wusste ich nicht. Noch immer ignorierte ich jegliches Klingeln. Ich schlich mich nachts in die Parks, auf die Klappen, wenn ich alles nicht mehr aushielt, wenn der Drang stärker wurde als die Angst. Ansonsten schloss ich mich ein. Ich konnte nicht mehr in Ruhe und ohne eine Furcht im Rücken losrennen, wie ich wollte, mich auf die Jagd nach dem schnellen Sex begeben, oder bei Robert etwas finden, von dem ich glaubte, es bei Jan nicht zu bekommen. Ich war gezwungen in der Wohnung zu hocken und mir Gedanken zu machen, die ich nicht ordnen konnte.

Stundenlang lag ich auf dem Bett, weinte in die Kissen. Stärker denn je vermisste ich Robert, seinen schönen Körper, seine Küsse, unseren Sex oder auch nur seine Anwesenheit. Es gab so viel, was ich ihm sagen wollte, was ich bisher nie zu äußern gewagt hatte, und es gab noch so viele Fragen. Endlich wäre es uns möglich gewesen, zu reden, über uns und über das, was wir taten, wohin unsere Freundschaft uns getrieben hatte oder zumindest getrieben hätte. Denn letztendlich waren wir uns ähnlicher, als wir annahmen. Die Unfähigkeit aber, es tun zu können, die Gewissheit, dass nun alles zu spät war, ich ihn nie wieder sehen würde, und die Vorstellung, dass wir beide – jeder für sich in seinem Bett, Tausende von Kilometer von einander getrennt – um diesen Verlust trauern würden, ließ mich um so heftiger und hemmungsloser heulen.

Ruckartig fuhr ich von meinen Kissen hoch, aufgeschreckt durch das Geräusch einer zerplatzenden Flasche draußen auf der Straße. In der Wohnung war es dunkel, sie kam mir entsetzlich riesig und leer vor. Vom Bett aus starrte ich in den Flur, als erwartete ich eine Gestalt dort im Türrahmen stehen. Ich lauschte angespannt, aber alles blieb still. Zu sehen war nichts.

Kapitel 12

„Bist du sicher, dass ich nicht noch mit rein soll?"

„Ach was", sage ich, „hier findest du eh keinen Parkplatz."

Jan hält in zweiter Spur vor dem Abflugterminal, lässt den Wagen laufen. Wir sehen uns an. Ich bin noch nicht bereit, auszusteigen.

„Danke, dass du mich hergefahren hast. Wenn ich am Freitag zurück bin, dann ... na ja, ich dachte, vielleicht hast du Lust, zu mir zu kommen."

Jan lächelt ein wenig, klammert sich stärker am Lenkrad fest. „Ja, vielleicht", sagt er. „Warum nicht?"

In den letzten sechs Monaten haben wir von vorne begonnen. Es ist wie vor fünf Jahren, als wir uns umworben und wir nach Gemeinsamkeiten gesucht, uns umeinander bemüht haben. Diesmal fällt alles ein wenig schwerer, wird jede erneute Annäherung zu einer Tortur, gemischt aus Furcht vor der Ablehnung und dem Wissen um die Wiederholung. Aber gleichzeitig gibt es mir das Gefühl, dass noch nicht alles verloren ist, dass es Zeit braucht, ohne vergeblich sein zu müssen. Wir leben getrennt. Jan ein Haus von Elke entfernt und ich am Rande der Stadt. Meinen alten Freundeskreis habe ich aufgegeben, ich stehe nicht im Telefonbuch und niemand außer Jan weiß, wo ich geblieben bin.

„Es würde mich freuen", sage ich. „Mein Therapeut sagt ..."

Jan hebt abwehrend die Hand. „Schon gut, das will ich gar nicht wissen. Wenn es dir besser geht, dann genügt mir das."

Er steigt aus und öffnet den Kofferraum. Ich eile ihm nach.

„Es ist nicht einfach. Aber es geht irgendwie", sage ich dennoch.

„Das hat es früher auch, Hannes."

„Ja, aber keiner von uns war wirklich glücklich damit, oder?"

Über uns dröhnt ein abfliegendes Flugzeug davon, verschluckt beinahe meinen letzten Satz. Jan sieht zu Boden. Ich greife nach meinem Koffer und stelle ihn zwischen uns.

„Ich möchte nichts überstürzen. Lass uns Zeit", antwortet er schließlich.

„Klar. Also, ich muss los."

„Mach's gut. Bis Freitag."

Ich winke ihm noch einmal kurz zu, dann ziehe ich meinen Koffer hinter mir durch die automatische Schiebetür und gehe zum Schalter für den Abflug nach London.

Tatsächlich haben sich einige Dinge gebessert. Ich bin nicht mehr arbeitslos, habe einen Job bei einem so genannten Szenemagazin bekommen und bin auf dem Weg zu einem Interview mit einem bekannten schwulen Popstar. Mein erster größerer Auftrag. Auch habe ich mich durchgerungen, einen Psychiater aufzusuchen, mein Leben analysieren zu lassen, anstatt es mit einer Runde Gleichgesinnter aufzunehmen, in der ich ihnen und mir etwas vormachen kann. Ob es was bringen wird, weiß ich nicht, aber ich muss es versuchen, vor allem seit Jan und ich wieder miteinander telefonieren, uns wieder treffen. Wir versuchen, offener zu sein, mehr zu reden, was nicht einfach ist. Es gibt mir das Gefühl, dass Jan nur ein guter Freund ist, den ich mit dem, was ich sage, nicht verletzen kann. Er ist nicht mehr direkt betroffen. Ich wünschte, er wäre es, aber dann müssten wir wieder schweigen. Ich habe keine Ahnung, wie beides gelingen kann. Vielleicht lernen wir das noch.

Den Alkohol habe ich nicht völlig aufgeben können, ebenso wenig wie den anonymen Sex. Ohne Robert und Jan ist es schwer einzusehen, warum ich das sollte. Dennoch bemühe ich mich redlich, und vor allem nach den Sitzungen beim Psychiater gelingt es ein paar Tage lang. Dann falle ich zurück in mein altes Schema. Die Abstände zwischen diesen Einbrüchen scheinen länger zu werden, zumindest das gibt mir Hoffnung.

An Robert denke ich oft. Daran, was passiert ist, und daran, was hätte passieren können, wenn ... Das sind leere, ziellose Gedanken, aber es fällt schwer, sie einfach ad acta zu legen. Immerhin habe ich ihn geliebt, das wenigstens kann ich mir jetzt eingestehen. Das wenigstens bleibt.

Pünktlich hebt die Maschine ab, und ich gehe noch einmal meine Notizen und die Fragen durch, die ich stellen werde. Fotos zu machen, ist uns nicht gestattet worden, ich werde mit denen vorlieb nehmen müssen, die man mir überlässt. Deshalb fliege ich ohne Fotografen. Die Wolken hängen tief und dicht über Heathrow, und wir kreisen einige Male über der Stadt, bevor der Flieger zur Landung ansetzt. Als vor meinem Fenster die Außenbezirke Londons sichtbar werden, schweifen meine Gedanken zu Mutter. Bei ihr hat sich nichts geändert. Wir reden nicht über den Hochzeitstag, haben ihn ausgeklammert, in meiner unbegründeten Annahme, früher oder später würde sie selber darauf zu sprechen kommen. Ich solle ihr Zeit lassen, hat mein Psychiater geraten, und ich halte mich dran. Wahrscheinlich aber wird diese Zeit nie kommen. Mutter wird sich eingerichtet haben in ihren Lügen und Täuschungen und auf ihre Art damit zufrieden sein. Ich werde versuchen, sie ihr zu lassen. In ihrem Alter mag die Wahrheit wohl auch keine wirkliche Alternative mehr sein. Geschwiegen wurde so viel in unserer Familie, und wenigstens ich muss zusehen, diesem Teufelskreis noch irgendwann zu entkommen.

Piccadilly Circus ist ein einziges Meer aus Menschen. Ich schiebe mich durch die Menge, vorbei an U-Bahnstationen, Kaufhäusern und Boutiquen, bis ich es nicht mehr aushalte, ich mich zum Leicester Square durchschlage, auf dem es ruhiger ist. Meinen Interviewtermin habe ich erst am Abend, und so spaziere ich durch die Stadt, in der ich lange nicht gewesen bin, laufe gedankenverloren umher. Bei Burger King esse ich einen Whopper, sehe mir gegenüber die Kinoplakate an, bevor ich mich durch kleinere Straßen nach Soho aufmache, hinein ins schwule Viertel mit den Sexshops, den Cafés und Restaurants. Auch hier drängen die Passanten auf den engen Bürgersteigen der Old Compton Street aneinander vorbei, gehetzt oder mit schweifenden Blicken. Ich gehe langsam, starre in die Schaufenster, auf die Männer, die mich ignorieren oder manchmal freundlich anlächeln. Hinter Glasscheiben sitzen sie an kleinen Tischen, meist allein mit einem Buch, einer Zeitung, oder sehen hinaus, um meinen Blicken zu begegnen. Zeit genug hätte ich.

Mehrmals laufe ich die Straße auf und ab. Ich kann mich lange nicht entschließen, irgendwo einzutreten, mich zu setzen und darauf zu warten, dass jemand mich anspricht. Das Café *Balans*, das ich gerade passiere, ist zum Bersten voll. Viele gutaussehende Schwule tummeln sich dort mit ihren Kaffeetassen und Zigaretten an den runden Tischen und der langen Theke, hinter der die Kellner unentwegt zu tun haben. Nach soviel Trubel ist mir im Moment nicht zumute. Doch bevor ich weitergehe, halte ich inne.

Direkt vor mir, hinter Glas, sitzt Robert. Er bemerkt mich nicht, ist versunken in eine Zeitschrift. Kurz bin ich versucht, gegen die Scheibe zu klopfen, aber etwas hält mich zurück. Die vergangenen sechs Monate haben es geschafft, ihn langsam zu verdrängen, mich ohne ihn zurechtzufinden, und ich bin mir nicht sicher, ob es richtig wäre, ihm jetzt gegenüberzutreten. Gleichzeitig aber weiß ich, dass ich nicht anders kann, dass dies zu sehr nach einem Wink des Schicksals aussieht, als das ich dies einfach ignorieren könnte und dürfte. Also betrete ich das Café, stelle mich direkt vor seinen Tisch.

Er hat sich nicht verändert, überhaupt nicht. Natürlich habe ich darüber nachgedacht, wie es sein könnte, wenn ich ihm irgendwann wieder begegnen, wie sehr Amerika ihn verändert haben würde. Aber er ist der Alte geblieben.

„Hi, Robert", sage ich.

Robert reagiert nicht, und auch als ich seinen Namen wiederhole, sieht er nicht einmal auf.

„Howard?" versuche ich es schließlich, und erst jetzt hebt er seinen Kopf, erkennt er mich und ist genauso verwundert, mich hier zu treffen wie ich ihn.

„He! Was machst du denn hier?"

Sein Lächeln versetzt mir einen Stich. Ein seltsam schmerzhaftes Gefühl geht durch mich hindurch, eine Freude, die sich nicht wirklich einstellen will. Ich merke, wie sehr ich ihn vermisst habe. Die Zeit ohne ihn macht sich lediglich in Vorwürfen bemerkbar, die ich sofort auf den Lippen spüre. Doch sie sind nicht mehr ernst gemeint, weil er nun leibhaftig vor mir sitzt. Mein Gesicht glüht vor Aufregung, und auch ich lächle ihn an.

„Was war los?" frage ich, nachdem ich ihm sagte, weshalb ich in London bin. „Du kannst dir gar nicht vorstellen, was ich durchgemacht habe, seit du weg bist."

Robert legt die Zeitschrift beiseite, sieht kurz aus dem Fenster, dann an mir vorbei ins Café. Er zuckt mit den Achseln.

„Deutschland ist mir zu kleinkariert. Immer nur Vorschriften und tausend Leute, die dir reinreden wollen. Nein, das ist nichts für mich. Amerika ist da viel weiter. Ich musste einfach raus." Er grinst. „Und du glaubst gar nicht, was für ein Spaß das war, mit nur einer kleinen Reisetasche dort anzukommen und wieder ganz von vorne anzufangen."

Über das viele Geld, das er rechtzeitig beiseite geschafft und das auf ihn gewartet hat, sagt er nichts. Ich sehe ihn an, sehe, wie seine Ohren zucken, als wolle er sie anlegen, wie bei einem Tier vor dem Angriff.

„Warum hast du kein Wort gesagt?" frage ich.

Sein Blick bleibt leer, verwundert und wohl auch ohne Verständnis für das, was sein Verschwinden für andere bedeutet haben könnte. Ich habe meine Hand auf die seine gelegt, die er jetzt darunter hervorzieht.

„Holger und Andreas haben mir die Hölle heiß gemacht", füge ich hinzu.

„Was weißt du von Holger?"

„Mein Gott, du warst einfach weg. Natürlich war ich in Sorge, habe alles auf den Kopf gestellt, damit ich rausfinde, was passiert ist. Ich dachte doch, du wärst tot."

Robert lacht kurz auf, siegesbewusst, weil er allen etwas vorgegaukelt hat, dem Gericht, seiner Filmfirma, Holger und auch Andreas. Ihm ist es egal, ob es unrecht war, ob er Gelder nicht gezahlt, Ideen geklaut, ob jemand sich seinetwegen Gedanken gemacht hat. Er ist geflüchtet, in der Hoffnung von vorne beginnen zu können. Auch diesmal ist sein Plan aufgegangen. Ohne mich.

Neben ihm an der Glasscheibe brummt eine dicke Schmeißfliege, wirft sich im Salto dagegen, immer und immer wieder. Das Geräusch des dumpfen Aufpralls lenkt mich ab. Ich muss ständig auf das Insekt starren, auf seinen sinnlosen Versuch, ins Freie zu gelangen.

„Du hast ja keine Ahnung, was los war. Beinahe wäre ich selbst draufgegangen! Dieser Holger schreckt vor nichts zurück", sage ich mitleidheischend und damit er merkt, was ich alles für ihn getan habe, dass ich immer für ihn da war und sein werde. Er braucht es nur zu sagen.

„Tut mir Leid", antwortet Robert, ohne mich wirklich anzusehen. „Also weißt du Bescheid?"

Ich nicke. Jetzt sieht er mich an, versucht abzuschätzen, was ich mit meinem Wissen anstellen könnte.

„Aber keine Angst", sage ich schnell, „ich verrate nichts."

Seine Gesichtszüge entspannen sich, rutschen in eine perfekte Symmetrie. Auf einmal passt alles zusammen, ist er ein verdammt gut aussehender Mann. Seine Hand klopft mir sogar anerkennend auf die Schulter. Ich fühle mich befreit.

„Danke", sagt Robert leise, so dass ich aufatme. Ich habe mir nichts vorgemacht. Peter und Jan haben mir was einreden wollen. Zum Glück bin ich auf diesem Ohr taub geblieben.

„Und ich habe schon gedacht, ich bedeute dir nichts mehr."

Roberts Lächeln versiegt. „Mach mal halblang", sagt er. „Du wirst mich doch nicht etwa vermisst haben?"

„Natürlich habe ich das. Und wenn du auch nur ein Wort gesagt hättest, vielleicht hätten wir eine Lösung gefunden." Ich meine das völlig im Ernst. Ein weiteres Mal werde ich ihn nicht ziehen lassen, es braucht lediglich eine winzige Bestätigung. Ich sollte mir klar machen, was ich will, wenn ich Robert gefunden hätte, das hat Peter damals gesagt. Es hat etwas länger gedauert als erwartet, aber nun sitzt er neben mir, und ich bin mir sicher.

Robert sieht erneut über meine Schulter, dann auf die Uhr. „Hör zu, ich hab einen dringenden Termin." Und als er bemerkt, wie sehr ich auf eine Antwort warte: „Mir geht's gut, und ich glaube, diesmal habe ich es geschafft. Ich weiß schließlich, wo ich hin will, was ich erreichen werde. Alles andere lenkt mich nur ab. Und seien wir doch mal ehrlich. Der Sex war auch nicht mehr das, was er war."

Sprachlos starre ich ihn an, was ihn verunsichert.

„Sag bloß, du warst verknallt?" Nun ist es an ihm, nicht mehr weiter zu wissen, was er mit einem weiteren Lachen überdeckt. Augenblicklich sind wir still, bis unser Schweigen peinlich wird.

Ruckartig steht Robert auf, nimmt seine Jacke von der Stuhllehne und legt einen Geldschein auf den Tisch. „So, ich muss los. Ach ja, noch etwas. Du hattest doch meine Schlüssel, oder? Hast du zufällig irgendwelche Sachen aus der Wohnung geräumt?"

Entgeistert schüttele ich den Kopf.

„Na egal. Hätte ja sein können. Jetzt ist wohl alles beschlagnahmt und verkauft. Ansonsten hätte ich dir meine Adresse gegeben. Ein paar Erinnerungen wären nicht schlecht gewesen." Er zuckt mit den Achseln. „Was soll's, man kann halt nicht alles haben."

Mit diesem Satz lässt Robert mich allein.

Ich bleibe sitzen, starre ins Leere und kämpfe mit den Tränen. Jedes Mal tappe ich aufs Neue in meine eigene Falle. Ein Lächeln, ein Wort und ich bin zurück in meinen Projektionen, habe ich nichts begriffen. Immerhin hat Robert allen anderen etwas vorgemacht, warum also nicht auch mir? Ich habe letztendlich nie wirklich gewusst, wer er war. Er ist mir so fremd geblieben, wie die Männer im Park. Dabei habe ich gar keinen Grund, enttäuscht zu sein. Schließlich habe ich mit denselben Mitteln gekämpft, habe wie er einen Fluchtversuch nach dem anderen gestartet – und genaugenommen nie etwas erreicht. Die kurzen sexuellen Begegnungen, die in den wenigen Minuten soviel versprachen, die mich alles glauben ließen, kommen mir plötzlich sinnlos und dumm vor. Überall habe ich gesucht, nach einem einzigen, bestimmten Merkmal, nach dieser schnellen Begierde, die für mich einem Begehren, einem Gewollt-werden, ja einem Liebesbeweis gleichgekommen ist.

Alles habe ich in die Unbekannten, in Robert, selbst in Holger hinein projiziert. Hals über Kopf habe ich mich in meine eigene, beengte Sicht der Dinge geflüchtet, um nichts erkennen oder begreifen zu müssen. Eine ewige Flucht. Roberts Jagd nach immer neuen Herausforderungen, Jans Schneiden ins eigene Fleisch, selbst Großmutters Warten auf einen jonglierenden Mann – all das nichts weiter als Variationen eines immer gleichen Themas.

Nicht einmal Homer habe ich damals zu Ende gelesen, denn sonst hätte ich gewusst, dass Odysseus' Heimkehr eine trügerische war. Allzu kurz hatte er bei seiner Frau verweilt, nur um für weitere zehn Jahre ins Exil zu gehen. Und Penelope hatte erneut wieder nur ein Bild von ihm, das ihr etwas vorgaukeln konnte.

Den Kampf um die Tränen habe ich verloren. Ich heule drauf los, nicht weil ich Robert nie etwas bedeutet habe, das über das Sexuelle hinausgegangen wäre, sondern weil ich – selbst bis eben noch – so blind gewesen war, es nicht bemerkt zu haben. Weil ich genaugenommen mit meinen ständigen Ausschweifungen nicht besser bin als er. Ich heule um mich.

Die drei Schwulen am Nachbartisch werfen mir eigenartige Blicke zu, halb mitleidig, halb amüsiert. Ich zwinge mich zu einem Lächeln und wische mir mit der Papierserviette die Augen trocken. Immerhin habe ich gelernt zu schweigen, mich hinter Ausflüchten und Lügen zu verstecken, so dass niemand – vor allem nicht Jan – erfahren wird, dass ich Robert getroffen habe, dass alles – ganz kurz – so gewesen ist wie vor einem halben Jahr.

Wenn ich morgen zurückfliege, wird alles so aussehen wie vorher.

Die Fliege neben mir klatscht noch immer laut gegen die Scheibe. Dieses verzweifelte Geräusch kann ich im Moment nicht ertragen. Ich rolle die Zeitschrift zusammen und setze mit einem einzigen, verzweifelten Schlag dem sinnlosen Treiben ein Ende.

Alles, was bleibt, ist ein schmieriger gelber Fleck auf dem Glas.

Foto: Bernd Nafe

**Markus Dullin
Schwarzlicht**
Roman

3-89656-080-8

„Genauso wie der Krimi-Plot fasziniert in Dullins Debütroman das Spiel mit schwulen Klischees, mit Rassismus und Intoleranz. Endlich hat ein schwuler Autor mehr als die üblichen heiteren Verwicklungen schwuler Soap Operas zu erzählen." *(Hinnerk)*